諷諭、美麗、感傷

白居易之詩賦邊境及其文化風情

許東海◎著

自　序

在唐詩耀眼的星空下，長久以來唐賦的光影相形隱而未彰。辭賦遠祖古詩，終蔚大國。然則這一文苑翰林隨著近年辭賦學術風潮之開展，辭賦對於唐詩，乃至如傳奇、變文……等其他唐代文類的牽動，擴及科舉、獻賦……等具體文化史錄之不同內外面向。於是辭賦與唐代士林之彼此互涉脈絡，得以較清晰地浮現輪廓。由此可見詩賦合流現象及其文化意蘊，應為唐代文學研讀者，另一值得關注的學術新課題。

作為今見唐代詩人群中創作數量最高的重要作家，乃至中唐新樂府詩歌運動的重鎮，加上經典名詩〈長恨歌〉之光照古今的綿綿風情。文學史之白居易無疑是唐詩天地裡難以忽略的一道虹光。並且閃爍著濃厚人文色彩的心靈光譜，風采多姿，時而瞥見迴盪深情的感傷風景，時而召喚沉思的諷喻悲懷。然則審視白詩不同風情的書寫天地，卻並非又全然洗盡鉛華，告退丹青，於是在〈長恨歌〉的繾綣詩情裡，我們不經意地邂逅美麗與感傷彼此迴旋的曼妙旖旎。亦復在白詩諷喻的園林裡，驚喜於開遍荊棘的花影，流風迴雪，高挹清芬。這些給予讀者深刻的閱讀啟示，並深思在白詩「感傷」與「諷諭」的不同書寫國度，並非輕易地涇渭分明，更不等同詩人情感與理性世界判然的集中示現。如同〈長恨歌〉裡經緯交織的美麗與哀愁，難道竟只等同於純然的詩情建構？其中文類的合流，尤其是賦體的融鑄，不可避免地將成為觀察〈長恨歌〉新元素的重要面向，也因此六朝名作江淹〈恨賦〉的傳統牽動，成為另一扇饒有興趣的探索視窗。其次在文學史上，對於古典美文形成尤具關鍵影響的賦文學，對於聲稱以質樸主文，從事新樂府等諷喻寫作的白居易而言，固然詩采穠麗不再，卻也不盡然褪盡鉛華，誠如白詩中的香草美人書寫，終究「天生麗質難自棄」。抑且掩飾於其間的顏容物態，時有令人驚豔之嘆。其次，從白詩深情款款的感傷詩，或香草美人情調的諷喻詩，乃至悲天憫人的當代觀照，皆在詩人銳意編織的字裡行間，不免時而流洩他肇自年少苦學力文所積累的深厚賦學素養。因此，藉由白居易「諷諭」與「感傷」的經典詩類，及其盛富於美麗風情的女性書寫之廣泛審視，其實不難窺見白居易自由地遊移於詩與賦之書寫邊界，從而以文類整合或破體創作之姿，所映現的獨特文學風華。尤其可貴的是，白居易的詩、賦融合現象，並非僅僅依規於盛唐李、杜之磅礡豪宕或曲寫毫芥的傳統規模，而能進一步深化並沉澱其文化心靈的宏觀視野，從而展現其新樂府留意時世，兼濟天下的士人宿志。於是新樂府等不少諷喻詩作，既是詩人職志的自我省思與當下回應；同時亦綰合傳統賦家寓諷旨於華采的書寫意蘊。由此巡禮白居易賦學世界的文化觀照，其中意趣相互輝映。再者，處於開、天盛極而衰的中唐，韓、柳等古文家倡言聖賢文道之際，白居易其實也藉由詩、賦文類整合及其精神會通，具現新樂府等諷喻詩的憂患意識，從而扣合了中唐士人的文化脈動。於是諷喻不僅成為詩與賦向兩漢傳統書寫精神的回歸，同時也即是面對中唐內外困境的士人當代回應。這一現象藉由題旨近似的唐賦與白詩的具體對照中，仍可洞燭「諷諭」文化書寫召喚白居易詩作之重要可能，及其在書寫邊境中既競爭又合拍的重要文化意蘊。

在白詩繽紛的書寫翰苑裡，不僅書寫帝王情色世界及其江山美人圖夢的經典名詩〈長恨歌〉裡，搜尋辭賦的芳蹤成為一種文學閱讀的美麗誘引；同時這一麗質天生，盎然饒興之〈長恨〉風情背後，儼然可見白居易詩情與賦筆相互經緯交織的一場「天生麗質難自棄」的文體審美巡禮。由此溯流而上，江淹〈恨賦〉的六朝風華，又似乎隨波召喚，宛若重現在白氏「感傷」詩林的在水一方，並且遙相掩映。由此，而娓娓見証白氏的深情詩人形象及其詩賦兼美的精湛學養。然則藉由「感傷」與「美麗」的書寫流及其內外互涉，一一具証於〈長恨歌〉的文類光譜裡。其次，相對於白詩感傷書寫私情取向的凝睇；「諷諭」詩標舉，白居易正視當代的公義面向及其文化興會。其間儘管基於士人高揭傳統使命，詩人刻意淡化語言藝術的美文向度，卻始終未曾輕易遠棄諷喻詩中的辭賦元素，諸如香草美人的文化身影，宛然在目；曲終奏雅，諷諭指涉及其書寫程式之相陳相因；曲寫毫芥的工筆鋪陳，此起彼落；唐賦與白居易賦相對於白詩諷喻書寫的牽動。凡此種種，皆令人難以忽略白居易諷喻詩裡欲掩彌彰的辭賦風情。從而証成白詩「諷諭」與辭賦之「美麗」書寫，二者並非全然扞格，卻適得優遊自若，相濡以沫。因此藉由白居易詩最富深情的〈長恨〉及其花木、女性等類詩歌之示現，我們不僅可以一方面揭開隱微於白詩深情幕後的辭賦面紗，洞燭詩人「美麗」與「感傷」的邂逅豔遇；同時，又驚采於嚴肅卻又悲憫的儒士觀照，這些在白居易新樂府詩裡所召喚並映現的辭賦文化身段。從而展開「諷諭」詩國與辭賦翰苑二者書寫邊境可能對話。及其藉由「諷諭」與「美麗」二者所演繹的文化高峰會談。由此，我們儼然見証白居易這位唐代詩壇上的巨擘，如何重現唐代詩賦合流的文苑風華，甚至進而會通當代史學情境及其仕宦心路的多面向文化風情。因此，「諷喻・美麗・感傷」既是白詩繽紛多采的創作風貌，亦是一場唐代文類對話及其整合的創作工程示現，更可視為唐代文學及其文化側影之一雋永寫真。其中尤令我印象深刻則為，這一場白居易詩賦書寫及其文化巡禮之深層啟示：原來一場源自邊境場域的紛擾喧嘩與必要對話，不僅普現於古今的國際世界，其實亦復映現於更為寬廣有容的文學天地，從而展開源自文類，傳動文學，乃至於召喚文化的另一書寫邊界，並且始終有待我們不斷地閱讀與審視，對話與交流。

本書收錄之各篇論文，略已發表於學術刊物或學術會議。其中〈詩情、賦筆、傳奇〉於二〇〇〇年第五屆「唐文化學術研討會」(中國唐代學會與中正大學合辦)；〈恨賦與長恨歌〉發表於《中國古典文學研究》第二期；〈白詩與香草美人〉發表於《中正大學中文學術年刊》第四期；〈諷諭與諫諍〉發表於《中國古典文學研究》第八期；〈諷諭與綺麗〉發表於《中正大學中文學術年刊》第五期；〈唐代詩賦合流及其分類之一考察〉發表於中山大學《文與哲》創刊號；〈諷諭的召喚與競合〉發表於「第六屆唐代文化學術研討會」(中國唐代學會、文化大學、漢學研究中心合辦)。二〇〇四仲秋承蒙萬卷樓圖書公司之惠予審查並順利付梓，出版之際，藉此拙序略述題旨，並向萬卷樓梁總與陳欣欣小姐等殷勤促成拙作面世，並乃得幸與鍾愛唐詩或白詩之讀者，以文會友，特此致謝。並感謝簡宗梧、羅宗濤兩位老師分別在賦學與詩學領域予我的啟迪與教導。亦敬祈學界先進賜觀芻蕘，不吝斧正。

2004年孟冬

許東海 識於中正大學 中國文學系

目　錄

壹、白詩與香草美人

白居易花木、女性諷諭詩中的楚〈騷〉身影與新變風貌

一、前　言

以屈原為代表的楚〈騷〉文學，無論創作精神與藝術成就，對於後代中國文學的發展，具有深遠的啟迪與影響。尤其是以「香草美人」為主的創作特色，一方面既成為楚〈騷〉比興藝術的主要代表，又同時體現出作者屈原對於當代社會、家國的政教關懷，以至於創作主體的內在情志與精神面貌。是故東漢王逸說：

> 〈離騷〉之文，依《詩》取興，引類譬諭，故善鳥香草，以配忠貞；惡禽臭物，以比讒佞；靈脩美人，以媲於君；宓妃佚女，以譬賢臣；虬龍鸞鳳，以託君子；飄風雲霓，以為小人。[1]

這其中實隱涵了屈原楚〈騷〉文學在藝術手法之外，深刻而濃厚的諷諭精神，誠如南朝劉勰所謂：

> 故其陳堯、舜之耿介，稱禹、湯之祗敬，典誥之體也。譏桀、紂之猖狂，傷羿、澆之顛隕，規諷之旨也。虬龍以諭君子，雲霓以譬讒邪，比興之義也。每一顧而掩涕，歎君門之九重，忠怨之辭也。觀茲四事，同於風雅者也。[2]

這一段論述更清楚地揭櫫了屈原楚〈騷〉的內在精神：政教關懷、史鑒意識、詩人比興、忠怨情志。因此，藉由楚〈騷〉中「香草美人」的重要精神特色，檢視它對中國文學的影響，應有其值得重視的意義。尤其是透過擬〈騷〉體或辭賦等直接傳於楚〈騷〉文學譜系之外的文學作品，應更能反映出「軒翥詩人之後，奮飛辭家之前」[3]的楚〈騷〉在中國文學史上的重要地位。其中唐詩固然成為中國詩歌發展的代表高峰，然而不少詩人及其創作，似乎不免深受屈原楚〈騷〉創作精神及其特色的影響，其中以創作數量居唐代詩人之冠的白居易，正可以作為考察這一文學史現象的重要例證，特別是白氏與唐代詩壇新樂府運動。因此白居易諷諭詩中普遍出現的花木、女性等相關書寫為例，正可以檢視楚〈騷〉的香草美人身影，對於唐代詩歌創作的精神召喚及其典範意義。因此，本文乃基於過往從《詩》之六義論述白居易諷諭詩的傳統思考外，嘗試從楚〈騷〉「香草美人」的創作精神及其藝術特色，提供另一扇探索白居易諷諭詩的參考視窗，亦庶幾對這一面向論述較為不足的缺憾，有所彌補。

二、白居易花木諷諭詩與楚〈騷〉中的香草比興

白居易〈與元九書〉中曾對先秦以至唐代詩歌加以論述，其中有關六朝以來文章，好詠「風雪花草之物」[4]，缺乏比興、諷諭之旨，尤令人印象深刻：

> 至於梁、陳間，率不過嘲風雪、弄花草而已。噫！風雪花草之物，三百篇中，豈捨之乎？顧所用何如耳。設如「北風其涼」，假風以刺威虐也。「雨雪霏霏」，以愍征役也。「棠棣之華」，感華以諷兄弟也。「采采芣苡」，美草以樂有子也。皆興發於此，而義歸於彼；反是者可乎哉？然則「餘霞散成綺，澄江靜如練」；「離花先委露，別葉乍辭風」之什，麗則麗矣，吾不知其所諷焉。故僕所謂嘲風雪、弄花草而已。於時六義盡去矣！

白氏所指「比興」，實重在闡發寄托諷諭的創作精神，並不專指「比興」手法，因此在他此下所舉有關杜詩〈新安〉、〈石壕〉等作，遂頗多賦體之作[5]。而這一特性，實際上正與白居易諷諭詩中大量有關花木書寫的創作精神互相契合。

白居易論述六朝文章中大量「嘲風雪，弄花草」，忽略諷諭精神的現象，同時也指出作品題材與創作態度兩者間的區別，因此他追本溯源地直指「《三百篇》中豈捨之乎？顧

所用何如耳。」而能「軒翥詩人之後，奮飛辭家之前」的《楚辭》，正是將《詩經》中花木描寫的比興精神進一步闡發，從而塑造其完美效果與文學特色的最佳典範，也正是劉勰在《文心雕龍．辨騷》中論述屈〈騷〉的重要精神。因此楚〈騷〉儘管並非重現《詩經》中花木書寫的原始風貌，而這一創作精神，基本上固然源自《詩經》，但已踵事增華，更富於新變。因此白居易〈與元九書〉中仍推崇楚〈騷〉富於「風人」之旨：

> 國風變為騷辭，五言始於蘇、李。蘇、李、騷人皆不遇者，各繫其志，發而為文。故河梁之句，止於傷別；澤畔之吟，歸於怨思；彷徨抑鬱，不暇及他耳。然去詩未遠，梗概尚存。故興離別，則引雙梟一雁為喻；諷君子小人，則引香草惡鳥為比；雖義類不具，猶得風人之什二三焉，於時六義始缺矣。

白居易雖然大力強調《詩經》中的比興、諷諭精神，因而有貶抑其後戰國、兩漢詩賦之作的情形，如上引的楚〈騷〉相關論述，但這並不表示白居易不重視辭賦創作，例如他也在〈寄唐生詩〉中說：「功高虞人箴，痛甚騷人辭。」[6]推崇屈原、宋玉的辭賦；其次，白居易的新樂府詩人形象，固然深植人心，但白居易從年少以來，即頗殫盡心力於辭賦之研讀與創作，不僅具有相當深厚的辭賦造詣，更成為唐代著名的賦家之一[7]；此外，最引人注意的是，他大量以花木書寫為主的諷諭詩，更經常具體而微地浮現楚〈騷〉的「香草美人」比興精神與藝術身影，同時也拓展出富於變創特色的另一創作面向。茲分別論述如下：

（一）白居易花木諷諭詩中的楚〈騷〉身影

1. 花木與德行

王逸謂屈原「〈離騷〉之文，依《詩》取興，引類譬諭，故善鳥香草，以配忠貞；惡禽臭物，以比讒佞。」其中即不乏以花木比興，從而寄寓君子、小人德行之殊異，例如屈原〈離騷〉說：

> 余既滋蘭之九畹兮，又樹蕙之百畝。畦留夷與揭車兮，雜杜衡與芳芷。冀枝葉之峻茂兮，願俟時乎吾將刈。雖萎絕其亦何傷兮，哀眾芳之蕪穢。

其中蘭草尤為君子之德的象徵，故〈離騷〉中屈原每以蘭之芬芳自我隱喻，例如「紛吾既有此內美兮，又重之以脩能。扈江離與辟芷兮，紉秋蘭以為佩。」「朝搴阰之木蘭兮，夕攬洲之宿莽。」「朝飲木蘭之墜露兮」等等，相對而言，屈〈騷〉則以蕭艾之草喻群小之不肖，故說：「蘭芷變而不芳芬，荃蕙化而為茅。何昔日之芳草兮，今直為此蕭艾也。」於是在蘭、艾二者成為屈原楚〈騷〉中君子、小人的典型象徵。由是而反觀白居易諷諭詩中的〈問友〉，其間屈〈騷〉身影昭然可見：

> 種蘭不種艾，蘭生艾亦生。根荄相交長，莖葉相附

> 榮。香莖與臭葉，日夜俱長大。鋤艾恐傷蘭，溉蘭恐滋艾。蘭亦未能溉，艾亦未能除。沉吟意不決，問君欲何如。（〈問友〉）

這首詩中「香莖與臭葉，日夜俱長大。」「鋤艾恐傷蘭，溉蘭恐滋艾。」正是將蘭、艾兩者作為貞善與惡臭之別的主要諷諭旨趣，濃厚地流露屈〈騷〉之旨，但白詩中蘭、艾卻進一步延伸道德意義上的對比象徵，從而使兩者互相糾葛成命運共同體的關係，因此白居易〈問友〉詩雖未能具體指陳創作背景，但緣於蘭、艾兩者的這層生存關係，則確是詩人「沉吟意不決，問君欲何如。」態度的重要關鍵。這一層比興之義，則是別出屈〈騷〉之外的，故清代查慎行《白香山詩評．卷上》才說：「『鋤艾恐傷蘭』二句，卻是未經人道。」[8]

白居易諷諭詩中君子、小人意義的比興旨趣，運用了大量的花、木，除如上引源自楚〈騷〉的蘭、艾等類植物外，亦著重借鑒更為豐富的花木題材，例如松、槐就經常成為詩人筆下君子、小人典型的化身，例如：

> 亭亭山上松，一一生朝陽。森聳上參天，柯條百尺長。漠漠塵中槐，兩兩夾康莊。婆娑低覆地，枝幹亦尋常。八月白露降，槐葉次第黃。歲暮滿山雪，松色鬱青蒼。彼如君子心，秉操貫冰霜。此如小人面，變態隨炎涼。共知松勝槐，誠欲栽道傍。糞土種瑤草，瑤草終不芳。尚可以斧斤，伐之為棟梁。殺身獲其所，為君構明堂。不然終天年，老死在南岡。不願亞

> 枝葉，低隨槐樹行。（〈和松樹〉）

其中「彼如君子心，秉操貫兵霜。比如小人面，變態隨炎涼。」即以「松／槐」取代楚〈騷〉中「蘭／艾」的比興方式。而白居易此詩固然源於酬和元稹〈松樹〉而作，但〈和松樹〉所特別標舉的君子、小人意涵，則是元稹原詩中並未加著墨的：

> 華山高幢幢，上有高高松。株株遙各各，葉葉相重重。槐樹夾道植，枝葉俱冥蒙。既無貞直幹，復有罥掛蟲。何不種松樹，使之搖清風。秦時已曾種，憔悴種不供。可憐孤松意，不與槐樹同。閒在高山頂，樛盤虯與龍。屈為大廈棟，庇蔭侯與公。不肯作行伍，俱在塵土中。[9]（〈松樹〉）

元、白兩人的酬和之詩，俱不免有懷才不遇之歎，但白氏的〈和松樹詩〉更凸顯松、槐之間，君子、小人的品德觀照，與元稹原詩強調才用的意涵顯然同中有異。因此從此一比興精神而言，白氏的〈和松樹詩〉實更深刻反映出屈〈騷〉的重要身影。

白居易運用異於屈〈騷〉中的花木作為比興素材，從而寄託君子、小人諷諭之意者，在其與元稹相互酬和的詩歌中，也不乏這類例子。譬如元、白二人之間，以竹為主的〈種竹〉、〈酬元九對新栽竹有懷見寄〉等往來詩中，即可見白氏以君子之德為比興意涵的竹木書寫：

> 昔公憐我直，比之秋竹竿。秋來苦相憶，種竹廳前看。失地顏色改，傷根枝葉殘。清風猶淅淅，高節空團團。鳴蟬聒暮景，跳蛙集幽闌。塵土復晝夜，梢雲良獨難。丹丘信云遠，安得臨仙壇。瘴江冬草綠，何人驚歲寒。可憐亭亭幹，一一青琅玕。孤鳳竟不至，坐傷時節闌。（元稹〈種竹並序〉）

> 昔我十年前，與君始相識。曾將秋竹竿，比君孤且直。中心一以合，外事紛無極。共保秋竹心，風霜侵不得。始嫌梧桐樹，秋至先改色。不愛楊柳枝，春來軟無力。憐君別我後，見竹長相憶。長欲在眼前，故栽庭戶側。分首今何處，君南我在北吟我贈君詩，對之心惻惻。（白居易〈酬元九對新栽竹有懷見寄〉）

元稹〈種竹並序〉所提及的白居易贈詩，特別指出「有節秋竹竿」，顯然即是君子之德的比興之義，白氏原詩似無可考，但元稹據此鋪陳君子勵節之旨，則極為顯著；至於白居易再酬的〈酬元九對新栽竹有感見寄〉除繼承原作的比興精神，深化秋竹之君子心外，更進一步結合梧桐樹與楊柳枝的「秋至先改色」、「春來軟無力」，對比出君子、小人的不同節操。而這一比興特色，從其精神本質而言，實與上述「松／槐」比興異曲同工，並皆取代屈〈騷〉原始的「蘭／艾」一類花木素材，然而在比興意義上，則無疑地傳承並闡發其中「香草美人」的重要創作精神。並且一致展現出「君子／小人」的道德、操守的重要意涵。

2. 花木與遇合

〈離騷〉中的花木書寫，固然不乏「君子／小人」的比興意涵，以表現屈原「紛吾既有此內美兮，又重之以脩能。」[10]的君子風範外，也指涉著一種文士不遇的內在情懷，故〈離騷〉說：「日月忽其不淹兮，春與秋其代序。惟草木之零落兮，恐美人之遲暮。」因此透過花木比興的藝術技巧，屈〈騷〉中也深刻地展現才士不遇的主題；白居易不少以花木為主的諷諭詩，都流露出類似的不遇襟懷，從而映射出楚〈騷〉花木比興的另一面向。例如〈離騷〉中「製芰荷以為衣兮，集芙蓉以為裳。不吾知其亦已矣，苟余情其信芳。」作為詩人自己「吾獨窮困乎此時。」的時命寫照。而此一藉蓮、荷以比興的手法，在白居易以荷、蓮為主的諷諭詩中也經常可見，例如：

> 污溝貯濁水，水上葉田田。我來一長歎，知是東溪蓮。下有青泥污，馨香無復全。上有紅塵撲，顏色不得鮮。物性猶如此，人事亦宜然。託根非其所，不如遭棄捐。昔在溪中日，花葉媚清漣。今來不得地，憔悴府門前。（〈京兆府新栽蓮〉）
>
> 東林北塘水，湛湛見底清。中生白芙蓉，菡萏三百莖。白日發光彩，清飆散芳馨。洩香銀囊破，瀉露玉盤傾。我漸塵垢眼，見此瓊瑤英。乃知紅蓮花，虛得清淨名。夏萼敷未歇，秋房結纔成。夜深眾僧寢，獨起繞池行。欲收一顆子，寄向長安城。但恐出山去，人間種不生。（〈東林寺白蓮〉）

這二篇以蓮為題的諷諭詩，白居易基本上仍十足展現他「鋪采摛文，體物寫志。」[11]的辭賦才能。其中濃厚的諷諭旨趣，則主要指涉著「託根非其所，不如遭棄捐。」因此儘管〈東林寺白蓮〉中筆觸較為內斂含蓄，然而詩末歸旨於「但恐出山去，人間種不生。」並且指向「長安」京城，則其運用荷蓮「物性猶如此，人事亦宜然。」的比興特色，其中文士不遇的時命慨歎，畢竟昭然若揭。也因此與屈〈騷〉中運用荷、蓮，反映不與濁世同流合污的詩人美德，從而凸顯士不遇的基本旨趣頗為契合。尤其是〈東林寺白蓮〉透過山寺與人間（長安）的不同空間描述，即在闡明自我與外在世界的扞格不入，從而再現屈〈騷〉中以荷、蓮高潔自喻的比興特色，這是白居易以荷、蓮為題的諷諭詩，展現屈〈騷〉比興身影另一重要面向；當然白詩並非一味摹擬，在這兩首詩中，他同時又巧妙地將屈〈騷〉中自比高潔，始終不渝的荷、蓮意象，予以變形。例如在〈京兆府新栽蓮〉中，又強調蓮、荷因「託根非其所」的時命與不遇因素，產生神情、容貌的自我改變，於是產生「昔在溪中日，花葉媚清漣。今來不得地，憔悴府門前。」的慨歎，這一層旨趣則顯然跳脫屈〈騷〉原有荷蓮與俗世對立的表現手法，巧妙地結合美人遲暮、草木零落之意，從而凸顯出時不遇的命運摧殘下，士人生命之花的凋零與殘破，從而成為白詩取諸屈〈騷〉身影，而又有所變創的另一比興特色。

白氏諷諭詩中透過花木比興，寄寓不遇之思的書寫旨趣，除了運用上述屈〈騷〉的荷、蓮意象外，又擴及於更為豐富的其他花木意象，例如：

城中看花客，旦暮走營營。素華人不顧，亦占牡丹名。閉在深寺中，車馬無來聲。唯有錢學士，盡日繞叢行。憐此皓然質，無人自芳馨。眾嫌我獨賞，移植在中庭。留景夜不暝，迎光曙先明。對之心亦靜，虛白相向生。唐昌玉蕊花，攀玩眾所爭。折來比顏色，一種如瑤瓊。彼因稀見貴，此以多為輕。始知無正色，愛惡隨人情。豈惟花獨爾，理與人事並。君看入時者，紫豔與紅英。（〈白牡丹〉）

人言百果中，唯棗凡且鄙。皮皴似龜手，葉小如鼠耳。胡為不自知，生花此園裡。豈宜遇攀玩，幸免遭傷毀。二月曲江頭，雜英紅旖旎。棗亦在其間，如嫫對西子。東風不擇木，吹煦長未已。眼看欲合抱，得盡生生理。寄言遊春客，乞君一迴視。君愛繞指柔，從君憐柳杞。君求悅目豔，不敢爭桃李。君若作大車，輪軸材須此。（〈杏園中棗樹〉）

偃蹇月中桂，結根依青天。天風繞月起，吹子下人間。飄零委何處，乃落匡廬山。生為石上桂，葉如翦碧鮮。枝幹日長大，根荄日牢堅。不歸天上月，空老山中年。廬山去咸陽，道里三四千。無人為移植，得入上林園。不及紅花樹，長栽溫室前。（〈潯陽三題・廬山桂〉）

潯陽十月天，天氣仍溫燠。有霜不殺草，有風不落木。玄冥氣力薄，草木冬猶綠。誰肯湓浦頭，回眼看修竹。其有顧盼者，持刀斬且束。剖劈青琅玕，家家蓋牆屋。吾聞汾晉間，竹少重如玉。胡為取輕賤，生此西江曲。（〈潯陽三題・湓浦竹〉）

豫樟生深山，七年而後知。挺高二百尺，本末皆十圍。天子建明堂，此材獨中規。匠人執斤墨，采度將有期。孟冬草木枯，烈火燎山陂。疾風吹猛燄，從根燒到枝。養材三十年，方成棟梁姿。一朝為灰燼，柯葉無孑遺。地雖生爾材，天不與爾時。不如糞土英，猶有人掇之。已矣勿重陳，重陳令人悲。不悲焚燒苦，但悲采用遲。（〈寓意詩五首．其一〉）

在這些運用不同花木比興的諷諭詩，其中主要旨趣即圍繞在士才與時用之間，即如〈寓意詩〉所謂「地雖生爾材，天不與爾時。」「不悲焚燒苦，但悲采用遲。」之意，因此與前引〈東林寺白蓮〉同為白居易元和十年，擔任江州司馬期間所作的〈潯陽三題〉[12]便在序言中提到：

廬山多桂樹，湓浦多修竹。東林寺有白蓮花，皆植物之貞勁秀異者。雖宮囿省寺中，未必能盡有。夫物以多為賤，故南方人不貴重之。至有蒸爨其桂，翦棄其竹，白眼於蓮花者，予惜其不生於北土也，因賦三題以唁之。

這一期間也正是白居易撰寫名作〈琵琶行〉之際，而〈潯陽三題．序〉中所謂的「予惜其不生於北土也。」實即寄寓其貶謫南方的不遇之歎，其中浮現濃厚的「天涯淪落」之悲，而白居易〈與元九書〉中論述「諷君子小人，則香草惡鳥為比。……猶得風人之什二、三焉。」也同為此一期間所撰。據羅聯添先生所考察白樂天被貶的原因：

> 案樂天被貶內在的遠因，陳氏（陳寅恪）認為是樂天的父母婚配不合當時社會的禮法人情，這種看法或不無道理。但近因則是因為諷諭樂府詩及奏狀得罪了內外的當權者，元和十一年他有一封信寫給楊虞卿說：「僕始得罪於人也，竊自知矣。……在近職時，……不識時之忌諱，凡直奏密啟外有合方便於上者，稍以歌詩導之，意者欲其易入而深誡也。不我同者得以為計，謀孽之辭一發，又安可君臣之道間自明白其心乎？加以握兵於外者，以僕潔慎不受賂而憎，秉權於內者以僕介獨不附己而忌，其餘付離之者惡僕獨異又信，狺狺吠聲，唯恐中傷之不獲，以此得罪，可不悲乎。」[13]

這種貶謫意識與士不遇的慨歎，普遍出現在白居易這一時期創作的詩歌，作於元和十年的〈謫居〉、〈初貶官過望秦嶺〉即直接以「貶」、「謫」為題。而前引運用花木比興的詩歌，如〈白牡丹〉，亦撰成於元和十年[14]。亦可見白居易這類以花木為題，寄遇淪落之悲的詩歌，實與當時貶謫南遷的際遇密切相關。而這一層創作心理及其背景，實與屈〈騷〉中「香草美人」的比興精神，以至於詩人屈原的身世際遇極為相契，這也是白居易這類諷諭詩，展現楚〈騷〉身影的另一精神面向。

3. 花木與君國

由於屈〈騷〉表現的疏放情懷，結合了大量比興的藝術技巧，正如前引王逸《楚辭章句‧離騷序》中的香草美人論述，因而拓寬了屈〈騷〉的抒情效果與獨創特色[15]。其中疏放意識下流瀉而出的濃烈君國之思及其忠怨之情，亦為楚〈騷〉花木比興的重要旨趣之一。因此其中君王固然可以化身為「荃」、「蓀」一類的香花芳草，而圍繞於君王周圍的忠臣貞士與讒佞群小，則化為不同花木的比興意涵，同時香草與臭物之間的善惡不分、是非顛倒，也成為屈〈騷〉反映君國之思，從而抒發忠怨之情的重要藝術手法。例如：

> 戶服艾以盈要兮，謂幽蘭其不可佩。覽察草木其猶未得兮，豈珵美之能當？蘇糞壤以充幃兮，謂申椒其不芳。

屈〈騷〉的這一比興意涵及其藝術技巧，也經常出現在白居易花木類的諷諭詩中，並主要呈現為以下兩種書寫型態：⑴花木與君臣。⑵花木與賢佞。前者強調花木的期待賞愛，以為君國之用，及其失望惆悵的忠怨之情。這類作品，可以〈答桐花〉為其中典型代表：

> 山木多蓊鬱，茲桐獨亭亭。葉重碧雲片，花簇紫霞英。是時三月天，春暖山雨晴。夜色向月淺，闇香隨風輕。行者多商賈，居者悉黎氓。無人解賞愛，有客獨屏營。手攀花枝立，足蹋花影行。生憐不得所，死欲揚其聲。截為天子琴，刻作古人形。云待我成器，薦之於穆清。誠是君子心，恐非草木情。胡為愛其華，而反傷其生。老龜被刳腸，不如無神靈。雄雞自斷尾，不願為犧牲。況此好顏色，花紫葉青青。宜遂

天地性，忍加刀斧刑。我思五丁力，拔入九重城。當君正殿栽，花葉生光晶。上對月中桂，下覆階前蓂。汎拂香爐煙，隱映斧藻屏。為君布綠陰，當暑蔭軒楹。沈沈綠滿地，桃李不敢爭。為君發清韻，風來如叩瓊。泠泠聲滿耳，鄭衛不足聽。受君封植力，不獨吐芬馨。助君行春令，開花應晴明。受君雨露恩，不獨含芳榮。戒君無戲言，翦葉封弟兄。受君歲月功，不獨資生成。為君長高枝，鳳皇上頭鳴。一鳴君萬歲，壽如山不傾。再鳴萬人泰，泰階為之平。如何有此用，幽滯在巖坰。歲月不爾駐，孤芳坐凋零。請向桐枝上，為余題姓名。待余有勢力，移爾獻丹庭。

其中「體物寫志」的辭賦筆法，固然清晰可尋，卻又富於層次變化，先是借由「行者」、「居者」的不解桐花，推及「君子」的「生憐不得所，死欲揚其聲。」卻又以「誠是君子心，恐非草木情。」迴旋出桐花的真正情志，以下便大力在「鋪采摛文」中，多面向地衍述桐花欲入「九重城」、「正殿」中，「當君」、「受君」、「助君」、「戒君」竭心盡力的忠貞之志，然而篇末則在「如何有此用，幽滯在巖坰？歲月不爾駐，孤芳坐凋零。」等句的自律、自慰中，映射出白居易藉桐花比興的君國之思與忠怨之情。因而此詩雖為唱和元稹之作，但較之元作〈桐花〉中的君國、忠怨情思濃厚而強烈，筆法也更富變化：

朧月上山館，紫桐垂好陰。可惜暗澹色，無人知此心。舜沒蒼梧野，鳳歸丹穴岑。遺落在人世，光華那復深。年年怨春意，不競桃杏林。唯占清明後，牡丹還復侵。況此空館閉，云誰恣幽尋。徒煩鳥噪集，不語山嶔岑。滿院青苔地，一樹蓮花簪。自開遠自落，暗芳終暗沈。爾生不得所，我願裁為琴。安置君王側，調和元首音。安問宮徵角，先辨雅鄭淫。宮弦春以君，君若春日臨。商弦廉以臣，臣作旱天霖。人安角聲暢，人困鬥不任。羽以類萬物，祅物神不歆。徵以節百事，奉事罔不欽。五者苟不亂，天命乃可枕。君若問孝理，彈作梁山吟。君若事宗廟，拊以和球琳。君若不好諫，願獻觸疏箴。君若不罷獵，請聽荒於禽。君若侈臺殿，雍門可霑襟。君若傲賢雋，鹿鳴有食芩。君聞祈招什，車馬勿駸駸。君若欲敗度，中有式如金。君聞薰風操，志氣在愔愔。中有阜財語，勿受來獻賝。北里當絕聽，禍莫大於婬。南風苟不競，無往遺之擒。姦聲不入耳，巧言寧孔壬。梟音亦云革，安得沴與祲。天子既穆穆，群材亦森森。劍士還農野，絲人歸織紝。丹鳳巢阿閣，文魚游碧潯。和氣浹寰海，易若溉蹄涔。改張乃可鼓，此語無古今。非琴獨能爾，事有諭因鍼。感爾桐花意，閑怨杳難禁。待我持斤斧，置君為大琛。（〈桐花〉）

元、白二人唱和之詩，皆本於楚〈騷〉香草美人的君國之思，但白居易〈答桐花〉則更以「曲終奏雅」的辭賦筆法，凸顯報效君國無門之下的不遇之懷與忠怨之情。故《唐宋詩醇》說：

> 元詩中有「爾生不得所，我願裁為鑒。安置君王側，調和元首音。」之句，此詩前段命意相似，所為同者不能自異也。「我思五丁力」以下，推廣言之，放聲大作，所謂異者不能強同也。……此則纏綿濃至，一唱三歎，可知居易非無意用世者，惜旋用旋黜，不獲竟其才身。[16]

可見〈答桐花〉中白居易是藉花木的比興技巧，展現君臣不能遇合之下的君國之思與忠怨之情，典型地具現了花木與君臣的比興意涵及其特色。此外，白居易這類諷諭詩也經常借鑒楚〈騷〉中不同花木，分別指涉賢佞的比興旨趣，從而寄寓其君國之思與忠怨之情，這是白居易花木比興的另一重要類型，例如：

> 人言百果中，唯棗凡且鄙。皮皴似龜手，葉小如鼠耳。胡為不自知，生花此園裡。豈宜遇攀玩，幸免遭傷毀。二月曲江頭，雜英紅旖旎。棗亦在其間，如嫫對西子。東風不擇木，吹煦長未已。眼看欲合抱，得盡生生理。寄言遊春客，乞君一迴視。君愛繞指柔，從君憐柳杞。君求悅目豔，不敢爭桃李。君若作大車，輪軸材須此。（〈杏園中棗樹〉）
>
> 前池秋始半，卉物多摧壞。欲暮槿先萎，未霜荷已敗。默然有所感，可以從茲誡。本不種松筠，早彫何足怪。（〈秋池二首・其一〉）
>
> 鑿池貯秋水，中有蘋與芰。天旱水暗消，堨然委空地。有似泛泛者，附離權與貴。一旦恩勢移，相隨共

憔悴。（〈秋池二首·其二〉）

藤花紫蒙茸，藤葉青扶疏。誰謂好顏色，而為害有餘。下如蛇屈盤，上若繩縈紆。可憐中間樹，束縛成枯株。柔蔓不自勝，嫋嫋掛空虛。豈知纏樹木，千夫力不如。先柔後為害，有似諛佞徒。附著君權勢，君迷不肯誅。又如妖婦人，綢繆蠱其夫。奇邪壞人室，夫惑不能除。寄言邦與家，所慎在其初。毫末不早辨，滋蔓信難圖。願以藤為戒，銘之於座隅。（〈紫藤〉）

〈杏園中棗樹〉中運用棗樹之賢能俊才，對比柳杞、桃李等虛有其表，華而不實；〈秋池二首·其一〉，以松筠不凋，反襯槿、荷之「欲暮先萎」、「未霜已敗」，尤其在〈秋池二首·其二〉，更在蘋、芰的比興中，進一步指涉群小之攀附權貴，見風轉舵，深刻展現賢士與佞小的不同群相。特別在〈紫藤〉中，白居易將賢者反為小人拘絆，有志難伸，以至抑鬱以終，比方成「可憐中間樹，束縛成枯株。」其中紫藤一物正是群小的花木象徵，並且在「誰謂好顏色，而為害有餘」的讒佞描述中，清晰地指陳他們迷君惑上，敗壞家國的深遠遺害，從而寄託詩人的君國之思與忠怨之情。此亦為白居易花木比興，取法楚〈騷〉香草美人旨趣的同時，還能展現詩人自我風貌的重要例證。

白居易以花木比興為書寫重心的上述三大類型諷諭詩，固然基本旨趣上仍傳承自屈〈騷〉，然而畢竟並未為屈〈騷〉花木比興的原始型態與傳統意涵所局限。因此其中也經常展現詩人獨出機杼的變創特色及其風貌。例如他曾以花木比興君子才士之「窮而後工」，按「窮而後工」固然語出宋代歐陽修[17]，但在白居易〈文柏床〉中，顯已寄寓類似旨趣，並因出自花木比興之法；至於詩中「好文章」之旨，自然不如歐陽修古文《梅聖俞詩集・序》中那般辭意顯豁，但神理則極為相契：

> 陵上有老柏，柯葉寒蒼蒼。朝為風煙樹，暮為宴寢床。以其多奇文，宜升君子堂。刮削露節目，拂拭生輝光。玄斑狀貍首，素質如截肪。雖充悅目玩，終乏周身防。華彩誠可愛，生理苦已傷。方知自殘者，為有好文章。（〈文柏床〉）

尤其白居易〈文柏床〉乃作於其被貶江州司馬期間，故前人謂「時貶江州，隱然有自傷之意。」[18]實與歐文中的慨歎不謀而合。

（二）白居易花木諷諭詩的楚〈騷〉變創

1. 花木與門第

白居易諷諭詩中的花木比興意涵，有時明顯地迥異於楚〈騷〉，其中之一即指涉著寒門之士的辛酸悲愴，例如：

> 雨露長纖草，山苗高入雲。風雪折勁木，澗松摧為薪。風摧此何意，雨長彼何因。百丈澗底死，寸莖山上春。可憐苦節士，感此涕盈巾。（〈續古詩十首・

共四〉）

有松百尺大十圍，生在澗底寒且卑。澗深山險人絕路，老死不逢工度之。天子明堂欠梁木，此求彼有兩不知。誰喻蒼蒼造物意，但與之材不與地。金張世祿原憲貧，牛衣寒賤貂蟬貴。貂蟬與牛衣，高下雖有殊。高者未必賢，下者未必愚。君不見沈沈海底生珊瑚，歷歷天上種白榆。（〈澗底松〉）

其中論及出身門第問題，固然不乏晉左思〈詠史．澗底松〉的舊影，但仍變創地指涉國家棟材，甚至當時的牛、李黨爭，故陳寅恪即認為：

樂天作此詩時，李吉甫雖已出鎮淮南，猶邀恩眷。牛僧孺則仍被斥關外，未蒙擢用。故此篇必於「金張世祿」之吉甫，「牛衣寒賤」之僧孺，有所憤慨感惜。非徒泛泛為「念寒儁」而作也。[19]

白居易花木諷諭詩涉及當代朝政；固然是屈〈騷〉香草美人之思的重要特色，但指陳門第出身則顯然已踰越屈〈騷〉原有的比興意涵；此外，作於元和年間的〈寓意詩五首．其五〉雖基本上仍借鑒屈〈騷〉香草美人的比興技巧，卻又變創地結合花木、蠹蟲、禽鳥三者的彼此牽聯，隱約影射當時的賢佞群相，寄寓其對政治場域中世態炎涼的概歎[20]，從而成為白居易諷諭詩中花木比興另一新變風貌。至於此中「啄木鳥」是否指涉當時的諫官失職，而與他新樂府〈紫毫筆〉針對諫官「譏失職」的旨趣相同[21]，則因白氏既採花木比興手法，而又缺乏像〈紫毫筆〉的題下注文，因此難以論定，惟可聊供參考。而白居易這類花木諷諭詩中，固然像屈〈騷〉一樣，具有濃厚的當代政治諷諭身影，以至於從其花木比興中，我們可輕易察見君臣、賢佞等等對應意涵及其君國之思、忠怨之情。但白居易的花木諷諭詩仍自有其新變風貌，除上述這些例子外，他的新變特色還更普遍展現出深刻而清晰的史鑒意識，成為這類花木諷諭詩借鑒楚〈騷〉身影，而又深具變創意義的另一代表例證。

2. 花木與史鑒

屈〈騷〉中固然不乏豐富的史鑒意識與相關書寫，但其表現手法，主要訴諸直接的引述，並未運用香草美人的比興技巧，因此屈〈騷〉中除「昔三后之純粹兮，固眾芳之所在。雜申椒與菌桂兮，豈惟紉夫蕙茝。」[22]一處論及先王之政外，其餘大體皆如此段以下之情形：

> 彼堯舜之耿介兮，既遵道而得路。何桀紂之猖披兮，夫唯捷徑以窘步．惟夫黨人之偷樂兮，路幽昧以險隘。豈余身之憚殃兮，恐皇輿之敗績。忽奔走以先後兮，及前王之踵武。

換言之，楚〈騷〉中的史鑒論述基本上並不運用花木比興的手法，但在白居易的諷諭詩中，則頗多結合花木比興的藝術特色，從事其詩歌中的史鑒諷諭書寫，作於元和初年的〈有木詩八首〉，即是其中的重要代表作品，這一創作旨趣，白居易在其〈有木詩八首序〉中已清晰予以指陳：

余嘗讀漢書列傳，見佞順婞婀，圖身忘國。如張禹輩者，見惑上蠱下，交亂君親；如江充輩者，見暴狠跋扈，壅君樹黨；如梁冀輩者，見色仁行遠，先德後賊；如王莽輩者，又見外狀恢弘，中無實用者；又見附離權勢，隨之覆亡者，其初皆有動人之才，足以惑眾媚主，莫不合於始而敗於終也。因引風人、騷人之興，賦〈有木〉八章，不獨諷前人，欲儆後代爾。

序文中透過各種不同花木的比興指涉，對照古、今的政治人物，這一藝術特色確實展現白居易諷諭詩借鑒於楚〈騷〉之外的變創特色，而且出之以組詩方式，並結合序文詳述創作旨趣，展現了詩人本身追求新變的創作意義。當然這類花木詩歌中，仍然具備上述白居易慣用的君臣、賢佞、貞邪等主要比興意涵，但更重要的是這類創作已超越當代論述的平面諷諭意義，注入豐富的史鑒意識，從而展現更為縱深的創作意涵。因此其中的花木比興，既可對照白居易序言所指的歷史人物，也同時可以反映白居易及其當代的政治人物群相。例如：

有木名弱柳，結根近清池。風煙借顏色，雨露助華滋。峨峨白雪花，嫋嫋青絲枝。漸密陰自庇，轉高梢四垂。截枝扶為杖，軟弱不自持。折條用樊圃，柔脆非其宜。為樹信可玩，論材何所施。可惜金堤地，栽之徒爾為。(〈有木詩八首・其一〉)

有木名杜梨，陰森覆丘壑。心蠹已空朽，根深尚盤薄。狐媚言語巧，鳥妖聲音惡。憑此為巢穴，往來互棲託。四傍五六本，葉枝相交錯。借問因何生，秋風吹子落。為長社壇下，無人敢芟斫。幾度野火來，風迴燒不著。(〈有木詩八首・其四〉)
有木名凌霄，擢秀非孤標。偶依一株樹，遂抽百尺條。託根附樹身，開花寄樹梢。自謂得其勢，無因有動搖。一旦樹摧倒，獨立暫飄颻。疾風從東起，吹折不終朝。朝為拂雲花，暮為委地樵。寄言立身者，勿學柔弱苗。(〈有木詩八首・其七〉)
有木名丹桂，四時香馥馥。花團夜雪明，葉翦春雲綠。風影清似水，霜枝冷如玉。獨占小山幽，不容凡鳥宿。匠人愛芳直，裁截為廈屋。幹細力未成，用之君自速。重任雖大過，直心終不曲。縱非梁棟材，猶勝尋常木。(〈有木詩八首・其八〉)

故《韻語陽秋》即說：

白樂天賦〈有木〉八章，其六章託弱柳、櫻桃、枳橘、杜梨、野葛、水檉，以諷在位者。至第七章，……專又以諷附麗權勢者。其八章則曰，……蓋樂天自謂也。[23]

白居易詩歌藉由花木比興，寄寓史鑒旨趣的諷諭之作，有時則採取詠史與花木比興結合的創作型態，例如〈新樂府〉中，即不乏這類例子：

隋堤柳，歲久年深盡衰朽。風飄飄兮雨蕭蕭，三株兩株汴河口。老枝病葉愁殺人，曾經大業年中春。大業年中煬天子，種柳成行夾流水。西自黃河東至淮，綠陰一千三百里。大業末年春暮月，柳色如煙絮如雪。南幸江都恣佚遊，應將此柳繫龍舟。紫髯郎將護錦纜，青娥御史直迷樓。海內財力此時竭，舟中歌笑何日休。上荒下困勢不久，宗社之危如綴旒。煬天子，自言福祚長無窮，豈知皇子封酅公。龍舟未過彭城閣，義旗已入長安宮。蕭牆禍生人事變，晏駕不得歸秦中。土墳數尺何處葬，吳公臺下多悲風。二百年來汴河路，沙草和煙朝復暮。後王何以鑒前王，請看隋堤亡國樹。（〈隋堤柳〉）

草茫茫，土蒼蒼。蒼蒼茫茫在何處，驪山腳下秦皇墓。墓中下涸二重泉，當時自以為深固。下流水銀象江海，上綴珠光作烏兔。別為天地於其間，擬將富貴隨身去。一朝盜掘墳陵破，龍槨神堂三月火。可憐寶玉歸人間，暫借泉中買身禍。奢者狼藉儉者安，一凶一吉在眼前。憑君回首向南望，漢文葬在霸陵原。（〈草茫茫〉）

白居易〈隋堤柳〉題下注云：「憫亡國也。」但其旨趣實不止於感傷而更重在諷諭，故篇末才特別強調：「後王何以鑒前王，請看隋堤亡國樹。」以亡國之樹作為隋堤柳的比興意涵，即是此詩借古諷今的主要史鑒旨趣。至於〈草茫茫〉，則藉由秦皇陵墓四周的芳草蒼茫，對照漢文帝的灞陵，從而寄寓「奢者狼藉儉者安，一凶一吉在眼前。」的史鑒意涵，而其題下注說：「懲厚葬也。」當有鑒於當代的厚葬之風，故其〈策林・禁厚葬〉即說：

> 國朝參古今之儀，制喪葬之紀：尊卑豐約，煥然有章。今則鬱而不行於天下者久矣，至使送終之禮，大失其中：貴賤昧從死之文，奢儉乖稱家之義。況多藏必辱於死者，厚費有害於生人，習不知非，寖而成俗：此乃敗禮法，傷財力之一端也。陛下誠欲革其弊，抑其淫，則宜乎振舉國章，申明喪紀：奢侈非宜者，齊之以禮；凌僭不度者，董之以威。故威行於下，則壞法犯貴之風移矣；禮適其中，則破產傷生之俗格矣。移風格俗，其在茲乎？[24]

由此亦可見白居易借鑒並闡揚屈〈騷〉中的花木比興與史鑒內容，從而在變創中，完成其花木諷諭詩的獨特風貌及其史鑒精神等的重要面向。

3. 花事與人心

上述花木諷諭詩，可以說是白詩對於屈〈騷〉比興特色中有變的精神體現。此外，白居易諷諭詩中還有迥異於屈〈騷〉的是，改變花木在這些作品中的虛擬精神及其風貌，直接訴諸當時實際的花木現象及其觀照，從而申明其諷諭內容及其旨趣。換言之，白居易借鑒屈〈騷〉花木比興的主要手法，主在「言在此（花木）而意在彼（人事）」，而下引的花木諷諭詩，則言雖在此（花木），但意則涵括彼（人事）、此（花木）；其具體手法是由花及人，同時又由花比人，與前者之著重由花比人有所不同。從而形成這類詩迥異屈

〈騷〉，又富於變創色彩的重要特徵，例如：

牡丹芳，牡丹芳，黃金蕊綻紅玉房。千片赤英霞爛爛，百枝絳點燈煌煌。照地初開錦繡段，當風不結蘭麝囊。仙人琪樹白無色，王母桃花小不香。宿露輕盈泛紫豔，朝陽照耀生紅光。紅紫二色間深淺，向背萬態隨低昂。映葉多情隱羞面，臥叢無力含醉妝。低嬌笑容疑掩口，凝思怨人如斷腸。穠姿貴彩信奇絕，雜卉亂花無比方。石竹金錢何細碎，芙蓉芍藥苦尋常。遂使王公與卿士，遊花冠蓋日相望。庳車軟輿貴公主，香衫細馬豪家郎。衛公宅靜閉東院，西明寺深開北廊。戲蝶雙舞看人久，殘鶯一聲春日長。共愁日照芳難駐，仍張帷幕垂陰涼。花開花落二十日，一城之人皆若狂。三代以還文勝質，人心重華不重實。重華直至牡丹芳，其來有漸非今日。元和天子憂農桑，卹下動天天降祥。去歲嘉禾生九穗，田中寂寞無人至。今年瑞麥分兩岐，君心獨喜無人知。無人知，可歎息。我願暫求造化力，減卻牡丹妖豔色。少迴卿士愛花心，同似吾君憂稼穡。（〈牡丹芳〉）

帝城春欲暮，喧喧車馬度。共道牡丹時，相隨買花去。貴賤無常價，酬直看花數。灼灼百朵紅，戔戔五束素。上張幄幕庇，旁織巴籬護。水灑復泥封，移來色如故。家家習為俗，人人迷不悟。有一田舍翁，偶來買花處。低頭獨長歎，此歎無人喻。一叢深色花，十戶中人賦。（〈買花〉）

城中看花客，旦暮走營營。素華人不顧，亦占牡丹名。閉在深寺中，車馬無來聲。唯有錢學士，盡日繞叢行。憐此皓然質，無人自芳馨。眾嫌我獨賞，移植在中庭。留景夜不暝，迎光曙先明。對之心亦靜，虛白相向生。唐昌玉蕊花，攀玩眾所爭。折來比顏色，一種如瑤瓊。彼因稀見貴，此以多為輕。始知無正色，愛惡隨人情。豈惟花獨爾，理與人事並。君看入時者，紫豔與紅英。（〈白牡丹〉）

這些作品固然有其同於屈〈騷〉比興手法的一面，然而就其兼論花事與人事，從而透過當時社會現象的相關論述，進而進行風俗人心與政治家國相關諷諭的表現手法，確展現出異於楚〈騷〉的新變風貌及其特色，例如〈白牡丹〉詩末所謂：「豈惟花獨爾，理與人事並。君看入時者，紫豔與紅英。」即具體而微地凸顯白居易這些諷諭詩融合花事與人事的創作特色。其中不僅花木成為白詩書寫的重要部分，同時圍繞花木本身的人為及社會活動，即是白居易筆下探索的重要問題核心，例如買花、賞花，以至花價等等，都具體而微地再現當時的花事現象；這一特點自異於楚〈騷〉花木比興的傳統手法。由此可見，白居易花木諷諭詩就其實際創作而言，畢竟主要借鑒並闡發楚〈騷〉香草美人的藝術精神，但在此之外，白居易也能嶄露出詩人新變的一面，從而反映白氏諷諭詩的時代特色與自我風貌。

三、白居易女性諷諭詩與屈〈騷〉的美人書寫

屈原〈離騷〉中的女性書寫，本質上即運用所謂香草美人的比興手法，其中主要旨趣，在以君王、賢臣為主要具體意涵的君國之思與忠怨之情，誠如王逸〈離騷經章句〉所謂：「靈脩美人，以媲於君；宓妃佚女，以譬賢臣。」例如〈離騷〉後半中，上下周遊的求女情節，大體即是以求賢臣為主要比興意涵[25]；此外，屈〈騷〉中也不乏借用女性之間的猜忌，比興賢人遭受群小譖毀之意，例如「眾女嫉余之蛾眉兮，謠諑謂余以善淫。」換言之，透過女性的相關論述，作為男性倫理中君臣與臣子之間彼此關係的比興意涵，即是屈〈騷〉中女性書寫的主要創作旨趣，亦即一般所謂的「香草美人」旨趣。

（一）白居易女性諷諭詩中的屈〈騷〉身影：女性與君臣

白居易以女性書寫為主的諷諭詩中，不乏寄寓這一類比興意涵，從而具現他取法屈〈騷〉香草美人之思的重要創作精神，例如：

> 窈窕雙鬟女，容德俱如玉。晝居不踰閾，夜行常秉燭。氣如含露蘭，心如貫霜竹。宜當備嬪御，胡為守

幽獨。無媒不得選，年忽過三六。歲暮望漢宮，誰在黃金屋。邯鄲進倡女，能唱黃花曲。一曲稱君心，恩榮連九族。（〈續古詩十首・其五〉）

涼風飄嘉樹，日夜減芳華。下有感秋婦，攀條苦悲嗟。我本幽閑女，結髮事豪家。豪家多婢僕，門內頗驕奢。良人近封侯，出入鳴玉珂。自從富貴來，恩薄讒言多。冢婦獨守禮，群妾互奇衺。但信言有玷，不察心無瑕。容光未銷歇，歡愛忽蹉跎。何意掌上玉，化為眼中砂。盈盈一尺水，浩浩千丈河。勿言小大異，隨分有風波。閨房猶復爾，邦國當如何。（〈續古詩十首・其七〉）

上述兩首諷諭詩，雖然筆墨大多描寫女性的婚嫁情事，然而屈〈騷〉求女論述經常提到的理弱而媒拙問題，都隱約可見近似屈〈騷〉香草美人的身影。尤其是在〈其七〉中，篇末歸旨於「閨房猶復爾，邦國當如何。」更婉約寄寓白居易女性諷諭詩遠承屈〈騷〉君國之思的創作旨趣。類似的女性比興還可見於白居易新樂府一類的諷諭詩中，例如〈太行路〉一首，雖並未直接以女性命題，但其實際書寫內容，則主要仍舊藉由男女的婚姻關係，作為君臣遇合及其君國之思的主要比興根據，從而具備深刻的政治諷諭意涵。其詩如下：

太行之路能摧車，若比人心是坦途。巫峽之水能覆舟，若比人心是安流。人心好惡苦不常，好生毛羽惡生瘡。與君結髮未五載，豈期牛女為參商。古稱色衰相棄背，當時美人猶怨悔。何況如今鸞鏡中，妾顏未改君心改。為君熏衣裳，君聞蘭麝不馨香。為君盛容飾，君看金翠無顏色。行路難，難重陳，人生莫作婦人身，百年苦樂由他人。行路難，難於山，險於水，不獨人間夫與妻。近代君臣亦如此，君不見左納言，右納史，朝承恩，暮賜死。行路難，不在水，不在山，只在人情反覆間。

詩中的君國之思，主要展現在「不獨人間夫與妻，近代君臣亦如此。」的比興建構上，故白居易於題下注謂：「借夫婦以諷君臣之不終也。」與上述〈續古詩十首〉比興手法與精神相近，但其旨趣則更形顯著，從而共同構成白居易女性諷諭詩體現屈〈騷〉香草美人之思的基本典型。

（二）白居易女性諷諭詩中的屈〈騷〉變創

1. 女性與女禍

楚〈騷〉中的女性書寫儘管洋溢著屈原的君國之思與忠怨之情，但其主要比興旨趣，不在諷諭女禍及其相關史鑒意識。例如〈離騷〉中的宓妃，雖被描述為：「保厥美以驕傲兮，日康娛以淫遊，雖信美而無禮兮，來違棄而改求。」與下文「望瑤臺之偃蹇兮，見有娀之佚女。」對照出一淫一貞的不同女性類型。但其比興意涵，畢竟重在君臣賢佞等男性意涵，與女禍本身並不相涉。上述白居易「女性與君國」類型中的諷諭詩即是屈騷此一身影的具體投射。

白居易另一類「女性與女禍」建構的諷諭詩，則成為白詩取諸屈〈騷〉比興，而又異於其原有香草美人意涵的另一新變特色。而其創作旨趣實與前引〈賞花〉、〈牡丹芳〉一類花木諷諭詩近似，即其中仍舊不乏屈〈騷〉香草美人所引發的君國之思，卻又在手法上直接取徑於女禍等相關情事，進而申明並興發君國之思。至於就其中女性人物的時代取材而言，大體可略加區分為：歷史女性與當代女性兩大類。

白居易女性諷諭詩中的歷史女性，可以先秦的妲己、褒似與楚國王妃、漢代的李夫人、王昭君等人為代表，至於這些具有女禍史鑒之旨的諷諭詩，就其表現型態而言，可略分如下：

⑴帝王——女寵

> 楚王多內寵，傾國選嬪妃。又愛從禽樂，馳騁每相隨。錦韝臂花隼，羅袂控金羈。遂習宮中女，皆如馬上兒。色禽合為荒，刑政兩已衰。雲夢春仍獵，章華夜不歸。東風二月天，春雁正離離。美人挾銀鏑，一發疊雙飛。飛鴻驚斷行，斂翅避蛾眉。君王顧之笑，弓箭生光輝。迴眸語君曰，昔聞莊王時。有一愚夫人，其名曰樊姬。不有此遊樂，三載斷鮮肥。（〈雜興三首・其一〉）

詩中直接運用楚王內寵與樊姬的對比，暗諷「色禽合為荒，刑政兩已衰」，故明代賀貽孫即說：「白樂天自愛其諷諭詩，言激而意質，故其立朝侃侃正直。所獻穆宗〈虞人箴〉並〈雜興〉詩楚王多內寵一篇，指點色禽之荒，婉切痛快，字字炯戒。」[26]其中即反映出白居易諷諭詩，藉由歷史上的女性人物，興發詩人的史鑒意識。〈新樂府〉則更明白揭櫫他「文章合為時而著，歌詩合為事而作。」的創作精神[27]，故白居易〈李夫人〉題下即注說：「鑒嬖惑也。」其詩如下：

漢武帝，初喪李夫人。夫人病時不肯別，死後留得生前恩。君恩不盡念未已，甘泉殿裡令寫真。丹青畫出竟何益，不言不笑愁殺人。又令方士合靈藥，玉釜煎鍊金鑪焚。九華帳深夜悄悄，反魂香降夫人魂。夫人之魂在何許，香煙引到焚香處。既來何苦不須臾，縹緲悠揚還滅去。去何速兮來何遲，是耶非耶兩不知。翠蛾髣髴平生貌，不似昭陽寢疾時。魂之不來君心苦，魂之來兮君亦悲。背燈隔帳不得語，安用暫來還見違。傷心不獨漢武帝，自古及今皆若斯。君不見穆王三日哭，重壁臺前傷盛姬。又不見泰陵一掬淚，馬嵬坡下念楊妃。縱令妍姿豔質化為土，此恨長在無銷期。生亦惑，死亦惑，尤物惑人忘不得。人非木石皆有情，不如不遇傾城色。

其中白居易雖以李夫人為題，但進而又以「傷心不獨漢武帝，自古及今不若斯。」因此詩中又稱引盛姬、貴妃等兩位古代與近代歷史女性，寄寓「尤物惑人」之旨。故近人陳寅恪論述此詩說：

不獨所舉之例，悉為帝王與妃嬪間之物語故實，且又借明皇、貴妃之事標出一真實之「今」字。自是陳諫戒於君上之詞，而非泛泛刺時諷俗之作也。……寅恪案：唐代女禍可謂烈矣。如武韋張楊張諸后妃之移國亂朝，皆世所習知者。今觀上引諸史文，知憲宗亦多內寵，樂天新樂府既以「為君而作」為其要義之一，宜有此取遠鑒於前朝覆轍，近切合於當日情事之諷諫詩篇也。[28]

可見藉由歷史上女性人物，尤其是帝王內寵的女禍指涉，乃是白居易諷諭詩在借鑒楚〈騷〉香草美人之思的基礎上，進行藝術變創，從而寄寓女禍史鑒意識的另一特色。

⑵美女——野獸

白居易女性諷諭詩寄寓女禍史鑒旨趣的表現型態，除上述直接運用帝王／女寵書寫模式之外，也呈現為「美女——野獸」的主要創作架構，進而透過豔色惑國，闡發女禍的史鑒旨趣，例如〈新樂府．古塚狐〉即是運用這一處理手法：

古冢狐，妖且老，化為婦人顏色好。頭變雲鬟面變妝，大尾曳作長紅裳。徐徐行傍荒村路，日欲暮時人靜處。或歌或舞或悲啼，翠眉不舉花顏低。忽然一笑千萬態，見者十人八九迷。假色迷人猶若是，真色迷人應過此。彼真此假俱迷人，人心惡假貴重真。狐假女妖害猶淺，一朝一夕迷人眼。女為狐媚害即深，日長月增溺人心。何況褒妲之色善蠱惑，能喪人家覆人國。君看為害淺深間，豈將假色同真色。

其中同時亦運用中唐以後民間流行的狐幻美女以惑人的傳說[29]，並結合先秦有關褒似、妲己的女禍事蹟，展現白居易傳承自屈〈騷〉香草美人的家國諷諭精神之餘，變創地反映女禍史鑒旨趣的重要表現型態。

⑶胡舞——女禍

白居易女性諷諭詩表現女禍思想的另一型態，是藉由外來的胡舞與女色的結合，從而寄寓君王沉溺胡風歌舞中不可自拔的史鑒旨趣，例如〈新樂府．胡旋女〉即表現此一書寫型態：

> 胡旋女，胡旋女，心應弦，手應鼓。弦鼓一聲雙袖舉，迴雪飄颻轉蓬舞。左旋右轉不知疲，千匝萬周無已時。人間物類無可比，奔車輪緩旋風遲。曲終再拜謝天子，天子為之微啟齒。胡旋女，出康居，徒勞東來萬里餘。中原自有胡旋者，鬥妙爭能爾不如。天寶季年時欲變，臣妾人人學圜轉。中有太真外祿山，二人最道能胡旋。梨花園中冊作妃，金雞障下養為兒。祿山胡旋迷君眼，兵過黃河疑未反。貴妃胡旋惑君心，死棄馬嵬念更深。從茲地軸天維轉，五十年來制不禁。胡旋女，莫空舞，數唱此歌悟明主。

按白居易詩題之下自注說：「戒近習也。天寶末，康居國獻之。」亦可見〈胡旋女〉實取材於時代接近的唐代女性。近人向達謂：「白居易〈新樂府〉有〈胡旋女〉……極贊胡旋舞旋轉之疾，而於舞人裝飾了未道及；蓋其旨固在諷刺時習，初無意於紀事也。」[30]白氏此詩雖未像〈李夫人〉、〈古塚狐〉直接強調其「鑒嬖佞」、「戒豔色」的主要旨趣，但實質上仍在「戒近習」的旨趣之下，反映出詩人濃厚的女禍觀照，所以篇末才會曲終奏雅地指出：「祿山胡旋迷君眼，兵過黃河疑未反。貴妃胡旋惑君心，死棄馬嵬念更深。」其間的女禍及其史鑒精神，在本質上與〈李夫人〉、〈古塚狐〉等詩極為契合，同時也共同構成白居易諷諭詩中「女性——女禍」論述主要的表現型態。

2. 女性與婦德

屈原在〈離騷〉中的女性書寫，主要藉由「香草美人」的比興手法，表現出君國關懷的重要意涵，然其中女性人物的形象的主要特質，即首重在德行層面，例如屈〈騷〉筆下宓妃，即是「保厥美以驕傲兮，日康娛以淫遊。雖信美而無禮兮，來違棄而改求。」又如「眾女嫉余之蛾眉兮，謠諑謂余以善淫。」乃藉品德不同的女性人物隱喻賢良貞士與讒邪小人，故宋代洪興祖才說：

> 夫冶容誨淫，目挑心與，孟子所謂不由其道者，何哉？詩人稱莊姜之賢曰螓首蛾眉。

由上述有關女性描寫的兩個例子，亦可略見屈〈騷〉女性相關書寫，最為重視女性的內在美德，誠如〈離騷〉中經常被強調「紛吾既有此內美兮」的品德特質。

白居易的女性諷諭詩，一方面既傳承了屈〈騷〉強調女性德行的書寫旨趣，卻也賦予更為豐富的諷諭旨趣。這一方面既反映白氏諷諭詩中與屈〈騷〉近似的身影，但亦拓展出不同於屈〈騷〉之女性書寫風貌。屈〈騷〉旨在君國與政治意涵的指涉，故其意趣主要不在女性人物本身，但白詩則相當著重於女性的德行內美，與其際遇或命運之間的彼此牽動與影響，從而寄寓詩人由此而觸發的各種諷諭旨趣，其中既有取材於古代歷史女性，亦不乏運用當代的女性情事，作為詩人諷諭的基本素材。前者例如以書寫漢代王昭君為主的〈青塚〉：

> 上有飢鷹號，下有枯蓬走。茫茫邊雪裡，一掬沙培塿。傳是昭君墓，埋閉蛾眉久。凝脂化為泥，鉛黛復何有。唯有陰怨氣，時生墳左右。鬱鬱如苦霧，不隨骨銷朽。婦人無他才，榮枯繫妍否。何乃明妃命，獨懸畫工手。丹青一詿誤，白黑相紛糾。遂使君眼中，西施作嫫母。同儕傾寵幸，異類為配偶。禍福安可知，美顏不如醜。何言一時事，可戒千年後。特報後來姝，不須倚眉首。無辭插荊釵，嫁作貧家婦。不見青冢上，行人為澆酒。（〈青塚〉）

其中先藉由「禍福安可知，美顏不如醜。」訴說「西施作嫫母」的是非顛倒，從而在「何言一時事，可戒千年後。」的史鑒旨趣下，進一步反映作者「特報後來姝，不須倚眉首。」的女德諷諭。

除取材於歷史上的女性外，白居易諷諭詩亦經常運用當代的女性情事，寄寓女性以婦德為不朽的生命意義，例如〈蜀路石婦〉：

> 道傍一石婦，無記復無銘。傳是此鄉女，為婦孝且貞。十五嫁邑人，十六夫征行。夫行二十載，婦獨守孤煢。其夫有父母，老病不安寧。其婦執婦道，一一如禮經。晨昏問起居，恭順發心誠。藥餌自調節，膳羞必甘馨。夫行竟不歸，婦德轉光明。後人高其節，刻石像婦形。儼然整衣巾，若立在閨庭。似見舅姑禮，如聞環珮聲。至今為婦者，見此孝心生。不比山頭石，空有望夫名。

詩人主要透過路旁的婦女石刻雕像，對比於望夫石之空有其名，進而表現女性以婦德為尚的風教旨趣，凸顯白居易藉由當代女性的相關情事，寄寓風教人心的創作旨趣。類似的重德輕色諷諭旨趣，白居易有時又同時結合社會的門第觀念，論述婚嫁中的女性，以為不當視其出身高、寒之別，而應重德輕色，其中具有濃厚的時代色彩，例如〈秦中吟十首．議婚〉：

> 天下無正聲，悅耳即為娛。人間無正色，悅目即為姝。顏色非相遠，貧富則有殊。貧為時所棄，富為時所趨。紅樓富家女，金縷繡羅襦。見人不斂手，嬌癡二八初。母兄未開口，已嫁不須臾。綠窗貧家女，寂寞二十餘。荊釵不直錢，衣上無真珠。幾迴人欲聘，臨日又踟躕。主人會良媒，置酒滿玉壺。四座且勿飲，聽我歌兩途。富家女易嫁，嫁早輕其夫。貧家女難嫁，嫁晚孝於姑。聞君欲娶婦，娶婦意何如。（〈秦中吟十首．議婚〉）

此詩雖暗諷當時門第用人之弊[31]，故白氏〈與元九書〉說：「聞〈秦中吟〉，則權豪貴近者，相目而變色矣。」但整首詩實主要藉由貧家女子的婚嫁，寄寓寒門女子有德難嫁的困境，由此而言，《才調集》題作〈貧家女〉似乎更切合詩歌的實際內容[32]。可見〈貧家女〉(〈議婚〉)也是白居易女性諷諭詩中，針對當代女性婚姻情事而寫，其中既反映出女性——女德的屈〈騷〉身影，同時又興發了當代門第與女子婚姻的彼此牽動關係。詩中除表現白居易「惟歌生民病，願得天子知。」[33]的君國政治諷諭精神，同時也自有其異於屈〈騷〉的新變風貌。例如強調女性——婦德書寫旨趣，即展現出白居易女性諷諭詩在屈〈騷〉香草美人傳統之外的當代觀照，尤其成為白氏女性諷諭詩的重要創作特色。

3. 女性與兩性

白居易女性諷諭詩除關懷女性的德、色問題，及其相關的諷諭旨趣外，也論及傳統政治，以至社會中，女性在兩性關係中所扮演的角色及其命運問題，其中既有對於女性在兩性角色定位中的負面指責，例如〈讀史五首·其五〉：

> 季子憔悴時，婦見不下機。買臣負薪日，妻亦棄如遺。一朝黄金多，佩印衣錦歸。夫妻不敢視，婦嫂強依依。富貴家人重，貧賤妻子欺。奈何貧富間，可移親愛志。遂使中人心，汲汲求富貴。又令下人力，各競錐刀利。隨分歸舍來，一取妻孥意。(〈讀史五首·其五〉)

此詩藉由部分歷史上季子、朱買臣、蘇秦等人之妻，寄寓白居易關於女性在兩性關係中角色及其影響的省思與諷諭，其中自然也不乏史鑒意涵。此外，白氏對於傳統兩性關係中的女性書寫，亦有其另一面向的呈現，例如在〈贈內〉詩中詩人則藉由歌頌古代眾多賢德女性相夫教子的典範，從而寄寓女德足以宜室宜家的創作旨趣：

> 生為同室親，死為同穴塵。他人尚相勉，而況我與君。黔婁固窮士，妻賢忘其貧。冀缺一農夫，妻敬儼如賓。陶潛不營生，翟氏自爨薪。梁鴻不肯仕，孟光甘布裙。君雖不讀書，此事耳亦聞。至此千載後，傳是何如人。人生未死間，不能忘其身。所須者衣食，不過飽與溫。蔬食足充飢，何必膏粱珍。繒絮足禦寒，何必錦繡文。君家有貽訓，清白遺子孫。我亦貞苦士，與君新結婚。庶保貧與素，偕老同欣欣。（〈贈內〉）

上述例子展現出白居易女性諷諭詩對於兩性關係層面的關注，其主要旨趣重在室家指涉，並不直接涉及君國政治的層面。事實上，白居易亦有時結合傳統兩性地位，及其政治因素，從悲天憫人的性情中，寄寓詩人的性別關懷，從而寄寓君國政治的諷諭旨趣。這亦是白氏女性諷諭詩取法楚〈騷〉，卻又別具變創特性的另一表現型態。例如〈上陽白髮人〉：

> 上陽人，紅顏闇老白髮新。綠衣監使守宮門，一閉上

陽多少春。玄宗末歲初選入，入時十六今六十。同時采擇百餘人，零落年深殘此身。憶昔吞悲別親族，扶入車中不教哭。皆云入內便承恩，臉似芙蓉胸似玉。未容君王得見面，已被楊妃遙側目。妒令潛配上陽宮，一生遂向空房宿。宿空房，秋夜長，夜長無寐天不明。耿耿殘燈背壁影，蕭蕭暗雨打窗聲。春日遲，日遲獨坐天難暮，宮鶯百囀愁厭聞。梁燕雙棲老休妒，鶯歸燕去長悄然。春往秋來不記年，唯向深宮望明月。東西四五百迴圓，今日宮中年最老，大家遙賜尚書號。小頭鞋履窄衣裳，青黛點眉眉細長，外人不見見應笑，天寶末年時世妝。上陽人，苦最多。少亦苦，老亦苦，少苦老苦兩如何。君不見昔時呂向美人賦，又不見今日上陽白髮歌。（〈上陽白髮人〉）

詩中藉由上陽白髮宮人「入時十六今六十」的紅顏薄命，並且指涉以楊貴妃為主的後宮恩怨，最後由具體藉由呂向進呈的〈美人賦〉，指陳傳統女性在政治場域中的曲折命運，其中固然抒發白居易對於這類女性悲劇的深厚同情與悲憫，正如他在題下注文中所謂「愍怨曠也。」但其諷諭意涵，仍可由白氏另一段小注所說：「天寶五載已後，楊貴妃專寵，後宮人無復幸進矣。六宮有美色者輒置別所，上陽是其一也。貞元中尚存焉。」其中既諷諭皇宮後院中的女寵利害的緊張關係，並且暗諷貴妃一事所指涉的專寵女禍，詩末藉由呂向〈美人賦〉，以對比白氏本身的〈上陽白髮人〉，實又將諷諭的矛頭指向君王，故白居易即在〈美人賦〉下注謂：「天寶末，有密采豔色者，當時號為花鳥使。」其中因君王「重色思傾國」，而沉溺於女色之中的君國諷諭旨趣，可謂昭然若揭。故就此一書寫特質而言，實際上即綰合了女性——君國、女性——兩性兩種書寫旨趣，變創出異於屈〈騷〉香草美人比興的固有風貌。

4. 女性與邪佞

白居易除藉由歷史與當代的女性情事，進而寄寓豐富的德／色、兩性地位等諷諭旨趣外，有時也呈現為藉由當代特定女性群相的書寫，作為古今邪佞之人的比興素材，展現出異於屈〈騷〉女性書寫的變創特色。例如：

> 鹽商婦，多金帛，不事田農與蠶績。南北東西不失家，風水為鄉船作宅。本是揚州小家女，嫁得西江大商客。綠鬟富去金釵多，皓腕肥來銀釧窄。前呼蒼頭後叱婢，問爾因何得如此。婿作鹽商十五年，不屬州縣屬天子。每年鹽利入官時，少入官家多入私。官家利薄私家厚，鹽鐵尚書遠不知。何況江頭魚米賤，紅膾黃橙香稻飯。飽食濃妝倚柁樓，兩朵紅腮花欲綻。鹽商婦，有幸嫁鹽商。終朝美飯食，終歲好衣裳。好衣美食來何處，亦須慚愧桑弘羊。桑弘羊，死已久，不獨漢時今亦有。（〈鹽商婦〉）

詩中的主要女性人物，雖然「本是揚州小家女」，卻因「嫁得西江大商客」，從此「終朝美飯食，終歲好衣裳。」白氏藉由這類當代女性麻雀變鳳凰似的前後不同命運，興發當代社會的鹽商現象及其時弊，從而結合漢代桑弘羊的歷史例證，諷諭社會上的不肖之徒，也使此一女性諷諭詩具備濃厚的史鑑色彩與當代觀照。

5. 女性與夷夏

白居易女性諷諭詩，除涉及君臣之道、女禍之鑒、風俗人心、社會時弊外，亦關懷了唐代的民族觀念，尤其具體反映在夷夏之辨的觀察與省思，呈現白居易女性諷諭詩的另一書寫型態，從而映射出異於屈〈騷〉女性書寫的變創意義。例如〈新樂府·時世妝〉：

> 時世妝，時世妝，出自城中傳四方。時世流行無遠近，顋不施朱面無粉。烏膏注脣脣似泥，雙眉畫作八字低。妍媸黑白失本態，妝成盡似含悲啼。圓鬟無鬢堆髻樣，斜紅不暈赭面狀。昔聞被髮伊川中，辛有見之知有戎。元和妝梳君記取，髻堆面赭非華風。(〈時世妝〉)

詩中藉由當時流行的婦女化妝時尚，對比華夏中原的傳統妝扮，既反映出當時崇胡媚外的流行現象，更進一步指出背後所隱藏的民族及其文化危機，並引述歷史上辛有見披髮的典故，從而在詩人憂患意識中，寄諷當時民族的危機。

由上可知白居易的以女性書寫為主的諷諭詩歌，大體即由上述種種不同的具體表現型態共同構成。自其創作本質而言，其中依舊映射出屈〈騷〉的比興精神，卻更展現詩人富於變創的時代意義與特殊風貌。

四、白居易花木——女性諷諭詩與屈〈騷〉之香草美人

白居易除了運用花木或女性題材，創作出不同類別的諷諭詩歌外，詩人也進一步將花木與女性兩種不同性質的題材綰合為一。就其外在具體的表現型態而言，與上述藉由花木或女性，各自論述的諷諭書寫明顯不同，從而展現出白氏花木——女性諷諭詩對於屈〈騷〉的新變意義，此與上述花木或女性書寫，強調內在比興意涵的豐富與新變特色，二者之間相映成趣，同時又在相輔相成之中，更為完整地展現白居易這些諷諭詩。在深刻映射屈〈騷〉傳統身影之餘，又出之以變創的藝術特色。

屈〈騷〉香草美人的藝術特色，就其主要指涉的君國政治意涵而言，固然反映在其花木或美人書寫上，兩者之間呈現為同質異構的創作特徵，但屈〈騷〉中無論花木或美人的比興手法，基本上採取各自論述的處理方式。或許唯一的例外是〈離騷〉開首部分的「惟草木之零落兮，恐美人之遲暮。」其中「美人」據漢王逸注與宋洪興祖補注所說，皆隱喻楚君。但此處之「草木」據王逸說，乃是「天時運轉，春生秋殺，草木零落，歲復盡矣。」[34]並無以花事隱喻人事的意涵，而白居易這類融花木、女性兩者於一爐的諷諭詩，實又與屈〈騷〉中藉由花木、女性各自作為人事，以至於國事、天下事的比興旨趣有所差異。就其書寫型態與諷諭意涵不同，可略分為兩種類型：

(一)美人賞花與賢佞之辨

白居易融合花木、女性兩者於一爐的花木——女性諷諭詩，雖在數量上不如上述花木或女性諷諭詩豐富，卻頗具特色，尤其運用花木——女性合一的書寫型態，雖然其基本君國政治比興的旨趣，仍然濃厚地映照出屈〈騷〉香草美人的傳統身影，但其美人、草木融合為一的比興手法與變創型態，畢竟迥異於屈〈騷〉，例如〈有木詩八首〉中，即不乏這類詩作，例如：

> 有木名櫻桃，得地早滋茂。葉密獨承日，花繁偏受露。迎風闇搖動，引鳥潛來去。鳥啄子難成，風來枝莫住。低軟易攀玩，佳人屢迴顧。色求桃李饒，心向松筠妒。好是映牆花，本非當軒樹。所以姓蕭人，曾為伐櫻賦。曾為〈伐櫻賦〉。(〈有木詩八首・其二〉)
> 有木秋不凋，青青在江北。謂為洞庭橘，美人自移植。上受顧盼恩，下勤澆溉力。實成乃是枳，臭苦不堪食。物有似是者，真偽何由識。美人默無言，對之長歎息。中含害物意，外矯凌霜色。仍向枝葉間，潛生刺如棘。(〈有木詩八首・其三〉)

上述兩首詩中分別藉由櫻桃——佳人、枳橘——美人的比興手法，寄寓君國貞邪佞賢之辨的諷諭旨趣，誠如白居易在其序文中所說：

> 余嘗讀漢書列傳，見佞順婞婀，圖身忘國。如張禹輩者，見惑上蠱下，交亂君親；如江充輩者，見暴狠跋扈，壅君樹黨；如梁冀輩者，見色仁行遠，先德後賊；如王莽輩者，又見外狀恢弘，中無實用者；又見附離權勢，隨之覆亡者，其初皆有動人之才，足以惑眾媚主，莫不合於始而敗於終也。因引風人、騷人之興，賦〈有木〉八章，不獨諷前人，欲儆後代爾。

可見其中創作精神明顯取法於屈〈騷〉香草美人的傳統比興，但其表現手法與作品風貌的承中有變，卻是不爭的事實，也具體而微地展現出白居易諷諭詩中的屈〈騷〉身影及其變創風貌。

（二）紅顏如花與君臣遇合

〈離騷〉中固然洋溢濃厚的不遇之嘆與忠怨之情，但主要採取美人或花木各自比興的手法，基本上並未將美人與花木融合為一，更未曾運用大量筆墨集中於紅顏如花的悲劇命運之上，並進而寄寓君臣遇合，以至於遭黜謫貶一類比興意涵；但在白居易女性——花木諷諭詩詩中，則有時呈現為女性——逐臣的書寫模式，例如：

> 陵園妾，顏色如花命如葉。命如葉薄將奈何，一奉寢宮年月多。年月多，時光換，春愁秋思知何限。青絲髮落叢鬢疏，紅玉膚銷繫裙慢。憶昔宮中被妒猜，因讒得罪配陵來。老母啼呼趁車別，中宮監送鎖門迴。

> 山宮一閉無開日，未死此身不令出。松門到曉月裴回，柏城盡日風蕭瑟。松門柏城幽閉深，聞蟬聽燕感光陰。眼看菊蕊重陽淚，手把梨花寒食心。把花掩淚無人見，綠蕪牆繞青苔院。四季徒支妝粉錢，三朝不識君王面。遙想六宮奉至尊，宣徽雪夜浴堂春。雨露之恩不及者，猶聞不啻三千人。三千人，我爾君恩何厚薄。願令輪轉直陵園，三歲一來均苦樂。（〈陵園妾〉）

詩中先藉由陵園妾的前後際遇，表面上似乎意僅止於反映女子「顏色如花命如葉。」的悲劇命運，因此其中詩人還融入松、柏、菊蕊、梨花、綠蕪、青苔等不同花木來映襯陵園妾遭受幽閉的不幸。但據其題下序文「託幽閉喻被讒遭黜也。」[35]而言，其中應寄寓了君臣不遇下的逐臣之悲，故陳寅恪說：

> 據此篇小序云：託幽閉之宮女喻竄逐之朝臣。取與上陽白髮人一篇比較，其詞語雖或相同，其旨意則全有別。蓋樂天新樂府以一吟悲一事為通則，宜此篇專指遭黜之臣，而不與上陽白髮人憫怨曠之旨重複也。[36]

此外，白居易的諷諭詩〈紫藤〉，雖然主要借由紫藤花木與諛佞之徒的綰合作為主要的比興意涵，但其詩後半又將紫藤比喻為妖婦謂：

> 又如妖婦人，綢繆蠱其夫。奇邪壞人室，夫惑不能

> 除。寓言邦與家，所慎在其初。毫末不早辨，滋蔓信難圖。願以藤為戒，銘之於座隅。

實亦同時展現了白居易花木——女性諷諭詩的另種身影，而詩中所謂「寄言邦與家」更凸顯出白居易諷諭詩〈紫藤〉的家國政治旨趣，就此一特性而言，也與屈〈騷〉香草美人的比興精神密切契合。而經由上述不同型態的詩歌特徵，亦可見白居易花木——女性諷諭詩的基本意涵，不外君國政治層面的指涉。其中既富於屈〈騷〉的創作精神，卻又同時展現出詩人的變創風貌與特色。

五、結　論

白居易〈讀張籍古樂府〉謂：「上可裨教化，舒之濟萬民。下可理情性，卷之善一身。」實已同時指出白居易本人諷諭詩的創作旨趣。至於白居易的諷諭詩，除了五十首〈新樂府〉外，亦包括古體詩百餘首，與張籍之作有所異同。但就其創作本質而言，實與白居易〈與元九書〉中所說：「為君、為臣、為民、為物、為事而作，不為文而作。」與〈新樂府・序〉謂「首句標其章，卒章顯其志，《詩》三百之義也。」[37]但他也在諷諭詩〈有木詩八首・序〉說：「因引風人、騷人之興，賦有木八章。」可見遠承《詩經》之旨，固然是白居易諷諭詩創作精神的主要淵藪，而屈〈騷〉本是「軒翥詩人之後，奮飛辭家之前。」的代表著述，故據劉勰所論屈〈騷〉有其繼承《詩經》的精神面向，例如「比興之志」、「忠怨之情」等，於是所謂香草美人的比興傳統，成為屈〈騷〉遠承《詩經》，卻又富於變創的藝術特色[38]。就此一層面而論，白居易既提出「因引風人、騷人之興。」可見亦將《詩》、〈騷〉同樣視為精神一體的創作經典。因此藉由白居易花木、女性等等諷諭詩的具體考察，更可略窺白居易這些諷諭詩深受屈〈騷〉影響之一重要面向。尤其是透過白詩與屈〈騷〉香草美人書寫兩者，從外在型態到內在意涵的深入比較，更可讓我們在《詩經》的傳統審視角度外，得以看見白居易諷諭詩中所映射出的濃厚楚〈騷〉身影及其豐富的多面向變創風貌。

註釋

1 見宋洪興祖《楚辭補註》中王逸《離騷經章句》之文（台北：大安出版社，1995），頁3。
2 參見《文心雕龍義證》（上海：古籍出版社，1989），頁146。
3 同前註，頁134。
4 見白居易〈與元九書〉，《白居易集箋校》（上海：古籍出版社，1988），卷45，頁2789。
5 參見王運熙、楊明《隋唐五代文學批評史》（上海：古籍出版社，1994），頁397。
6 見《白居易集箋校》（同註4），頁43。
7 清李調元《賦話．新話》（台北：廣文書局，1971），卷3，頁61，謂：「律賦多有四六，鮮有作長句者，破其拘攣，自元、白始。樂天清雄絕世，妙悟天然，投之所向，無不如志。」
8 同註6，頁49。
9 見《元稹集》（台北：漢京文化公司，1983），卷1，頁5。
10 見〈離騷〉（同註1），頁8。
11 見《文心雕龍．詮賦》（同註2），頁270。
12 據朱金城謂「約作於元和10年至元和13年，江州，江州司馬。何義門云：三篇皆自寓。」參見《白居易集箋校》(同註4)，卷1，頁73。

13 參見羅聯添先生《白樂天年譜》(台北：國立編譯館，1989)，頁123~163。

14 同前註，頁131。

15 參見傅錫壬《楚辭讀本．離騷》(台北：三民書局，1991)，頁50~52。

16 參見清高宗御選《唐宋詩醇》(台北：中華書局，1971)，卷20。

17 宋歐陽修《梅聖俞詩集．序》謂：「予聞世謂詩人少達而多窮。夫豈然哉？蓋世所傳詩者，多出於古窮人之辭也。……殆窮者而後工也。」參見《歐陽修全集》(台北：大東書局，1970)，卷2，頁130。

18 同註16，卷19。

19 參見陳氏《元白詩箋證稿》(上海：古籍出版社，1982)，頁235。按陳氏所論亦可見牛、李黨爭亦涉及白居易借花木比興的諷諭詩。至於牛、李黨爭與唐代文學之關係，可參見傅錫壬《牛李黨爭與唐代文學》(台北：東大圖書公司，1984)。

20 白居易〈寓意詩五首〉普遍地流露宦場的炎涼不定與擇交之難。例如〈其二〉、〈其三〉雖表現手法迥異，卻都有助於〈寓意詩．其五〉旨趣的彰顯：

赫赫京內史，炎炎中書郎。昨傳徵拜日，恩賜頗殊常。貂冠水蒼玉，紫綬黃金章。佩服身未暖，已聞竄遐荒。親戚不得別，吞聲泣路旁。賓客亦已散，門前雀羅張。富貴來不久，倏如瓦溝霜。權勢去尤速，瞥若石火光。不如守貧賤，貧賤可久長。傳語宦遊子，且來歸故鄉。(〈寓意詩．其二〉)

促織不成章，提壺但聞聲。嗟哉蟲與鳥，無實有虛名。與君定交日，久要如弟兄。何以示誠信，白水指為盟。雲雨一為別，飛沈兩難並。君為得風鵬，我為失水鯨。音信日已疏，恩分日已輕。窮通尚如此，何況死與生。乃知擇交難，須有知人明。莫將山上松，結託水上萍。(〈寓意詩．其三〉)

婆娑園中樹，根株大合圍。蠢爾樹間蟲，形質一何微。孰謂蟲之微，蟲蠹已無期。孰謂樹之大，花葉有衰時。花衰夏未實，葉病秋先萎。樹心半為土，觀者安得知。借問蟲何在，在身不在枝。借問蟲何食，食心不食皮。豈無啄木鳥，觜長將何為。(〈寓意詩．其五〉)

21 白居易於〈新樂府．紫毫筆〉題下注謂：「譏失職也。」陳寅恪《元白詩箋證稿》謂：「樂天在翰林時實有拾遺補闕之功。觀白氏長慶集肆壹，肆貳，肆三，諸卷所上奏狀，可以為證。又舊唐書壹陸陸新唐書壹壹玖白居易傳，通鑒貳三捌唐紀憲宗紀元和五年六月甲申條，及李相國論事集貳論白居易事條，均載憲宗謂白居易不遜，及李绛解釋之語，則樂天亦可謂言行相符者矣。然此篇之作，而又以之次於官牛一篇之後者，殆有感觸於時政之缺失，而憤慨稱職者之不多，似無可疑也。」(同註19)，頁282；故朱金城《白居易集箋校》謂：「蓋有感於時政之缺失，而憤慨諫官稱職者不多而作。」(同註4)，頁249。

22 同註1。

23 見宋葛立方《韻語陽秋》卷16，收於《宋詩話全編》(南京：江蘇古籍出版社，1998)第八冊，頁8196。

24 見《白居易集箋校》(同註4)，卷65，頁3544。

25 參見金開誠《屈原辭研究》(南京：江蘇古籍出版社，1992)，頁128~141。

26 參見賀貽孫《詩筏》(台南：莊嚴文化公司，1997)卷下。

27 同註4。

28 同註19，頁264~265。

29 同註19，頁287。

30 參見向達《唐代長安與西域文明》(北京：三聯書店，1987)，頁68~69。

31 參見羅添聯先生〈白居易秦中吟寫作的背景〉，收於氏著《唐代文學論集》(台北：學生書局，1989)，頁500。

32 同前註。

33 見白居易〈寄唐生〉(同註4)，頁43。

34 王逸注說：「美人，謂懷王也。」洪興祖補注說：「屈原有以美人喻君者，恐美人之遲暮是也。」參見洪興祖《楚辭補注》(同註1)，頁9。

35 同註4，頁240。

36 同註19，頁266~267。

37 見白居易〈新樂府·序〉(同註4)，頁136。

38 參見劉勰《文心雕龍·辨騷》(同註2)；此外《文心雕龍·比興》論及興之諷諭曾舉禽鳥為例謂「關雎有別，故后妃方德;尸鳩貞一故夫人象義。」到屈〈騷〉中禽鳥則擴大成為更富於普遍性的隱喻系統，故王逸〈騷〉謂：「〈離騷〉之文，依《詩》取興，引類譬喻，故善鳥香草，以配忠貞;惡禽臭物，以比讒佞。」

貳、詩情・賦筆・傳奇

白居易〈長恨歌〉文學風情的另一面向

一、前　言

白居易是唐代詩人中，創作數量最多的一位，流傳至今的詩歌約近三千首。即使在唐代，他的詩歌既多，流傳亦極為廣泛。他的好友詩人元稹即稱當時「禁省、觀寺、郵侯、牆壁之上無不書，王公、妾婦、牛童、馬走之口無不道。」[1]由此看來白居易詩歌如此普遍流行的程度，絕不下於今日坊間暢銷的文學作品，甚至是流行歌曲。因此他的詩歌，既是藝術精品，同時又兼具流行特性，誠為詩歌文學雅俗共賞的重要典範。同時，白居易大量叫好又叫座的詩歌，絕非僅僅建立在一般讀者心目中熟悉，並深具諷諭色彩的新樂府詩篇。事實上，除了大量這類為白居易打造出「新樂府詩形象」，以至由此延伸而出的「廣大教化主」稱號之外[2]，白居易、元稹所代表的「元和體」，在這類風教意味與省思精神的諷諭之作外，又特別關注於日常生活中的聞見感懷[3]。同時白居易「多於情者」[4]的這一多愁善感形象，更具體而微地集中體現在他的「感傷」詩歌裡。〈長恨歌〉、〈琵琶行〉等詩，正是其中的主要代表，並且與他的新樂府詩一樣，成為當時廣為傳誦的詩歌佳作。故唐宣宗〈弔白居易詩〉中「童子解吟〈長恨〉曲，胡兒能唱〈琵琶〉篇。」即清楚地指出這一事實。可見白居易詩歌中遠近傳誦，聲名廣被的作品，絕不止於深具風教色彩的諷諭詩、新樂府一類，相對而言，像〈長恨歌〉、〈琵琶行〉這類歌行之作，可能還更受矚目與歡迎，唐宣宗〈弔白居易詩〉已透露出如此訊息；而後世戲劇作品，如關漢卿〈唐明皇哭香囊〉、白樸〈唐明皇秋夜梧桐雨〉、洪昇〈長生殿〉、馬致遠〈青衫淚〉、蔣士銓〈四弦秋〉等，都由白居易這兩篇著名歌行衍生而來。其中〈長恨歌〉更成為白居易最受古今中外喜愛的代表作。中國之外，例如當時雞林國宰相以百金尋求，又如日本平安朝的名著《源氏物語．桐壺》，無論是全文的構思或具體的文筆技巧，都明顯受到〈長恨歌〉的深刻影響[5]。可見〈長恨歌〉穿越古今，突破時空限制的藝術魅力及傳播特色。因此若以〈長恨歌〉作為白居易詩歌名作的主要代表，應不為過。

〈長恨歌〉的藝術魅力固然聞名遐邇、輝映古今，然而它畢竟不同於中國不少詩人及其作品，直到身歿、甚至後世才得以揚名立萬、枯木逢春。〈長恨歌〉早在白居易有生之年，即已如元稹所謂「自篇章以來，未有如是流傳之廣者。」[6]元稹的話固然多少透露出白居易詩歌成就的幾分幸運，然而更值得注意的是元稹在為白居易編輯《白氏長慶集．序》裡，卻詳盡地道出白居易的勤學、深思與多才：

《白氏長慶集》者，太原人白居易之所作。居易，字

> 樂天。樂天始言，試指之之無二字，能不誤。始既言，讀書勤敏，與他兒異。五六歲，識聲韻。十五，志詩賦。二十七，舉進士。貞元末，進士尚馳競，不尚文，就中六籍尤擯落。禮部侍郎高郢，始用經藝為進退。樂天一舉擢上第，明年，拔萃甲科，由是〈性習相近遠〉、〈求玄珠〉、〈斬白蛇〉等賦及百道判，新進士競相傳於京師矣。會憲宗皇帝冊召天下士，樂天對詔稱旨，又登甲科。未幾，入翰林，掌制詔，比比上書言得失。因為〈賀雨〉、〈秦中吟〉等數十章，指言天下事，時人比之風騷焉。……，大凡人之文，各有所長，樂天之長可以為多矣。未以諷諭之詩長於激；閒適之詩長於遣；感傷之詩長於切；五字律詩百言而上長於贍；五言七字百言以下長於情；賦、贊、箴戒之類長於當；碑記、敘事、制誥長於實；啟、表、奏、狀長於直；書、檄、詞、策、剖判長於盡。總而言之，不亦多乎哉！

可見博學多才應更為白居易聲名遠播的主要憑藉，並非徒然浪得虛名。〈長恨歌〉之為時人賞愛、風行四海，恐怕也與白居易之博學多才，尤其是他個人文學創作的兼擅眾長，具有密不可分的重要關係，同時其中也呼應了當時文壇的愛好與風尚。這些或許是我們今日重新思索白居易〈長恨歌〉卓越不凡的藝術魅力時，可以作為參考的另一觀察方向。因此本文嘗試以詩情、賦筆、傳奇等三大質素，作為白居易〈長恨歌〉展現個人博學長才，並扣合當代文學脈動的主要憑藉，從而剖析〈長恨歌〉藝術魅力及其文學風情的奠定與完成。

二、〈長恨歌〉的詩情基調：深情與感傷

〈長恨歌〉是白居易傳誦古今中外的詩歌代表，其中內容主要衍述唐玄宗與楊貴妃死生離別的淒美愛情悲劇。而其最為動人之處，即在這首詩歌中所抒發的纏綿悱惻及其生死不渝之愛，可以說白居易〈長恨歌〉成功地展現了詩歌「緣情綺靡」的創作精神。詩題名為「長恨」，正反映出作者構思及用心的所在，而詩歌結尾兩句：「天長地久有時盡，此恨綿綿無絕期」，可謂作者對於「長恨」一詞的最佳註腳。然而白居易〈長恨歌〉「緣情綺靡」的風貌如何具體表現，而其中的主要基調又是什麼，這些問題成為進一步探索〈長恨歌〉如何展現詩情的重要線索。

〈長恨歌〉雖以明皇與貴妃的故事為線索，加以鋪寫而成。然而詩中卻更著重在人物的心靈感受。純粹敘事情節的發展演變，反而不是作者最為凸顯的部分。例如詩中寫貴妃於驚訝中與方士見面一段：

> 聞道漢家天子使，九華帳裡夢魂驚。攬衣推枕起徘徊，珠箔銀屏迤邐開。雲鬢半偏新睡覺，花冠不整下堂來。風吹仙袂飄飄舉，猶似霓裳羽衣舞。玉容寂寞淚闌干，梨花一枝春帶雨。含情凝睇謝君王，一別音容兩渺茫。昭陽殿裡恩愛絕，蓬萊宮中日月長。回頭

> 下望人寰處，不見長安見塵霧。唯將舊物表深情，鈿合金釵寄將去。

在將近二十句的描寫中，純粹的敘事句，如「聞道漢家天子使」、「珠箔銀屏迤邐開」、「雲鬟半偏新睡覺」等，不到其中三分之一。反倒自始至終不斷出現「夢魂驚」、「起徘徊」、「寂寞」、「淚闌干」、「含情凝睇」、「渺茫」、「恩愛絕」、「日月長」、「不見長安見塵霧」種種以「表深情」的書寫與描述。這樣以抒情融入敘事，並作為主導的表現風貌，普遍瀰漫在〈長恨歌〉裡。

其次，〈長恨歌〉的「緣情綺靡」還經常展現在與景物描寫的密切結合，例如詩中寫到貴妃賜死於馬嵬坡一事後的沿途景物，即在「君王掩面救不得，迴看血淚相和流」的淒切情懷之下，一一染上寂寥傷情的色彩：

> 黃埃散漫風蕭索，雲棧縈紆登劍閣。峨嵋山下少人行，旌旗無光日色薄。蜀江水碧蜀山青，聖主朝朝暮暮情。行宮見月傷心色，夜雨聞鈴腸斷聲。天旋地轉迴龍馭，到此躊躇不能去。馬嵬坡下泥土中，不見玉顏空死處。

由上面所舉〈長恨歌〉中兩大特徵，可以察覺白居易在詩歌中以情敘事、以情寫人的創作特色。從而展現出〈長恨歌〉中以情主導，並綜合人、事、物等描寫的文學手法。這樣的具體特色，不僅充分體現詩歌「緣情綺靡」的創作精神，更表裡如一地扣緊了作者詩題名為「長恨」的書寫旨趣。

〈長恨歌〉固然是白居易「緣情綺靡」的一篇著名佳作，卻不是白居易創作生涯中，獨樹一格的嘔心力作。若說〈長恨歌〉是一篇古今寫情的重要詩作，那麼這一豐碩的創作果實，則不僅得力於白居易的先天性情特色，更源自後天勤於耕耘的「感傷」詩園地。

白居易當初之所以會撰寫〈長恨歌〉，而不是完成〈長恨歌傳〉。其中重要的原因之一，即在他的好友王質夫認定白居易是一位「深於詩，多於情」的詩人。因而力促他完成此一歌行之創作。陳鴻〈長恨歌傳．序〉便詳細載明此一原委：

> 元和元年冬十二月，太原白樂天自校書郎尉於盩厔，鴻與瑯琊王質夫家於是邑。暇日相攜遊仙遊寺，話及此事，相與感歎。質夫舉酒於樂天前曰：「夫希代之事，非遇出世之才潤色之，則與時銷沒，不聞於世。樂天深於詩，多於情者也；試為歌之，如何？」樂天因為〈長恨歌〉。意者：不但感其事，亦欲懲尤物，窒亂階，垂於將來也。歌既成，使鴻傳焉。世所不聞者，予非開元遺民，不得知；世所知者，有〈玄宗本紀〉在。今但傳〈長恨歌〉云爾。前進士陳鴻撰。

可見「深於詩，多於情者」，正是促成白居易撰寫〈長恨歌〉的直接關鍵，也可見白居易在當時的同儕好友中，即以深情詩人的形象著稱。然而白居易的深情形象，並不僅僅止於表現在男歡女愛的兩情繾綣與眷戀情深，從他流傳的近三千首大量詩作中，我們還可以看到在描寫男歡女愛或自我閒適的款款深情之外，他也寫下大量豐富關懷家國、社會、時代等無私的大我之情；換句話說，白居易的深情性格及其形象，還深刻表現在他悲天憫人的詩人性情。因此若從一角度出發，其實所謂的「諷諭詩」或「新樂府」中，固然不乏詩人理性的省思，卻仍然濃厚地洋溢著白居易悲天憫人的仁者情懷與詩人無私之愛，正如詩人於〈與元九書〉中所提到的「兼濟之志」：

> 自拾遺來，凡所適所感，關於美、刺、興、比者；又自武德迄元和，因事立題，題為《新樂府》者，共一百五十首，謂之「諷諭詩」。又或退公獨處，或移病閒居，知足保和，吟翫情性者一百首，謂之「閑適詩」。又有事物牽於外，情理動於內，隨感遇而形於詠歎者一百首，謂之「感傷詩」。又有五言、七言、長句、絕句，自一百韻至兩百韻者四百餘首，謂之「雜律詩」。凡為十五卷，約八百首。異時相見，當盡致於執事。微之！古人云：「窮則獨善其身，達則兼濟天下」，僕雖不肖，當師此語。大丈夫所守者道，所待時者。時之來也，為雲龍、為風鵬，勃然突然，陳力以出；時不來也，為霧豹、為冥鴻，寂兮寥兮，奉身而退。進退出處，何往而不自得哉！故僕志在兼濟，行在獨善，奉而始終之則為道，言而發明之為詩。謂之「諷諭詩」，兼濟之志也；謂之「閒適詩」，獨善之意也。故覽僕詩，知僕之道焉。

於是我們在白居易歸類於「諷諭詩」或「新樂府」的詩歌

中，也不時可以看到詩人深情的形象，例如〈新樂府五十首・上陽人〉及〈秦中吟十首・買花〉：

上陽人，上陽人，紅顏暗老白髮新。綠衣監使守宮門，一閉上陽多少春！玄宗末歲初選入，入時十六今六十；同時採擇百餘人，零落年深殘此身。憶昔吞悲別親族，扶入車中不教哭，皆云入內便承恩，臉似芙蓉胸似玉。未容君王得見面，已被楊妃遙側目；妬令潛配上陽宮，一生遂向空房宿。宿空房，秋夜長，夜長無寐天不明。耿耿殘燈背壁影，蕭蕭暗雨打窗聲。春日遲，日遲獨坐天難暮。宮鶯百囀愁厭聞。梁燕雙棲老休妒。鶯歸燕去長悄然，春往秋來不記年。唯向深宮望明月，東西四五百迴圓。今日宮中年最老，大家遙賜尚書號。小頭鞋履窄衣裳，青黛點眉眉細長。外人不見見應笑，天寶末年時世妝。上陽人，苦最多。少亦苦，老亦苦，少苦老苦兩如何。君不見昔時呂向〈美人賦〉，又不見今日上陽宮人白髮歌。（〈上陽人〉）

帝城春欲暮，喧喧車馬度。共道牡丹時，相隨買花去。貴賤無常價，酬直看花數。灼灼百朵紅，戔戔五束素。上張幄幕（一作帷幄）庇，旁織巴（一作笆）籬護。水灑復泥封，移（一作遷）來色如故。家家習為俗，人人迷不悟。有一田舍翁，偶來買花處。低頭獨長歎，此歎無人喻。一叢深色花，十戶中人賦。（〈買花〉）

除了新樂府、諷諭詩一類具有明顯風教意味，展現出白居易「兼濟之志」，卻也飽含詩人悲天憫人、大我深情的詩歌外，白居易同時又創作了大量因「事物牽於外，情理動於內，隨感遇而形於詠歎」的「感傷詩」。在這四卷近百首的詩歌中，明顯而又深刻地流露出白居易「深於詩，多於情」的詩人特質及其風格。而〈長恨歌〉這一著名詩篇，正是白居易本人有意編入「感傷詩」的代表作品。換言之，〈長恨歌〉在白居易本人的心目中，並非視為「諷諭詩」，至少我們可以據此認為〈長恨歌〉的撰寫主要旨趣並不在諷諭。否則元稹為他編纂《白氏長慶集》時，不致隨意誤置於「感傷詩」中。至於有關此事的論證，王夢鷗、羅聯添兩位先生曾發表專文加以論證，茲不再贅述[7]。可見白居易〈長恨歌〉既經由作者本人授意，並歸入感傷詩中，適足以反映出白居易本人的態度傾向。至於〈長恨歌〉旨在「感傷」的撰寫旨趣之外，是否還能延伸出「諷諭」的次要旨趣，恐怕是讀者欣賞時見仁見智的問題，並不能強加於作者白居易身上。至於有些論述認為白居易的「感傷詩」中，像〈過昭君村〉、〈哭王質夫〉、〈蚊蟆〉等詩，具有諷諭性，從而認定〈長恨歌〉也具有諷諭意義[8]。然而我們重新檢閱〈過昭君村〉的全文：

> 靈珠產無種，彩雲出無根。亦如彼姝子，生此遐陋村。至麗物難掩，遽選入君門。獨美眾所嫉，終棄出（一作於）塞垣。唯此希代色，豈無一顧恩。事排勢須去，不得由至尊。白黑既可變，丹青何足論。竟埋代北骨，不返巴東魂。慘澹晚雲水，依稀舊鄉園。妍

姿化已久，但有村名存。村中有遺老，指點為我言。不取往者戒，恐貽來者冤。至今村女面，燒灼成瘢痕。

詩中洋溢著詩人白居易路過昭君村的「感傷」情懷，未必具有什麼明顯諷諭意味，而誤認為〈過昭君村〉具有諷諭勸戒意味的見解，當主要根據詩中末段村中遺老向白居易講述昭君際遇，與她如何成為村人借鑒的四句：「不取往者戒，恐貽來者冤。至今村女面，燒灼成瘢痕。」其中所指勸戒之意，乃出於遺老之口，且指涉昭君村的生活現狀，並非作者白居易有意以昭君之事諷諭世人。追究白居易的本意，實在偶遇此事，心中有感，乃「形於詠歎」的感傷之作，應未寄託任何諷諭旨趣於其中；至於〈哭王質夫〉乃為傷悼好友而作。王質夫此人，正是當日同遊仙遊寺，並力促白居易撰寫〈長恨歌〉的關鍵人物，對於白居易的詩歌成就不無影響。對於這一好友的去世，白居易自然感慨良深：

仙遊寺前別，別來十年餘。生別猶怏怏，死別復何如。客從梓潼來，道君死不虛。驚疑心未信，欲哭復踟躕。踟躕寢門側，聲發涕（一作淚）亦俱。衣上今日淚，篋中前月書。憐君古人風，重有君子儒。篇詠陶謝輩，風流嵇阮徒。出身既蹇屯（一作連），生世仍須臾。誠知天至高，安得不一呼。江南有毒蟒，江北有妖狐。皆享千年壽，多於王質夫。不知彼何德，不識此何辜。（〈哭王質夫〉）

詩中主要表達作者生離死別之悲，並追悼王質夫一生的蹇阨多舛。末尾一段以「江南多毒蟒，江北有妖狐。皆享千年壽，多於王質夫。」旨在傷悼茲人之「生世須臾」，從而抒發白居易本人對於故友的感慨及哀傷，應無明顯的諷諭旨趣。此外，見於《白居易集》卷十一「感傷詩」的〈蚊蟆〉，或許可以認為是明顯具有諷諭意味的詩：

> 巴徼炎毒早，二月蚊蟆生。咂膚拂不去，繞耳薨薨聲。斯物頗微細，中人初甚輕。如有膚受譖，久則瘡痏成。痏成無奈何，所要防其萌。幺蟲何足道，潛喻儆人情。（〈蚊蟆〉）

但此詩應旨在抒發作者僻處忠州，飽受巴蚊之苦的無可奈何，及其自傷之情。然而〈蚊蟆〉這一表現特色，確實與《白居易集》中的其他詠歌蟲魚鳥獸的詩歌，有其旨趣相通之處。然而此時若非白居易，及為他編纂集子的元稹偶然誤置於「感傷」詩的原因之外，〈蚊蟆〉未似〈蝦蟆〉、〈感鶴〉、〈放魚〉、〈捕蝗〉、〈馴犀〉、〈官牛〉歸屬「諷諭詩」裡，必然是旨在抒發「感傷」之情，其次乃借以自儆。這一特色，在今見《白居易集・感傷詩》中幾為絕無僅有之例。因此〈蚊蟆〉一詩，至多「感傷」與「諷諭」二者可以相容，但畢竟主客有別，不相混淆；再者，〈蚊蟆〉詩末的「曲終奏雅」固然隱含諷諭之旨，卻是以「潛喻儆人情」五字詳細載明。因此白居易在「感傷詩」中，此種情形顯然並未普遍存在，甚且只可算是特例。更何況〈長恨歌〉的篇末也毫無任何相似的情形，反之更以「天長地久有時盡，此恨綿綿無絕期。」重申作者自始至終撰寫「長恨」的「感傷」主題。由上相關論述更可以確信〈長恨歌〉的「感傷」旨趣，而作者白居易應無意寄寓任何諷諭旨趣。

白居易撰寫〈長恨歌〉，基本上單純出自「元和元年冬十二月，太原白樂天自校書郎衛盩厔，鴻與瑯琊王質夫家於是邑。暇日相攜遊仙遊寺，話及此事，相與感歎」所作。而陳鴻所撰〈長恨歌傳・序〉，除述及此一背景之外，又特別提到「樂天深於詩，多於情者也；試為歌之，如何？」可見〈長恨歌〉的撰寫旨趣的關鍵首在一個「情」字。這與〈長恨歌〉的詩題，及其歸在「感傷詩」中完全契合，並無須旁生枝節，附庸上任何諷諭的旨趣，或詩人所謂的「兼濟之志」。再者，展現詩人深情一面的四卷百首「感傷詩」，更清楚地反映了〈長恨歌〉的富於感傷深情。並非白居易一時興會所至，而是奠基於平日的創作喜好及其勤勉琢磨，而從這百首左右的感傷詩中，又足以印證白居易的深情詩人形象及其詩歌特色。這也可由以下所列數端加以說明：

（一）這些詩中除大量以感時、感物、感事等主題外，也不乏與〈長恨歌〉近似，直接以情感相關的語彙為題，作為創作的主要訴求，從而凸顯出詩人「感傷詩」抒情特徵的例子。例如：〈感情〉、〈遣懷〉、〈喻懷〉、〈婦人苦〉、〈哭王質夫〉、〈苦熱喜涼〉、〈哭諸故人因寄元八〉、〈哭李三〉、〈歎常生〉、〈歎老〉、〈惜花〉、〈傷楊弘貞〉等詩。其中〈感情〉在詩題旨趣上與〈長恨歌〉最為相契，可以作為白居易「感傷詩」表現詩人深情特色的另一註腳：

中庭曬服玩，忽見故鄉履。昔贈我者誰，東鄰嬋娟

> 子。因思贈時語，特用結終始。永願如履綦，雙行復雙止。自吾謫江郡，漂蕩三千里。為感長情人，提攜同到此。今朝一惆悵，反覆看未已。人隻履猶雙，何曾得相似。可嗟復可惜，錦表繡為裡。況經梅雨來，色黯花草死。（〈感情〉）

詩中的旨趣，首在「為感長情人」，正是詩人深情形象的投影。其中以簡單人、事、物作為詩人抒寫感傷情懷的題材，實與〈長恨歌〉有神理相契之處。其中相異之處，主要在一簡一繁，意趣與文采的不同表現。可見作為白居易感傷詩中長篇經典的〈長恨歌〉，絕非憑空而來，亦非白居易詩中絕無僅有的創作特例。因而這些大量以「感傷」為旨趣或詩題的創作，其實正足以說明白居易〈長恨歌〉感人至深的創作歷程及其平日功夫。

（二）其次，白居易的「感傷詩」中經常述及詩人自己多愁善感，易於為外物所觸動的詩情，例如：

> 追思昔日行，感傷故游處。插柳作高林，種桃成老樹。因驚成人者，盡是舊童孺。試問舊老人，半為繞村墓。浮生同過客，前後遞來去。白日如弄珠，出沒光不住。人物日改變，舉目悲所遇。（〈重到渭上舊居〉）
>
> 人生有情感，遇物牽所思。（〈庭槐〉）
>
> 感物私自念，我心亦如之。（〈秋懷〉）
>
> 春花與秋氣，不感無情人。我來如有悟，潛以心照身。誤落聞見中，憂喜傷形神。（〈題贈定光上人〉）

雖是無情物，欲別尚沉吟。況與有情別，別隨情淺深。（〈留別〉）

我有所感事，結在深深腸。鄉遠去不得，無日不瞻望。腸深解不得，無夕不思量。（〈夜雨〉）

既寤知是夢，憫然情未終。（〈夢裴相公〉）

何言巾上淚，乃是腸中血。（〈別行簡〉）

念茲庶有悟，聊用遣悲辛。暫將理自奪，不是忘情人。（〈念金鑾子〉）

草木猶未傷，先傷我懷報。（〈村居臥病〉）

鍊成不二性，銷盡千萬緣。唯有恩愛火，往往猶熬煎。（〈夜雨有念〉）

類似的感觸，在白居易的「感傷詩」裡不勝枚舉。因此其中也經常可見他「隨感遇而詠歎」，筆端飽沾深情的描述，例如：

請君斷腸歌，送我和淚酒。（〈曉別〉）

逝者不復見，悲哉長已矣。（〈感逝寄遠〉）

故園迷處所，一望堪白頭。（〈將之饒州江浦夜泊〉）

一章三遍讀，一句十迴吟。珍重八十字，字字化為金。（〈初與元九別後，忽夢見之。及寤，而書適至，兼寄桐花詩。悵然感懷，因以所寄〉）

含此隔年恨，發為中夜吟。無論君自感，聞者欲沾襟。（〈和元九悼往〉）

自從花顏去，秋水無芙蓉。（〈感鏡〉）

清光正如此，不醉即須愁。（〈城上對月期友人不至〉）

始知骨肉愛，乃是憂悲聚。（〈念金鑾子〉）

結為腸間痛，聚作鼻頭辛。（〈自覺〉）

今日別春心，心如別親故。（〈送春〉）

若必奪其壽，何如不與才。落然身後事，妻病女嬰孩。（〈哭李三〉）

且謀眼前計，莫問胸中事。潯陽酒甚濃，相勸時時醉。（〈早秋晚望兼呈韋侍御〉）

從上列感傷詩中的大量蘊含如此深情的筆墨來看，正可清晰地反映出白居易對於自己「多於情」的詩人形象有所認知。同時他也透過這一類感傷詩的大量創作，豐富地展現詩人本身這一藝術特色及其風格。

（三）白居易之「深於詩，多於情」，並長於寫情的創作特色，還體現在對於日常生活中瑣細事務的密切關情與多愁善感。唐詩中對於日常生活題材的開拓，主要得自杜甫，且對於元和詩人產生重大影響，其中又以白居易最為擅長，特別是他愈到晚年表現得益加淋漓盡致[9]。這些作品除編次於《白居易集》中的「閒適詩」外，亦有不少出現在「感傷詩」中，成為詩人觸物生情、「隨遇而感」的重要題材，而且這一部分大體上較諸收錄於「閒適詩」同類創作，更富於感傷與愁歎，從而深刻地展現白居易「多於情」，又長於感傷之情的特殊風貌，而這類「感傷詩」中不乏詠歎花草樹木、鳥獸蟲魚、鏡子、酒水、夜雨、老年、墓園，甚至於沐浴、晝寢、兒戲、白髮、梳頭等極為瑣細凡庸的日常事物，在白居易深情的筆觸之下都一一入詩，也可見詩人處處關情的「多情」形象。例如其中以鏡子為題，或涉及鏡子相關書寫的詩歌，便可以作為重要典型之一。而鏡子似乎也與詩人白居易的晨昏起居密切相關[10]，並且未嘗涉及其他的寓意或諷諭，更幾乎不涉及女性的相關書寫，而創造性展示出詩人與鏡子間惺惺相惜與心照不宣的嶄新面向。這一部分的詩歌，主要包括〈初見白髮〉、〈早梳頭〉、〈白髮〉、〈照鏡〉、〈歎老〉、〈以鏡贈別〉、〈感鏡〉、〈感老〉、〈因沐感髮寄朗上人〉等詩作。而白居易以鏡子為中心的這些相關書寫，主在抒發詩人對衰老之感傷，其中基本旨趣已明顯擺脫傳統中以女性色彩為主體，並同時指涉「女為悅己者容」，以及男女相思主題的書寫模式，轉而真摯地流露出詩人憂老傷衰的深刻情思。例如：

白髮生一莖，朝來明鏡裡。勿言一莖少，滿頭從此始。青山方遠別，黃綬初從仕。未料容鬢間，蹉跎忽如此。（〈初見白髮〉）

皎皎青銅鏡，斑斑白絲鬢。豈復更藏年，實年君不信。（〈照鏡〉）

人言似明月，我道勝明月。明月非不明，一年十二缺。豈如玉匣裡，如水常澄（一作清）澈。月破天闇時，圓明獨不歇。我慚貌醜老，繞鬢斑斑雪。不如贈少年，迴照青絲髮。因君千里去，持此將為別。（〈以鏡贈別〉）

今朝復明日，不覺年齒暮。白髮逐梳落，朱顏辭鏡去。當春頗愁寂，對酒寡歡趣。遇境多愴辛，逢人益敦故。形質屬天地，推遷從不住。所怪少年心，銷磨落何處。（〈漸老〉）

白居易感傷詩中這類書寫，與其平素生活密切結合，成為他表現深情的重要途徑，當然同時也從而落實了他「多於情」的創作風格；而在他其餘以平居事物為題材的感傷詩中，也與這類詠鏡歎老作品，同樣地呈現白居易深情真摯，而又婉轉細膩的詩歌風格。更何況他還以「不能忘情」自我解析，其文集中「不能忘情吟序」可為明證。

由上述所舉幾個有關白居易「感傷詩」中展現「深於詩，多於情」的側面，使我們可以相信白居易不僅擅長於新樂府、諷諭詩等明顯具有風教意味的作品，同時也兼擅「多於情」的抒情之作。尤其是寓於悲惋情調的「感傷」詩，更是其平生勤於筆耕的創作園地。因此四卷百首的感傷詩，正是白居易〈長恨歌〉得以熟能生巧的創作說明。何況〈長恨歌〉本身，當時即編次於這四卷「感傷詩」內。而〈長恨歌〉重要藝術特質，即在兼具「悲」與「美」二者[11]，特別是詩中描寫「六軍不發無奈何，宛轉蛾眉馬前死。」以下的後半篇，洋溢動人悲感，是全篇的精華所在，而「感傷詩」正是白居易詩歌表現悲感之情的具體代表。由此亦可見「感傷詩」對於白居易〈長恨歌〉完成悲感之美的藝術特色，及詩人表現深情魅力的重要意義。

三、〈長恨歌〉的賦筆特徵：鋪陳與對比

〈長恨歌〉成功地綰合了「悲」與「美」兩大藝術特質，其中白居易所展現的抒寫悲情的詩歌能事，正可以從其

擅長的「感傷詩」中得到說明與理解。然而〈長恨歌〉之美麗動人特質，又是如何表現出來？具體而言，〈長恨歌〉的美麗特質及其引人入勝的藝術魅力，主要表現在作品的語言、結構與表現手法方面。其中可以包括對仗、聲律、字詞等的鍛鍊與講求，但更主要的還在〈長恨歌〉中巧妙地運用且融鑄了辭賦作品中，善於鋪陳與對比的傳統手法，並加以創變。

中國詩文中之大力講求駢儷對偶，確實是深受東漢以下辭賦駢儷風氣大盛的影響[12]。因此魏晉南北朝駢文的蔚然興盛，即可作為當時文體「辭賦化」現象的重要代表[13]。〈長恨歌〉中大量運用駢儷的句式，而且還不乏六朝隋唐以來逐漸普遍的隔句對：

漢皇重色思傾國，御宇多年求不得。
楊家有女初長成，養在深閨人未識。

即使在篇末四句，白居易仍然運用了兩組駢儷句式結束全詩：

在天願作比翼鳥，在地願為連理枝。
天長地久有時盡，此恨綿綿無絕期。

至於分布於詩中的對偶句式，仍然觸目可及。例如：

行宮見月傷心色，夜雨聞鈴腸斷聲。
春風桃李花開日，秋雨梧桐葉落時。

梨園子弟白髮新，椒房阿監青娥老。
遲遲鐘鼓初長夜，耿耿星河欲曙天。
鴛鴦瓦冷霜華重，翡翠衾寒誰與共。
雲鬢半偏新睡覺，花冠不整下堂來。
昭陽殿裡恩愛絕，蓬萊宮中日月長。

〈長恨歌〉在駢儷句式的運用之外，在聲律上亦頗有表現。事實上〈長恨歌〉乃採用歌行體的創作，自然不須遵守新體詩的格律規範。但唐代以後因受六朝永明體以來詩歌逐漸律化的影響，古體詩也產生某些程度的律化情形。因此儘管〈長恨歌〉是歌行體之作，卻也不乏講究聲律的句式。其中較為常見的是一聯上下句的聲律，基本採用近體格律。例如：

春宵苦短日高起，
從此君王不早朝。

其平仄聲律如下：

平平仄仄仄平仄，
平仄平平仄仄平。

類似的情形，例如「金屋裝成嬌侍夜，玉樓宴罷醉和春。」「黃埃散漫風蕭索，雲棧縈紆登劍閣。」「蜀江水碧蜀山青，聖主朝朝暮暮情。」「君臣相顧盡霑衣，東望都門信馬歸。」「芙蓉如面柳如眉，對此如何不淚垂。」「春風桃李花開日，秋雨梧桐葉落時。」「忽聞海上有仙山，山在虛無縹緲間。」「金闕西廂叩玉扃，轉教小玉報雙成。」「聞道漢家天子使，九華帳裡夢魂驚。」等等。尤其值得注意的是，〈長恨歌〉中也四句一韻，採用七言絕句體製，其中叶韻方式、平仄、黏對基本上符合近體的聲律規則，例如：

夕殿螢飛思悄然，	仄仄平平平仄平（韻1）
孤燈挑盡未成眠。	平平仄仄仄平平（韻1）
遲遲鐘鼓初長夜，	平平平仄平平仄
耿耿星河欲曙天。	仄仄平平仄仄平（韻1）
攬衣推枕起徘徊，	仄平平仄仄平平（韻2）
珠箔銀屏迤邐開。	平仄平平仄仄平（韻2）
雲鬢半偏新睡覺，	平仄仄平平仄仄
花冠不整下堂來。	平平仄仄仄平平（韻2）

此外〈長恨歌〉尚有類似運用七絕聲律情形，或一、二處偶有拗處，但白居易融合用七絕聲律的創作意識，仍然依稀可見。或許可以視為古詩歌行的律化現象，例如：

雲鬢花顏金步搖。	平仄平平平仄平（韻）
芙蓉帳暖度春宵。	平平仄仄仄平平（韻）
春宵苦短日高起，	平平仄仄仄平仄
從此君王不早朝。	平仄平平仄仄平（韻）
臨別殷勤重寄詞。	平仄平平平仄平（韻）

詞中有誓兩心知。　　　平平仄仄仄平平（韻）
七月七日長生殿，　　　仄仄仄仄平平仄
夜半無人私語時。　　　仄平平平平仄平（韻）

由上述這些情形可以發現白居易〈長恨歌〉的律化特徵，及其重視音韻之美的梗概。所以其中也經常可見除押仄聲韻外，平仄規則頗與近體詩格律精神相符的詩句。例如開頭的「漢皇重色思傾國，御宇多年求不得。」「姊妹弟兄皆列士，可憐光彩生門戶。」「西宮南內多秋草，落葉滿階紅不掃。」「中有一人字太真，雪膚花貌參差是。」皆是。

〈長恨歌〉中所呈現出的歌行律化情形，固然源自唐代古詩律化現象的結果。但值得注意的是白居易之深於格律，並且早年即苦下功夫，則是不爭的事實。尤其是〈長恨歌〉中重視聲律與對仗兩者的藝術特色，自然有與前輩詩人，尤其是杜甫歌行的影響有關。杜甫是白居易極為推崇的前輩詩人，尤其杜詩之工於格律，更成為白居易〈與元九書〉中津津樂道的主要特色：

> 唐興二百年，其間詩人不可勝數。所可舉者，陳子昂有〈感遇〉詩二十首，鮑防有〈感興〉詩十五首。又詩之豪者，世稱李、杜之作，才矣奇矣，人不逮矣。索其風、雅、比、興，十無一焉。杜詩最多，可傳者千餘首。至於貫串古今，覼縷格律，盡工盡善，又過於李。（〈與元九書〉）

可見杜甫詩作及其格律精美都是白居易特別重視的。而杜甫固然工於律體之聲律與對仗能事，而他的歌行往往也呈現聲律與對仗之美，從而反映出古詩、歌行律化等唐詩創作的時代思潮。他的〈洗兵行〉、〈瘦馬行〉、〈天育驃圖歌〉、〈麗人行〉等等歌行中，都不乏此一特色。例如〈洗兵行〉中：

已喜皇威清海岱，	仄仄平平平仄仄
常思仙仗過崆峒。	平平平仄仄平平（韻）
三年笛裡關山月，	平平仄仄平平仄
萬國兵前草木風。	仄仄平平仄仄平（韻）

此四句不僅對仗工整，甚至押韻、平仄的情形，無異於一首七言絕句，與上引白居易〈長恨歌〉中的例句近似。可見白居易對於杜甫詩歌之精善格律，不僅是在口頭或文章裡推崇，還具體實踐落實在他的詩歌創作中。

白居易〈長恨歌〉富於聲律之美，固然有其源自文學的「時序」性因素。但白居易之勤習格律與駢儷，實與唐代科舉的制度及其風氣有關[14]。其中聲律與駢體之講求，實與進士科之以詩賦取士密切相關，而當時的科舉詩賦規定，即極為重視格律。但聲律、駢儷並行於律詩、律賦之間，然而白居易本人固然也創作大量的律詩，但他早年則更把主要精力，殫竭於律賦方面，他在〈與元九書〉中曾自述為學的心路歷程：

> 及五六歲，便學為詩，九歲諳識聲韻，十五六始知有進士，苦節讀書。二十已來，晝課賦，夜課書，間又

> 課詩，不遑寢息矣。以至於口舌成瘡，手肘成胝，既壯而膚革不豐盈，未老而齒髮早衰白，瞥瞥然如飛蠅垂珠在眸子中者，動以萬數。蓋以苦學力文之所致，又自悲矣。家貧多故，年二十七方從鄉試，既第之後，雖專於科試，亦不廢詩。

可見白居易對於律賦的費心與研練，似乎明顯超越在詩歌方面的功夫。其中原因除可能因律賦的難度較高外，還可能因為賦對科舉考試頗具重要性[15]。當然唐代科舉考試之重視賦作，甚至超越詩歌，又與漢代以後，認為賦最足以展現文士才學的傳統觀念有關[16]；可見白居易之嫻熟於聲律、駢儷，不僅由於表面上科舉考試的現實原因，還在於他對於律賦方面的苦下工夫。並因此使得他的律賦，成為後來文士研習律賦的重要典範[17]。而他的〈賦賦〉也明白地揭櫫當時此類格律特徵對於賦作的重要意義：

> 賦者，古詩之流也。始草創於荀宋，漸恢張於賈馬。……而後諧四聲，祛八病，信斯文之美者。我國家恐文道寖衰，頌聲凌遲。乃舉多士，司有命。酌遺風於三代，明變雅於一時。……，觀夫義類錯綜，詞采舒布。文諧宮律，言中章句。華而不豔，美而有度。

亦可見在唐代白居易等眾多文士心目中的律賦的形式特徵，主要包括聲調諧協、詞藻華美、對仗工整等三項[18]。而白居易現今傳世的十多篇賦，即普遍展現出這些創作特色。例如〈動靜交相養賦〉：

> 所以動之為用，在氣為春，在鳥為飛，在舟為楫，在弩為機。不有動也，靜將疇依？所以靜之為用，在蟲為蟄，在水為止。在門為鍵，在輪為柅。不有靜也，動奚資始？則知動兮靜所伏，靜兮動所倚。吾何以知交養之然哉！以此有以見人之生於世，出處相濟。必有時而行，非匏瓜不可以長繫。人之善其身，枉直相循。必有時而屈，故尺蠖不可以長伸。

其中不止平仄抑揚、音韻流美，而且對仗工穩，極為精善。其中尤以變創性地闡揚六朝、初唐以來駢賦中才見運用的隔句對，並與上一小段兩兩相應為對仗形式，從而發展成一種極具賦體鋪陳特色，又講究對仗形式的「兩兩相比」之法。白居易律賦中的這一創調，清代著名的李調元於《賦話》中，曾賦予相當高的評價：

> 白居易〈動靜交相養賦〉云：「所以動之為用。……不有靜也，動奚茲始。」超超玄著，中多見道之言，不當徒以慧業文人相目。且通篇局陣整齊，兩兩相比，此調自白樂天刱（創）為之，後來制義分股之法，實濫觴於此。

至於其中的辭藻華麗，更是賦體家鋪采摛文的創作本色，這也另可由〈汎渭賦〉、〈漢皇帝斬白蛇賦〉、〈雞距筆賦〉等三篇分別以寫景、敘事、詠物不同性質為題的賦中所共同呈現的麗采華藻中，獲得印證：

川有渭兮山有華，澹悠悠其可賞。目白雲兮漱清流，其或偃而或仰。門去渭兮百步，常一日而三往。夜分兮扣舷，天無雲兮水無煙。遲遲兮明月，波澹灩兮棹寅緣。日暮兮舟泊，草萋萋兮沙漠漠。習習兮春風，岸柳動兮渚花落。發浩歌以長引，舉濁醪而緩酌。春冉冉其將盡，予何為兮不樂。（〈汎渭賦〉）

有大蛇兮出山穴，亙路傍。凝白虹之精彩，被素龍之文章。鱗甲晶以雪色，睛眸赩其電光。聳其身，形蜿蜿而莫犯；舉其首，勢矯矯而靡亢。勇夫聞之而挫銳，壯士覩之而催剛。於是行者，告於高皇。帝乃奮布衣，挺干將。攘臂直進，瞋目高驤。一呼而猛氣咆㘍哮，再叱而雄姿抑揚。（〈漢皇帝斬白蛇賦〉）

斯距也，如劍如戟，可擊可搏。將壯我之毫芒，必假爾之鋒鍔。遂使見之者書狂發，秉之者筆力作。挫萬物而人文成，草八行而鳥跡落。縹囊盛處，類藏錐之沉潛；團扇或書，同舞鏡之揮霍。儒有學書臨水，負笈登山。含毫既至，握管迴還。過兔園而易感，望雞樹而難攀。願爭雄於爪趾之下，冀得攜於筆硯之間。（〈雞距筆賦〉）

白居易早年對於有關詩文形式方面的聲律、對仗及麗采的長期研鍊，成為他文學創作的一大重要特色。若就白居易所兼擅的律賦與律詩而言，這項藝術表現的養成，顯然在律賦創作上更能充分體現出來。尤其在上引白居易〈與元九書〉中，已親自陳述他對於律賦方面的苦心經營。因此，就白居易個人以至〈長恨歌〉在聲律、駢仗、麗采等藝術形式的整體表現而言，與其認為與其他大量創作律詩有莫大關聯，倒不如說源自白居易在律賦的勤苦耕耘，來得更為合理，也較切合實際；而〈長恨歌〉雖非近體詩歌，卻也頗能展現白居易個人在這些方面的獨到工夫。其中聲律方面已略述如前，而在駢對方面，〈長恨歌〉中約佔三分之一。當然在這些對仗中，白居易並非全部按照律賦或律詩的嚴格對仗標準。但從其詩歌中大量間用偶句的情形來看，〈長恨歌〉的駢對色彩，仍然清晰可見。例如：

金屋妝成嬌侍夜，玉樓宴罷醉和春。
行宮見月傷心色，夜雨聞鈴腸斷聲。
春風桃李花開日，秋雨梧桐葉落時。
梨園子弟白髮新，椒房阿監青娥老。
遲遲鐘鼓初長夜，耿耿星河欲曙天。
鴛鴦瓦冷霜華重，翡翠衾寒誰與共。

此外，〈長恨歌〉中也不乏運用類似隔句對的情形，例如開頭四句即是：

漢皇重色思傾國，御宇多年求不得；
楊家有女初長成，養在深閨人未識。

其中聲律、詞性固然不合標準規定，如他在律賦名篇〈賦賦〉中的例子：

雅音瀏亮，必先體物以成章；

逸思飄飖，不獨登高而能賦。

此外〈長恨歌〉尚有兩處較不明顯的例子：

驪宮高處入青雲，仙樂風飄處處聞；
緩歌慢舞凝絲竹，盡日君王看不足。

風吹仙袂飄飄舉，猶似霓裳羽衣舞；
玉容寂寞淚闌干，梨花一枝春帶雨。

雖不能視為隔句對，卻無法否認其中近似隔句對的影子，不妨視為白居易借鑒了隔句對的形式特色，融入歌行創作之中，至少很難令人認為是白居易的誤用或無心之過。而從前述白居易律賦中「兩兩相比」的創變性特色，反而令人懷疑這可能出自白居易對於隔句對的有意識變創運用，否則以白居易對於律賦的熟悉與擅長，標準的隔句對實是駕輕就熟的能事，應不致有誤謬的例句出現。而歌行自不以格律見長，如此不乏靈活的參酌運用，很可能是白居易的有意為之，正如〈長恨歌〉間採新體聲律入歌行的情形。

〈長恨歌〉駢對靈活而富於變化，還反映在「當句對」的普遍運用。這一類型的例子極為普遍，更使〈長恨歌〉的駢儷不僅更形多樣化。也使得駢句在歌行中的運用益見渾然天成、不露痕跡，同時也具體而微地展現白居易格律上的巧妙多才。而其中除了一般傳統的「當句對」外，也不乏融入「排比」的「當句對」，與「兩兩相比」的「當句對」等，展現白居易創作上不囿限傳統的變創特色。例如：

春從春遊夜專夜。

三千寵愛在一身。

翠翹金雀玉搔頭。

黃埃散漫風蕭索。

天旋地轉迴龍馭。

臨邛道士鴻都客。

排雲馭氣奔如電。

上窮碧落下黃泉。

金闕西廂叩玉扃。

天上人間會相見。

天長地久有時盡。

此外〈長恨歌〉中有時也出現連續「當句對」的駢對形式，例如：

馬嵬坡下泥土中，不見玉顏空死處。

歸來池苑皆依舊，太液芙蓉未央柳。

旌旗無光日色薄。蜀江水碧蜀山青，聖主朝朝暮暮情。

〈長恨歌〉雖非以律體創作，但此一歌行中卻處處展現白居易的詩文格律長才。正如他在「春風桃李花開日」以下十二句的段落，幾乎全以連續駢對的形式出現。這種「因難見巧」的藝術表現，實與白居易長期在律賦方面的工夫與心得密切相關。

其次，白居易〈長恨歌〉的講究華麗辭藻，除具體表現在上述各種多采多姿的駢對詩句中，也可從詩中運用賦家「鋪采摛文」藝術技巧的角度，加以探索；至於前文所論律賦特徵對於〈長恨歌〉藝術特色的具體影響外，善於鋪陳更是賦體創作的當行本色。事實上〈長恨歌〉的富於辭采，其中頗為重要的因素之一，即在充分運用賦筆的鋪陳手法。

白居易之撰寫〈長恨歌〉本出於感歎唐玄宗與楊貴妃的淒美愛情故事，進而在白居易以「出世之才潤色之」背景下所完成。因此白居易採用歌行體，卻不運用律詩、絕句等體製短小的詩體。除了樂府、歌行較適合敘事題材的表現外，「歌行體」詩自初唐以來，以至盛唐李、杜的創作中，詩賦融合的痕跡日益彰顯，技巧也日見醇熟變化[19]。白居易既對前輩詩人李、杜備極推崇，自然不能不受其啟發影響；而白居易本人本為當時律賦名家，加上唐代科舉考試中對於賦的重視並不下於詩，更何況它是傳統文士展現大才的主要途徑，詩仙李白、詩聖杜甫兩人之獻賦不獻詩，正是其中具體例證[20]。因此〈長恨歌〉採取歌行體，一方面既符合「樂天深於詩，多於情。」的抒情詩人形象，又足以適度展現白居易的賦學長才，從而達成以「出世之才潤色之」的創作理想。

〈長恨歌〉中賦筆鋪陳之運用，首先出現在楊貴妃之「天生麗質難自棄，一朝選在君王側。」的首要主題上，以下的「回眸一笑百媚生」，既是其「天生麗質」的具體而微，「六宮粉黛無顏色」正是進一步的渲染與潤色。而「春寒賜浴華清池」的相關描寫，更為貴妃「天生麗質」以致獲得君王恩澤的鋪陳。至於「雲鬢花顏金步搖」至「盡日君王看不足」則主要作為貴妃備受玄宗恩寵的多面鋪陳；其中

「雲鬢花顏金步搖」至「春從春遊夜專夜」表現貴妃之受寵承歡對於君王朝政的影響；「後宮佳麗三千人」到「玉樓宴罷醉和春」四句，則從後宮三千佳麗之失寵，作為貴妃專寵的對比；「姊妹弟兄皆列士」到「不重生男重生女」，說貴妃家人「一人成仙，雞犬升天」，及對於天下父母生育男女觀念的影響，從而映襯貴妃之受寵程度；「驪宮高處入青雲」到「盡日君王看不足」則從君王之沉溺仙樂歌舞，渲染貴妃受寵對於君王之影響。換言之，在「漁陽鼙鼓動地來，驚破〈霓裳羽衣曲〉。」的前半段，敘述「漢皇重色思傾國」的玄宗，與「養在深閨人未識」的貴妃，共同構築的江山美人之戀，其實同時也正是鋪陳「天生麗質難自棄，一朝選在君王側。」種種引發變化的情狀，從而以多面向的側影，企圖凸顯出玄宗、貴妃相遇後的繾綣纏綿與備極恩寵。

〈長恨歌〉前三分之一以玄宗、貴妃恩寵內容為主的描寫，主要重在人物形象與事件情節的鋪陳；而在「漁陽鼙鼓動地來」到馬嵬之變的說明之後，〈長恨歌〉的賦筆鋪陳的重心，則主要轉換為景物的交迭呈現，作為玄宗在失去貴妃之後的不堪與痛楚。其中又可分為兩個層次：首先是離開馬嵬時一一登場的景物，無不情景相生，並緊緊扣住聖主「朝朝暮暮」，難以言喻的「傷心」與「腸斷」：

> 黃埃散漫風蕭索，雲棧縈紆登劍閣。峨嵋山下少人行，旌旗無光日色薄。蜀江水碧蜀山青，聖主朝朝暮暮情。行宮見月傷心色，夜雨聞鈴腸斷聲。

其次，白居易也在唐玄宗重返長安後的部分，透過宮殿池苑的景物鋪陳，反襯玄宗不堪回首的今昔之感：

> 歸來池苑皆依舊，太液芙蓉未央柳。芙蓉如面柳如眉，對此如何不淚垂。春風桃李花開日，秋雨梧桐葉落時。西宮南內多秋草，落葉滿階紅不掃。梨園子弟白髮新，椒房阿監青娥老。夕殿螢飛思悄然，孤燈挑盡未成眠。遲遲鐘鼓初長夜，耿耿星河欲曙天。鴛鴦瓦冷霜華重，翡翠衾寒誰與共。

〈長恨歌〉內容的最後一道波瀾是「為感君王輾轉思，遂教方士殷勤覓。」的仙道傳說，其中仍然不乏運用賦體鋪陳之筆。其中亦可分為二個層次，首先展現在楊太真(貴妃）人物形象的刻劃方面，白居易細緻地從其容貌、妝扮、動作、表情等四大側面，襯托楊太真「聞道漢家天子使」的驚喜與感傷。其次，則是楊太真內在心理的一段真情告白中並透過其中時空頻繁轉換的鋪陳手法，作為楊太真「一別音容兩渺茫」的心靈見證：

> 含情凝睇謝君王，一別音容兩渺茫。昭陽殿裡恩愛絕，蓬萊宮中日月長。回頭下望人寰處，不見長安見塵霧。唯將舊物表深情，鈿合金釵寄將去。釵留一股合一扇，釵擘黃金合分鈿。但教心似金鈿堅，天上人間會相見。臨別殷勤重寄詞，詞中有誓兩心知。七月七日長生殿，夜半無人私語時。在天願作比翼鳥，在地願為連理枝。

其中「蓬萊宮」與「昭陽宮」、「人寰」、「長安」的空間鋪陳，正訴說著「天上」與「人間」「一別音容兩渺茫」的情境落差；接著出現的「長生殿」、「在天願作比翼鳥」、「在地願為連理枝」，更進一步成為玄宗、貴妃兩人緬懷「人間」舊情，與見證「天上」新恨的唯一依據。其次，〈長恨歌〉的最後結語：「天長地久有時盡，此恨綿綿無絕期。」更近似傳統賦篇最後的「曲終奏雅」。其中更透過「有時盡」，對「天長地久」時空意義的否定，並以近於顛覆色彩地反襯帝王寵妃、男歡女愛的悲劇結局：「此恨綿綿無絕期。」同時又與此詩開始一段，反映兩人昔日恩愛所展開的「御宇」、「深閨」、「華清池」、「芙蓉帳」、「金屋」、「玉樓」、「驪宮」等相關時空鋪陳，形成首尾呼應與彼此對比，從而深化這一場江山美人的追夢之旅，及其「長恨」主題的印記。

由上論述可見，〈長恨歌〉固然成為白居易展現詩人「深於詩，多於情」風格的創作典型，卻也巧妙地融入了白居易頗為精湛的賦學涵養及其技巧。而且井然有序綰合鋪陳與對比手法，完成〈長恨歌〉這一篇兼具詩情、賦筆的經典名篇。

四、〈長恨歌〉的傳奇色彩：虛實與好奇

〈長恨歌〉不僅富於詩情與善融賦筆，其實也頗間染唐代小說的傳奇色彩。其中的基本因素固然源自於作者採用「敘事詩」的創作型式，因而具有明顯而濃厚的敘事氣，同

時也出現構成小說文體的幾個基本要素——人物、情節與主題等。其中值得注意的是，〈長恨歌〉的創作與完成與唐代傳奇的興盛流行，應具有難以分割的密切關係。同時，〈長恨歌〉本身也展現出近似於唐代傳奇的豐富藝術特色。

在唐代以前傳統樂府詩，特別是漢代以來樂府作品，便出現不少「感於哀樂，緣事而作」[21]的敘事詩，例如〈孔雀東南飛〉等。但〈長恨歌〉之撰寫，又與漢代樂府詩的文學思潮迥然不同。這主要顯現在唐代傳奇小說的蔚然興起，尤其是唐代小說與當時詩歌間的特殊密切關係，此事對於白居易〈長恨歌〉而言，又主要具體表現在幾個方面：（一）當時小說家與詩人不同身分的複合重疊或搭配組合；（二）與白居易來往密切的親友，不乏小說名家；（三）〈長恨歌〉之撰寫，乃出自對「夫希代之事，非遇出世之才潤色之，則與時銷沒」的「傳奇」意識，並且採行當時小說虛實互用的表現手法；（四）〈長恨歌〉之「作者好奇」，又具體反映在集中至少三分之一的筆墨，鋪寫「為感君王展轉思，遂教方士殷勤覓」的仙界覓訪情事。

唐代小說稱為「傳奇」，固然最早並非出自撰寫者本身的稱呼，即使載於《新唐書・藝文志》題為裴鉶的「傳奇三卷」已是原來的題稱，或元稹〈鶯鶯傳〉原題「傳奇」，也只是個別現象。因此基本上可以認定唐人小說的作者，他們心中應原無「傳奇」二字[22]；然而唐代小說之不同於六朝的志怪著述，其中重要的一環，即在唐代小說作者的「作意好奇」[23]。因此這類小說，雖然在唐代未必以「傳奇」稱呼，但「作意好奇」的創作意識及其心理，則始終是唐代小說創作的共同特質。其中所追求之「奇」，顯然已非信以為真地傳述異聞怪說的六朝志怪所能局限。而唐人小說所呈現的創作現象，也更為豐富變化。詩人與小說家不同身分的複疊或組合，正是其中重要的例子之一。尤其在白居易同時的貞元末、元和初，更是蔚然興盛，成為當時文壇的一大特色[24]。例如白居易的摯友元稹，不僅詩名赫赫，而且也善於創作小說，名作〈鶯鶯傳〉即出自他的筆下；至於在同一題材中，分別運用不同文體加以創作成小說與詩歌的情形，更是不乏其例。例如元稹之作〈鶯鶯傳〉，同時的李紳則以敘事歌行相輔，因而撰成〈鶯鶯歌〉。其中傳在前、歌在後的情形，或許即為兩年後白居易〈長恨歌〉與陳鴻〈長恨歌傳〉的模仿典範[25]。唐代小說與歌詩的這一特殊因緣，當然還包括兩者前後次序不同，或創作時間相隔長短的不同型態，這些對於唐代小說的興盛產生重要影響[26]。可見從當時文學風氣與其實際情形來看，詩歌與唐代傳奇小說經常具有特殊的關係。其次，白居易本身雖不見有傳奇小說方面的作品，但他的胞弟白行簡，以致與他交情極深的元稹、陳鴻等人，卻是唐代小說的名家。例如〈李娃傳〉、〈鶯鶯傳〉、〈長恨歌傳〉即出自三人手中。更何況陳鴻不僅是〈長恨歌〉的催生者，而他本身所撰的〈長恨歌傳〉，又是白居易、王質夫等人「歌既成，使鴻傳焉。」下的結果；因此儘管白居易本人未見有關傳奇小說方面的撰述，但從當時文壇風潮與他周圍親友交往的情形來看，白居易對於傳奇小說雖未必擅長，應該也不致生疏。更何況〈長恨歌〉本身，又不乏展現出與傳奇小說神理相契的具體風貌。而今存白居易集中卷四的〈記異〉既是好奇之作，又根據北宋趙令畤《侯鯖錄》記載，對於元稹〈鶯鶯傳〉有「樂天謂微之能道人意中語」，都提供了白居易與傳奇間的重要線索。〈長恨歌〉中玄宗、貴妃兩位主要人物的情節與形象的相關書寫，正是這一方面的具體展現。

〈長恨歌〉中的傳奇色彩，基本上亦表現在作品題材的傳奇性。這一方面固然根源於唐小說本身創作意識，已大異於前代志怪之書，但其中內容故事、題材的選擇，畢竟不離奇事異聞的特質。而據陳鴻〈長恨歌傳〉序文所言，玄宗、貴妃天上人間生死愛戀之各種記聞既為「希代之事」，則其「傳奇」色彩實已昭然若揭；至於〈長恨歌〉「傳奇」色彩的另一特徵，還表現在愛情故事題材之特性上。正如前述所言，元稹〈鶯鶯傳〉是否原題為「傳奇」，固然難以確認。但從宋代學者對於「傳奇」之名，主要指涉愛情題材方面的小說。例如羅燁《醉翁談錄・小說開辟》分小說為八類，其中「傳奇」一類所舉的十八種小說名目，至今可以確知故事內容者，皆以愛情故事為創作題材[27]。由此可見在宋人眼中的「傳奇」，仍然是以〈鶯鶯傳〉、〈長恨歌傳〉等著重敷陳愛情的題材為主。因此〈長恨歌〉與〈長恨歌傳〉的創作組合現象，不妨可以視為沾染「傳奇」愛情色彩的一個痕跡。

其次，白居易〈長恨歌〉的「傳奇」色彩，也反映在敷陳玄宗、貴妃愛情故事的敘事手法上。其中以融會歷史事實與民間傳聞的特色，實與唐代傳奇小說虛、實互用的敘事特色極為近似。其中現存最早的作品〈古鏡記〉，其實就已開啟唐小說這一敘事手法與特色，從而成為許多唐代小說作家，結合歷史或現實人物、事件與神怪傳聞的重要典範[28]，從而也構成「傳奇」之「奇」的另一主要內涵：虛幻奇詭之事；由此反觀〈長恨歌〉前半鋪寫玄宗、貴妃的遇會與愛戀，及其後的馬嵬、行宮、長安宮苑，基本上主要依據歷史的實錄。然而「為感君王展轉思，遂教方士殷勤覓。」以下仙界覓訪太真種種，顯然出自民間的仙道傳說，其中又融合漢武帝、李夫人生死愛戀的情節與模式。而這一段富於「虛無縹緲」情調的虛幻情節，又正與詩歌前半偏重的史實敘事，巧妙結合為虛實互用的唐人小說筆法。同時這一富於濃厚仙道氣息的虛構特色，既可收故事曲折變化之妙，又契合當時傳奇小說的風格[29]。更何況作為小說家兼史家的陳鴻，在其稍後所撰的〈長恨歌傳〉中，也詳細地鋪敘這一段「上窮碧落下黃泉」覓訪太真仙蹤的虛構情節，這一現象益加顯示出〈長恨歌〉的「傳奇」色彩。

〈長恨歌〉中融入仙界尋訪貴妃的虛構情節，形成全詩虛、實錯綜的敘事特色，從而使〈長恨歌〉更富於唐代小說的傳奇色彩，故何焯《義門讀書記》謂：「是傳奇體，然法度好，風神頓挫，亦要為才子之要也。」再者〈長恨歌〉此一方面的傳奇特徵，還反映在白居易對於這一段充滿仙道氣息的民間傳聞。其中既使用全詩三分之一以上的篇幅，來鋪陳這一段引人入勝的虛幻異聞，又與陳鴻〈長恨歌傳〉的情形正相一致，而兩人如此一致的安排，其實正說明這段異聞傳說在〈長恨歌〉，以獲致〈長恨歌傳〉的重要意義。正如陳鴻於〈長恨歌傳序〉上所說：「世所不聞者，予非開元遺民，不得知；世所知者，有〈玄宗本紀〉在。今但傳〈長恨歌〉云爾。」可見〈長恨歌〉，以至於〈長恨歌傳〉的撰寫動機及其旨趣，主要還重在「傳奇」方面。由以上論述可見〈長恨歌〉與唐代小說間，實具有千絲萬縷的密切關係，並且反映出〈長恨歌〉本身豐富生動的特殊風貌。

五、結　論

白居易曾經自述：「一篇〈長恨〉有風情，十首〈秦吟〉近正聲。」從上述對於〈長恨歌〉的探討，我們似乎可以重新發現〈長恨歌〉所展現出來，更為豐富巧妙的藝術特色及其特殊風情。儘管〈長恨歌〉似乎並非白居易本身最為得意之作[30]，但正如陳寅恪所說：

> 自來文人作品，其最能為他人所欣賞，最能於世間流播者，未必即是其本身所最得意，最自負自誇者。若夫樂天之〈長恨歌〉，則據其自述之語，實係自許以為壓卷之傑構，而亦為當時之人所極欣賞且流播最廣之作品。此無怪乎歷千歲之久至於今日，仍熟誦於赤縣神州及雞林海外「王公妾婦牛童馬走之口」（元微之〈白氏長慶集序〉中語）也。[31]

其中實與白居易在「深於詩，多於情」之外，巧妙融合賦筆特徵與傳奇小說色彩的藝術特色密切相關，而詩、賦、傳奇小說這三種文類，又是唐代文士馳騁彩筆與顯耀才學的主要文類；此外，這三類創作又與唐代科舉具有直接或間接的重要關係，特別是就白居易所處的時代而言，其中詩賦固然成為進士科考試的重點科目，傳奇小說更是當時士子考前溫卷的主要憑藉，而白居易又頗熱衷科舉功名，因此自然需要嫻熟於詩賦，此外儘管他本身似乎未曾從事於傳奇小說的實際創作，但從他身旁周圍的親友不乏箇中名家，以及他與元稹夜聞「一枝花話」，並且還深有「光陰聽話移」之嘆，也可見他對於傳奇小說毫不陌生，甚至頗感興趣。因此〈長恨歌〉能兼融詩情、賦筆與傳奇三者特色於一篇，可謂其來有自；同時具體地展現白居易個人文學造詣上的博學多才，也反映出文學創作中「時序」特性的重要影響，而這些更是白居易〈長恨歌〉另一種文學風情的意蘊所在。至於唐代詩賦之間，或者詩歌、小說不同文類間的破體融合，涉及有關唐文之賦化問題，則已非本文論述的重心[32]。

註釋

1 見元稹《白氏長慶集．序》。
2 晚唐張為《詩人主客圖．序》，參見宋．計有功《唐詩紀事校箋》，卷65（成都、巴蜀書社，1989），頁1751~1753。
3 參見呂正惠《元和詩人研究》（台北：東吳大學中文所博士論文，1983），頁232~244。
4 見陳鴻〈長恨歌傳．序〉。
5 《雞林國事》同註1；《源氏物語》事請參見林文月〈源氏物語桐壺與長恨歌〉，收錄於氏著《山水與古典》（台北：純文學出版社，1976），頁257~276。
6 同註1。
7 參見王夢鷗先生的《唐人小説校釋》中〈長恨歌傳〉一章。（台北：正中書局，1983）以及〈長恨歌的結構與主題．補説〉，收於氏著《傳統文學論衡》（台北：時報文化公司，1987），頁224~232。羅聯添先生〈長恨歌的結構與主題〉，最早發表於《中央研究院第二屆國際漢學會議論文集》（台北：中央研究院，1989），頁395~418。後收入氏著《唐代文學論集》（台北：學生書局，1989）。兩位先生皆多方舉證，並認為〈長恨歌〉之撰寫並無諷諭旨趣。
8 參見彭安湘《白居易研究新探》（重慶：西南師大，1989），頁225。

9 同註3。
10 參見林明珠《白居易詩探析》（台北：東吳大學中文所博士論文，1997），頁192～199。
11 參見顏元叔〈白居易長恨歌、琵琶行分析〉，收於呂正惠編《唐詩論文選集》（台北：長安出版社，1985），頁353～362。
12 參見簡宗梧先生《賦與駢文》（台北：台灣書店，1998），頁98～110。
13 有關當時文章辭賦化的現象與特徵，請參見王夢鷗先生〈漢魏六朝文體變遷之一考察〉，收於氏著《傳統文學論衡》（台北：時報文化公司，1987），頁67～130。
14 參見傅璇琮《唐代科舉與文學》中〈進士試與文學風氣〉（台北：文史哲出版社，1994），頁413～442。
15 參見鄺健行《詩賦與律調》中〈唐代律賦對科舉考試的粘附與偏離〉（北京：中華書局，1994），頁154～158。
16 參見周勛初〈賦體評議〉，《南京大學學報》，1994年第2期。
17 參見《唐語林．文學》，卷2。
18 參見鄺健行〈唐代律賦與律〉，收於氏著《科舉考試文體論稿：律賦與八股文》（台北：台灣書店．1999），頁1～32。
19 可參見拙作《詩情賦筆話謫仙——李白詩賦交融的多面向考察》（台北：文津出版社，2000）
20 可參見拙作〈李、杜鳥獸賦的特色及其風格異同〉，《中正大學中文學術年報》第3期（嘉義：國立中正大學中文系，2000），頁83～114。
21 見班固《漢書．藝文志．詩賦略》（台北：鼎文書局，1979），卷30，頁1756。
22 參見參見王夢鷗先生〈讀唐人小說隨筆〉，收於氏著《傳統文學論衡》（同註7），頁216～223。
23 參見胡應麟《少室山房筆叢》，卷20「二酉綴遺中」。
24 參見李宗為《唐人傳奇》（北京：中華書局，1985），頁50。
25 參見王夢鷗先生〈崔鶯鶯的身世〉（同註7），頁281。
26 參見程國賦《唐代小說嬗變研究》（廣東：人民出版社，1997），頁2～7。
27 同註24，頁2～5。
28 同註26，頁16～21。
29 參見林文月〈長恨歌對長恨歌傳的影響〉，收錄於氏著《山水與古典》（台北：純文學出版社，1981），頁248～251。
30 白居易〈與元九書〉謂：「今僕之詩，人所愛者，悉不過『雜律詩』與〈長恨歌〉已下耳。時之所重，僕之所輕。」
31 參見〈長恨歌箋證〉，收於氏著《陳寅恪先生全集．元白詩箋證稿》（台北：里仁書局，1977），頁691。
32 參見簡宗梧先生《賦與駢文》（同註12），頁190～195。另可參見拙著《詩情賦筆話謫仙》（同註19）。

參、〈恨賦〉與〈長恨歌〉

《文選・賦》牽動白居易詩歌之一考察

一、前　言

詩人白居易曾以「一篇長恨有風情，十首秦吟近正聲。」[1]自我贊許，其中〈長恨歌〉在當時已是傳誦各地、名聞遐邇的作品。然而這篇詩作固然得力於白居易「深於詩，多於情」的詩人才情，確也同時與他另外的得意之作〈秦中吟〉，顯露出「正聲」與「風情」的二種不同創作旨趣[2]。〈秦中吟〉的諷諭動機，正如他在〈傷唐衢〉詩自述：「憶昨元和初，忝備諫官位。是時兵革後，生民正顦悴。但傷民病痛，不識時忌諱。遂作秦中吟，一吟悲一事。」可見十首〈秦中吟〉應為白居易元和四年末或五年初，擔任諫官之職，從而有感於時弊的諷諭詩作[3]。相對而言，〈長恨歌〉的主要旨趣，則重在表現詩人「長恨」主題下的感傷情懷，同時與其編纂文集時，有意將此詩歸入「感傷詩」類的事實相契。因此白居易之撰〈長恨歌〉，主要抱持的是「唯情的觀點」[4]。而這一點才是白居易所謂「一篇長恨有風情」的命意所在；此外，〈長恨歌〉固然是一篇富於風情的動人傑作。若就作者當時實際創作的背景而言，如陳鴻〈長恨歌傳·序〉所記載的：

> 元和元年冬十二月，太原白樂天自校書郎尉於盩厔，鴻與瑯琊王質夫家於是邑。暇日相攜遊仙遊寺，話及此事，相與感歎。質夫舉酒於樂天前曰：「夫希代之事，非遇出世之才潤色之，則與時銷沒，不聞於世。樂天深於詩，多於情者也；試為歌之，如何？」樂天因為〈長恨歌〉。意者：不但感其事，亦欲懲尤物，窒亂階，垂於將來也。歌既成，使鴻傳焉。

其中陳鴻〈長恨傳〉，固在述其可歎之事，卻也同時兼有補足白居易〈長恨歌〉中所欠缺的「懲尤物，亂空階」之意。由此可見〈長恨歌〉的旨趣乃在「紀其可感之情」[5]。然則這樣一篇融鑄「可歎之事」於「可感之情」當中，並且主題又特別關注「恨」字的抒情名作，顯然並非肇始於白居易〈長恨歌〉。其中時代更早並且成為後世抒寫恨情之作典範的，當推六朝江淹的〈恨賦〉。這兩篇時代前後不同的寫「恨」傑作，雖然分屬賦與詩不同的文類，並各自展現出不同的文學風情，卻也存在著某些內在聯繫。因此儘管依據陳鴻〈長恨傳·序〉所載，白居易之撰寫〈長恨歌〉，並未受到江淹〈恨賦〉的影響。但從兩篇彼此間的神理相契，以及收錄於《昭明文選》的江淹〈恨賦〉與唐代文士的關係，以至於白居易對於辭賦的勤下苦功等等層面加以考察，或許可以為白居易〈長恨歌〉與江淹〈恨賦〉兩者之間，提供一些值得參考的訊息。至於本論文撰寫目的，並不在指陳白居易〈長恨歌〉是否直接受到〈恨賦〉之影響，而主要關注於《文選．賦》對於唐詩創作牽動的觀察面向。

二、《文選．賦》與唐代文士

江淹〈恨賦〉之為唐代文士所熟悉，除了它本身即是六朝名作之外，更重要的是藉由《昭明文選．賦》的選錄，廣泛流傳於唐代士子之間，身處中唐階段的白居易自不例外。

《文選》一書在唐代受到重視的原因不一而是，隋代儒者蕭該首開《選》學先河，以及隋末唐初大儒曹憲的卓然著述固然功不可沒。但其間唐代帝王如太宗之好學問難，不恥禮賢下士的表現，實為《選》學興盛的重要關鍵之一。例如《舊唐書．儒學傳》中有關曹憲的記載：

> 曹憲，揚州江都人也。仕隋為祕書學士。每聚徒教授，諸生數百人。當時公卿已下，亦多從之受業。憲又精諸家文字之書，自漢代杜林、衛宏之後，古文泯絕，由憲此學復興。大業中，煬帝令與諸學者撰《桂苑珠叢》一百卷，時人稱其該博。憲又訓注張揖所撰《博雅》，分為十卷。煬帝令藏於秘閣。貞觀中，揚州長史李襲譽表薦之，太宗徵為弘文館學士，以年老不仕，乃遣使就家拜朝散大夫，學者榮之。太宗又嘗讀書有難字，字書所闕者，錄以問憲。憲皆為之音訓及引證明白，太宗甚奇之。年一百五歲卒。所撰《文選

音義》，甚為當時所重。初江淮間為文選學者，本之於憲。又有許淹、李善、公孫羅復相繼以《文選》教授，由是其學大興於代。

曹憲即以帝王之師享譽當時，從而推動《選》學之風行。同理唐高宗對於此學的獎賞嘉許，更是中國最為著名的《文選》注家李善，卓然出眾的推手。誠如李善〈上文選注表〉所謂：

伏惟陛下，經緯成德，文思垂風。則大居尊，耀三辰之珠。希聲映物，宣六代之雲英。孰可撮壤崇山，導涓宗海。臣蓬衡蕞品，樗散陋姿。汾河委筴，夙非成誦。崇山遂簡，未議澄心。握玩斯文，載移涼燠。有心永日，實昧通津。故勉十舍之勞，弋鈞書部，願言注輯，合成六十卷。殺青甫就輕用上聞。享帚自珍，緘石知謬。敢有塵於廣內，庶無遺於小說。謹詣闕奉進，伏願鴻慈，曲垂照覽。謹言。顯慶三年九月上表。

李善上表，既幸逢高宗之「經緯成德，文思垂風」，而高宗御覽之後，亦復「賜賚頗渥」[6]。可見《文選》之見重當時士流之間，在上帝王之獎掖實為重要關係。

此外，唐代《文選》注家輩出，也是《選》學鼎盛的重要原因。前述隋唐以來，蕭該、曹憲、許淹、李善、公孫羅等人都有相關注解撰述，其中李善注不僅「大行於時」[7]，更成為古今《文選》注中流傳最廣的一種。然而唐代注解

《文選》，並不只於李善。但行世已久的李善注，不乏病其「繁釀」[8]與釋事忘義的批評，其中正以《文選》「五臣注」為代表。在這舊學新識的相互激盪之下，確實促使《選》學的風起雲湧。其中脈絡從以下呂延祚〈集注文選表〉的說明，就可以清晰地獲得理解：

> 臣祚言：臣受之於師曰，同文底績，是將大理，刊書啟衷，有用廣化，實昭聖代，輒極鄙懷。臣祚誠惶恐頓首頓首。臣覽古集至梁昭明太子所撰《文選》三十卷，閱翻未已，吟讀無斁。風雅以來，不之能尚。則有遣辭激切，揆度其事，宅心隱微，晦滅其兆，飾物反諷，假時維情，非夫幽識，莫能洞究。往有李善，時謂宿儒，推而傳之，成六十卷。忽發章句，是徵載籍，述作之由，何嘗措翰。使復精覈注引，則陷於末學，質訪旨趣，則巋然舊文，祇謂攪心，胡為析理。臣懲其若是，志為訓釋。中求得衢州常山縣尉臣呂延濟、都水使者劉承祖男臣良、處士臣張銑、臣呂向、臣李周翰等，或藝術精遠，塵遊不雜；或詞論穎曜，岩居自修。相與三復乃詞，周知秘旨，一貫於理，杳測澄懷，目無全文，心無留意，作者為志，森乎可觀。記其所善，名曰《集注》。並具字音，復三十卷。其言約，其利博，後事元龜，為學之師。豁若撤蒙，爛然見景，載謂激俗，誠惟便人。伏惟陛下睿德乃文，嘉言必史，特發英藻，克光洪猷，有彰天心，是效臣節，敢有斯隱，斯與同進。謹於朝堂拜表以聞。輕瀆冕旒，精爽震越。臣誠惶恐頓首死罪，謹

言。開元六年九月十日工部侍郎呂延祚上表。

呂延祚的奏表，也獲得玄宗的嘉賞，可見唐代帝王的獎掖有功，當然同時也可見唐代以來眾多博學之士，無論朝廷或私家熱衷於撰寫《文選》注解者，前後不乏其人。而李善注、五臣注正是其中最為知名的代表。換言之，《文選》之為唐代文士所重視。除了帝王的獎掖有功之外，眾多博學之士對於《文選》的大力投入並成卓有建樹，也是不可忽略的重要原因。

此外，唐代科舉重視文士的才學，尤以所設置的進士科中，在唐玄宗開元、天寶之際，開始以詩賦取士，並成為固定格局[9]。至此《文選》不僅與經傳並重，更使《文選．賦》、《文選．詩》成為唐代文士的重要基本典籍，誠如近代學者駱鴻凱所說：

> 而時主雅重其書，乃至分別以賜金城，書絹素以屬裴行儉，風尚所趨，尤關輕重。故唐代士人之於《文選》，無不人手一編，奉為圭臬。詞章之盛，家握隋殊。考覈之繁，人懷楊槧。[10]

可見《文選》之風行於唐代文士之間，是與唐代科舉取士的關係極為密切，而駱氏所舉詳載於《舊唐書．吐蕃傳》及〈裴行儉傳〉的這些史事，也反映出從唐代朝廷帝王，到民間之士重視《選》學的各種重要背景及其主要原因。

其次，隨著《文選》與科舉取士的密切性，《文選．賦》不僅隨之風行草偃地成為文士創作與應試的新寵之一。也因此即使在唐代以詩聞名的不少重要詩人，都不能不受到《文選・賦》的影響。其中可以詩仙李白、詩聖杜甫兩人作為代表。李白向來對於科舉並不熱衷，但對於《文選》不僅並未興趣缺缺，反之還努力收取《文選》中知名六朝文學家的創作經驗及技巧。例如他的山水詩，就曾受到大、小謝二位詩人深刻的啟迪。從他詩中多次稱引謝靈運，以及「解道澄江靜如練，一生低首謝宣城」的情形來看，李白的山水之作，自是對《文選・詩》中頗受重視的二謝詩極為熟悉[11]。再者，李白不僅對於「詳近略遠」的《文選・詩》態度如此[12]，對於時代較早一代文學漢賦也不例外。這在李白傳世的賦篇中，如〈大獵賦〉、〈明堂賦〉就頗能顯現出漢賦的特殊風貌[13]。同時他也在〈大獵賦・序〉中明白表示出爭勝於漢賦名家司馬相如、揚雄的創作企圖：

> 白以為賦者，古詩之流。辭欲壯麗，義歸博遠。不然，何以光贊盛美，感天動神？而相如、子雲競誇辭賦，歷代以為文雄，莫敢詆訐。臣謂語其略，竊或褊其用心。〈子虛〉所言，楚國不過千里，孟澤居其大半，而齊徒吞若八九，三農及禽獸無息肩之地，非諸侯禁淫述職之義也。

李白對於漢賦的具體學習與爭勝心理，也出現在對《文選》中六朝賦的仿作上。而今在他集子中可見的〈擬恨賦〉，應該就是同一創作心理下的成果。而唐代段成式有一段記載似可作為相關的佐證：

白前後三擬《文選》，不如意，悉焚之，唯留〈恨〉、〈別〉賦。[14]

因此安旗等人所編的《李白全集編年注釋》於〈擬恨賦〉題下注云：「今〈別賦〉已亡惟留〈恨賦〉。白〈贈張相鎬〉詩嘗云：十五觀奇書，作賦凌相如。白三擬《文選》，或即在此時。姑繫於開元三年。」由此約略可知，李白雖承陳子昂之後，力掃六朝「梁、陳宮掖之風」[15]，並上摹漢魏風骨。其中漢賦的規仿創作，固然可以視為其中具體的實踐。但在此同時，李白並未將六朝賦篇排除在外，而江淹〈恨賦〉的擬作事實，也印證了李白對於六朝文風的因革互見[16]，也展現出他取精用宏的創作精神。而且李白對於六朝小賦的學習與融合，更使他的作品經常表現出詩賦交融的特殊風貌[17]，正如馬積高所說：「在李白的創作中還有一個值得注意的現象：他的小賦固然像詩，而他的許多樂府長詩又像賦，故朱熹把他的〈鳴皋歌〉收入〈楚辭後語〉。」[18]而這些現象，不僅可以看到李白對於六朝賦的態度，以及《文選・賦》對於唐代詩人及其創作的影響。從而也可窺知江淹〈恨賦〉在唐代詩人、文士心中的深刻印象與重要價值。

李白之外，唐代另一頗具代表性的詩人杜甫，也是頗為推崇《文選》，而他對於六朝文學的重視，更明白表達在他的〈戲為六絕句〉中：

庾信文章老更成，凌雲健筆意縱橫。
今人嗤點流傳賦，不覺前賢畏後生。

不薄今人愛古人，清辭麗句必為鄰。
竊攀屈宋宜方駕，恐與齊梁作後塵。

未及前賢更勿疑，遞相祖述復先誰。
別裁偽體親風雅，轉益多師是汝師。

這些詩句適足以反映杜甫對於六朝文學具有辯析性地客觀態度，而反對一味全盤地加以否定。庾信作為六朝壓軸的著名詩人兼賦家，固然因為時代較晚，他的詩賦文章未及收入《文選》中。但從詩中對他的評述，亦能察覺杜甫對於六朝詩賦文學的不偏不倚。至於杜甫對於六朝詩人的稱道，甚至以之自比或比人，都足以看出他廣泛汲取借鑒的態度[19]。而大量「詳近略遠」的《文選・賦》，自然也成為杜甫細心留意的對象。其中不僅止於在杜甫賦方面的影響，其中〈朝獻大清宮賦〉、〈朝享太廟賦〉、〈有事南郊賦〉等三大禮賦，固然得力於對《文選》中漢賦的模擬與學習。而他歌詠鳥獸的〈雕賦〉、〈天狗賦〉也都以小篇體製，富於六朝駢儷之風，並成功地融合漢魏風骨與六朝巧麗之長[20]。其中應與杜甫「精熟文選理」[21]，從而借鑒《文選》賈誼〈鵩鳥賦〉、禰衡〈鸚鵡賦〉、張華〈鷦鷯賦〉等鳥獸賦中，都不難察覺得到。此外，《文選・賦》的影響，也反映在杜甫的詩歌創作上，其中可以〈北征〉的化賦入詩為代表，故胡小石以為「至杜茲篇，則結合時事，加入議論，撤去舊來藩籬，通詩與散文而一之，波瀾壯闊，前所未見，亦當時諸家所不及。」並接著指出〈北征〉與《文選》行旅賦的密切關係說：

〈北征〉，變賦入詩者也，題名〈北征〉，即可見之。其結構出賦，班叔皮〈北征〉、曹大家〈東征〉、潘安人〈西征〉皆其所本，而與曹、潘兩賦尤近。……其臚陳時事，直抒憤懣，則頗得力於庾子山〈哀江南賦〉。……總之，〈北征〉一方則奄有眾長，一方又獨抒己見，兩者結合，誠所謂古為今用也。[22]

諸如漢魏六朝辭賦影響杜詩的現象，誠可謂「古為今用」其中具體的重要註腳。而庾信〈哀江南賦〉與杜甫〈風疾舟中伏枕書懷三十六韻奉呈湖南親友〉、〈秋興八首〉等詩的內在聯繫[23]，也是六朝賦影響杜甫詩的另一例證，其間的創作意義在本質上是一致的。

由上述有關李白、杜甫兩位詩人文學創作上「古為今用」的情形，亦可見《文選》學在唐代的蔚然成風，以及對於當時文學的具體影響。其中《文選．賦》之於唐代詩賦方面創作的重要啟發，在李、杜二人身上也投影出清晰的輪廓；其次，作為《文選》中六朝名作的江淹〈別賦〉自然難以例外，李白的擬作固然已歷歷如繪，至於對中唐詩人白居易而言，這一創作現象自不陌生。而他本身的詩歌創作也有類似的現象，其中情形又是如何？容在下文加以論述。

三、白居易的賦學涵養及其與江淹賦之關係

由於漢賦在文學史上的輝煌創作成果，使得魏晉南北朝

的詩人，普遍兼具賦家的角色。也因這一重要背景，在六朝文學創作中隨之普遍呈現出詩賦合流的現象[24]。同時這一特色到詩歌創作空前鼎盛的唐代文壇，基本上仍然延續著[25]。這從初唐四傑，以及盛唐前後的李、杜兩大詩人身上，都留下清楚的烙印與痕跡[26]。但同時也由於詩歌在唐代的創作熱潮及豐碩成果，多少掩蓋了唐賦的光芒，也使得一般的文學史在論述唐代詩人同時，極少論述他們在辭賦方面的學習與表現。更遑論辭賦對於唐代詩人創作詩歌時的養成意義及其重要影響。而詩人白居易正是李、杜之後，其中最具代表性的重要例證。

白居易是唐代詩人當中傳世作品數量最多的一位，約有近三千首的詩歌。而他的詩歌在當時不僅流傳極廣，甚至遠播海外。在這些詩歌中，有的是體現詩人「兼濟之志」的諷諭創作；也有的乃出於「知足保和，吟玩性情」，弘揚所謂「獨善之義」的「閒適詩」；當然也加上不少因「事物牽於外，情理動於內，隨感遇而形於歎詠」的「感傷詩」[27]。而如此大量且豐富的詩歌內容，固然足以說明白居易豐富的創作興趣與才能外，同時也展現出詩人本身「深於詩，多於情」的主要形象[28]。這一詩人特質，表現在「感傷詩」中，更見具體而微與淋漓盡致。而白居易的〈長恨歌〉在正是經由自己的同意，編入「感傷」詩中，並且在當時即獲得廣大的回響。例如歌妓以能「誦得白學士〈長恨歌〉，豈同他妓哉？」增價自許[29]，以及「童子解吟〈長恨〉曲，胡兒能唱〈琵琶〉篇」[30]的傳播現象，都足以說明作為唐代新樂府運動的重要代表詩人，白居易固然精心創作不少諷諭詩，但當時的讀者最為重視與欣賞的，卻是諷諭之外的詩篇，尤其是〈長恨歌〉、〈琵琶行〉一類的「感傷詩」。而對於這一具有接受意義的讀者回應，白居易本身也是深有所悉的，因而才說：

> 今僕之詩，人所愛者，悉不過「雜律詩」與〈長恨歌〉已下耳。時之所重，僕之所輕。至於諷諭者，意激而言質；閒適者，思澹而詞迂。以質合迂，宜人之不愛也。

其中似乎反映出白居易本人對於「諷諭」、「閒適」與「感傷」、「雜律詩」間不同類別作品的輕重態度。但若從他又說：「一篇〈長恨〉有風情，十首〈秦吟〉近正聲。」可知白居易對於名聞遐邇，像〈長恨〉一類的「感傷」詩，仍然頗有幾分沾沾自喜，未必有真正鄙斥之感。更何況從撰寫〈長恨歌〉的重要契機之一，正由於王質夫等摯友看中他「深於詩，多於情」的詩人特質。而關於這一點白居易本人應該是深有自知之明，也是他在詩歌方面深具感染魅力的重要依據。

其次，白居易詩歌的影響，固然可謂遍及古今中外。相對於他的辭賦表現而言，固然無法相提並論。但白居易在辭賦方面所下的工夫，以及他在唐代賦壇的地位，卻是不可輕加忽略的。

白居易自從青年時期，有意於科舉仕途之後，即勤苦好學。再者，唐代自盛唐以後進士科又日益受到重視。其中科考項目，又漸以詩、賦為定制，也因此促使白居易對於詩歌之外的辭賦研習，更加勤下工夫。他在〈與元九書〉中即有如下一段自述：

及五、六歲，便學為詩，九歲諳識聲韻，十五六始知有進士，苦節讀書。二十已來，晝課賦，夜課書，間又課詩，不遑寢息矣，以至於口舌成瘡，手肘成胝。既壯而膚革不豐盈，未老而齒髮早衰白，瞥瞥然如飛蠅垂珠在眸子中也，動以萬數。蓋以苦學力文所致，又自悲矣。

其中所謂「晝課賦」，固能說明白居易對於辭賦多面的重視與勤學，但「課賦」的具體內容如何？白居易並未詳加說明。不過從當時科考所謂的「律賦」或「新賦」的實際情形來看[31]，對於律賦的習作固然為主要項目之一，同時在習作之外，對於前人賦篇的研讀，應是另一重要內容。而所謂前人賦篇重要作品的研讀，從上文相關論述來看，《文選》正是其中最為緊要的基本典籍。換言之，從上述諸多方面所提供的線索而言，白居易自準備科考以來，對於《文選・賦》應該極為熟悉。更何況白居易在〈與元九書〉中還提及，這一「二十已來，晝課賦，夜課書，間又課詩。」的學習規律。至少到二十七歲時，「方從鄉試及第之後，雖專於考試，亦不廢詩。」而此後白居易又仍不斷有賦篇的創作[32]。於此可見白居易對於辭賦的勤學創作，並未隨科舉考試而隨之結束。換言之，他一方面對於江淹等收入《文選》的前代重要賦篇應該十分熟悉；此外，白居易對於這種層層限制的律賦，並未認為是一時科舉所需的考試伎倆，而加以輕鄙。反之，白居易對於「律賦」還深加贊美，例如他在以辭賦為題的〈賦賦〉中，就表明了這樣的看法：

賦者，古詩之流也。始草創於荀宋，漸恢張於賈馬……而後諧諧四聲，怯八病，信斯文之美者。我國家恐文道寖衰，頌聲陵遲，乃舉多士，命有司酌遺風於三代，明變雅於一時……觀夫義類錯綜，詞采舒布。文諧宮律，言中章句。華而不豔，美而有度。

此外，白居易的律賦作品還成為當時文士課賦的重要典範，王讜《唐語林》就指出白居易兄弟與李程、王起、張仲素等五人「為場中詞賦之最，言程試者宗此五人。」[33]由此可見白居易雖然對於「嘲風雪，弄花草」的六朝文風有所批判，但對「義類錯綜，詞采舒布。文諧宮律，言中章句。華而不豔，美而有度。」的律賦，卻是讚美有加。而他的賦篇，大體也都表現出這類藝術特色。至於他在〈賦賦〉中提及以資比較的賦篇，皆為《文選》當中的賦篇，並且在態度上也以「青出於藍，復增華於〈風〉、〈雅〉」，表現出對於《文選·序》的正面回應：

雅音瀏亮，必先體物以成章；逸思飄颻，不獨登高而能賦。其工者，究筆精，窮指趣，何慚〈兩京〉於班固？其妙者，抽秘思，騁妍詞，豈謝〈三都〉於左思？掩黃絹之麗藻，吐白鳳之奇姿。振金聲於寰海，增紙價於京師。則〈長揚〉、〈羽獵〉之徒，胡為比也；〈景福〉、〈靈光〉之作，未足多之。所謂立意為先，能文為主。炳如繢素，鏗若鐘鼓。郁郁哉！溢目之黼紱。洋洋乎！盈耳之〈韶〉、〈頀〉。信可以凌礫〈風〉、〈騷〉，超軼今古者也。今吾君網羅六藝，

> 淘汰九流，微才無忽，片善是求。況賦者〈雅〉之列，〈頌〉之儔。可以潤色鴻業，可以發揮皇猷。客有自謂握靈蛇之珠者，豈可棄之而不收。

其中所謂「立意為先，能文為主。」雖未盡合《文選》本意，但基本精神則仍借鑒《文選》的基本旨趣。再者，其中字句與立意，亦深受《文選·序》影響，於此更可證明白居易的「課賦」之舉與《文選·賦》的密切關係。

至於《文選·賦》中的六朝名作〈恨賦〉，從上述白居易課賦之勤、時日之長，以及對於《文選·賦》的浸淫，固然應極為熟悉。但江淹〈恨賦〉與白居易創作之契合，還可能具有以下因素：首先是江淹〈恨賦〉之「義類錯綜，詞采舒布，文諧宮律，言中章句。華而不豔，美而有度。」江淹賦廣引古事，集中表現同一主題思想。這與白居易律賦中之講究用典，神理頗為相契；再者，白居易律賦在立意之外，頗重文采，也與江淹賦的工於詞采，設色巧妙[34]，具有異曲同工之妙，例如：

> 若夫明妃去時，仰天太息，紫台稍遠，關山無極。搖風忽起，白日西匿，隴雁少飛，代雲寡色。望君王兮何期？終蕪絕兮異域。（〈恨賦〉）
>
> 又若君居淄右，妾家河陽。同琼珮之晨照，共金爐之夕香。君結綬兮千里，惜瑤草之徒芳。慚幽閨之琴瑟，晦高台之流黃。春宮閟此青苔色，秋帳含茲明月光。夏簟清兮晝不暮，冬釭凝兮夜何長。織錦曲兮泣已盡，迴文詩兮影獨傷。（〈別賦〉）

日暮兮舟泊，草萋萋兮沙漠漠。習習兮春風，岸柳動兮渚花落。發浩歌以長引，舉濁醪而緩酌。春冉冉其將盡，予何為乎不樂。鳥樂兮雲際，鳴嚶嚶兮非喬喬。魚樂兮泉底，鬐撥撥兮尾潎潎。我樂兮聖代，心融融兮神泄泄。（〈汎渭賦〉）

此外，律賦之形成，從其文學的「時序」角度而言，正是繼六朝永明以來，詩、賦文學在格律上的日益講求而來，律賦既是白居易文學創作中的重要成就之一，那麼《文選》中擅長表現駢對、聲律美的，自然就是南朝齊梁以來的賦篇。而江淹的〈恨〉、〈別〉二賦正是《文選》齊梁賦的最重要代表，對於律賦深為用心，並且長久白晝課賦的白居易而言，豈能輕易放過。而江淹這二篇賦，雖然在駢偶、聲律上未必盡善盡美[35]，但在永明之風方才煽及的階段，〈恨〉、〈別〉兩賦的駢儷、聲律之美，已是極為可貴，也當會引起白居易探求的興趣。這兩篇賦的寫作既是駢賦形式，同時用典適切，而又具備聲律之美，這些特點其實已成為唐代律賦的先聲[36]；當然白居易賦中的對偶，在此基礎上，又較諸江淹賦有所進展，其中尤以借鑒徐庾體隔句對的情形最為明顯。例如他的〈雞距筆賦〉就是一個例子[37]，但白居易賦中也變創性地出現超越徐庾體駢文中的隔句對，而呈現兩兩相比，近似後世八股文的長股對[38]。誠如清代李調元所指：

超超玄箸，中多見道之言，不當徒以慧業文人相目。且通篇局陣整齊，兩兩相比，此調自白樂天刱（創）為之，後來制義分股之法，實濫觴於此。[39]

這些都是在六朝像江淹〈恨〉、〈別〉這些駢賦的基礎上，隨著時序進展演化的結果，當然其中也包括了作家「馳騁才情，不拘繩尺」[40]的原因在內。

由上述關於白居易這些唐代創作數量最為可觀的重要詩人，在辭賦方面的潛學多年，與苦心造詣，可以知道兼為唐詩人與唐賦名家的白居易，對於辭賦的重視，也從而可信，他對於像江淹〈恨賦〉等《文選・賦》的應頗嫻熟。而他傳世的抒情之作〈傷遠行賦〉，之中頗染有江淹賦中富於表現騷體之怨的文學特色；更何況以他對律賦用典、聯對、聲律上的精心造詣，更沒有理由無視於像江淹〈恨賦〉這類富於六朝駢賦特色的重要名作。因此，即使像白居易之前的著名詩人李白，雖然不以聲律見長，卻留下〈恨賦〉的擬作。那麼像白居易這樣遠比李白熱衷於科舉考試的詩人與賦家，自然沒有不去重視〈恨賦〉的理由。這些情形也為唐代詩人的詩歌創作，經常受到《文選・賦》的牽動，以至直接影響，提供了值得注意的相關訊息及具體例證。

四、〈恨賦〉的怨情特色與〈長恨歌〉的詩情賦筆

江淹的作品，向來除以「善於模擬」聞名外[41]，也因善寫怨情受到注意。隋末王通《文中子・事君》就提到：「鮑照、江淹古之狷者也。其文急以怨。」尤其是他的大部分辭賦作品，像〈恨賦〉之外的〈別賦〉、〈去故鄉賦〉、〈青苔賦〉、〈注賦〉、〈四時賦〉等等也都能表現這一特色[42]，其

中又當以〈恨賦〉為創作精神的主要核心與關鍵。誠如錢鍾書所論：

> 〈去故鄉賦〉乃〈別賦〉之子枝也，〈倡婦自悲賦〉又〈恨賦〉之傍出也。〈待罪江南思江北賦〉：「願歸靈於上國」，即〈恨賦〉：「遷客海上，流戍隴陰」之心願；〈哀江南賦〉：「徒望悲其何極，銘此恨於黃埃」，亦〈恨賦〉：「自古皆有死，莫不飲恨而吞聲」之情事。〈青苔賦〉：「頓死豔氣於一旦，埋玉玦於窮泉；寂兮如何，苔積網羅，視青蘼之杳杳，痛百代兮恨多」，則兼〈別賦〉之「春宮閟此青苔色」與〈恨賦〉之「閉骨泉裡，已矣哉。」〈泣賦〉：「若夫齊景牛山，荊卿燕市，孟嘗聞琴，馬卿廢史，少卿悼躬，夷甫傷子」；「少傾」又見〈恨賦〉：「李君降北，弔影慚魂」，餘人亦均可入〈恨賦〉。〈泣賦〉：「潺湲沫袖，嗚咽染裳」，無異〈恨賦〉：「危涕」、「血下沾襟」。〈別賦〉曰：「蓋有別必怨，有怨必盈」，實即恨之一端，其所謂「一赴絕國，詎相見朝」，詎非〈恨賦〉之「遷客海上，流戍隴陰」耶？然則〈別賦〉乃〈恨賦〉之附庸而蔚為大國者，而他賦之於〈恨賦〉，不啻眾星之拱北辰也。[43]

可見善寫怨情的〈恨賦〉在江淹詩文中的重要地位與特殊意義。至於這一創作風格主要由於江淹的這些辭賦，大多作於他一生中最不得志的階段。因此同時也受到像鮑照〈蕪城賦〉一類作品的影響，從而表現出王通所謂「急以怨」的主要特色[44]，這又是江淹〈恨賦〉一類以抒寫怨情為主辭賦的創作背景。而最重要的是，由於這一原因，從而形成江淹辭賦善寫怨情的文學特色。

江淹賦富於悲情的特色，使他成為六朝抒情賦的重要代表作家，而白居易這位「多於情」的詩人亦在〈不能忘情吟序〉自稱：

> 噫，予非聖達，不能忘情，又不至於不及情者。事來攪情，情動不可柅。因自哂，題其篇曰〈不能忘情吟〉。

此外，他的不少詩作中，也經常出現自身「多於情」的相關語彙及表述，例如：

> 追思昔日行，感傷故游處。插柳作高林，種桃成老樹。因驚成人者，盡是舊童孺。試問舊老人，半為繞村墓。浮生同過客，前後遞來去。白日如弄珠，出沒光不住。人物日改變，舉目悲所遇。（〈重到渭上舊居〉）
>
> 人生有情感，遇物牽所思。（〈庭槐〉）
>
> 感物私自念，我心亦如之。（〈秋懷〉）
>
> 春花與秋氣，不感無情人。我來如有悟，潛以心照身。誤落聞見中，憂喜傷形神。（〈題贈定光上人〉）
>
> 雖是無情物，欲別尚沉吟。況與有情別，別隨情淺深。（〈留別〉）
>
> 我有所感事，結在深深腸。鄉遠去不得，無日不瞻

望。腸深解不得，無夕不思量。（〈夜雨〉）

既寤知是夢，憫然情未終。（〈夢裴相公〉）

何言巾上淚，乃是腸中血。（〈別行簡〉）

念茲庶有悟，聊用遣悲辛。暫將理自奪，不是忘情人。（〈念金鑾子〉）

草木猶未傷，先傷我懷報。（〈村居臥病〉）

鍊成不二性，銷盡千萬緣。唯有恩愛火，往往猶熬煎。（〈夜雨有念〉）

當然白居易詩最能集中展現深情詩人特質的創作，就是四卷約近百首的「感傷」詩。其中更不乏直接以〈感情〉命題的詩篇：

中庭曬服玩，忽見故鄉履。昔贈我者誰，東鄰嬋娟子。因思贈時語，特用結終始。永願如履綦，雙行復雙止。自吾謫江郡，漂蕩三千里。為感長情人，提攜同到此。今朝一惆悵，反覆看未已。人隻履猶雙，何曾得相似。可嗟復可惜，錦表繡為裡。況經梅雨來，色黯花草死。（〈感情〉）

尤其值得注意的是白居易名聞遐邇的〈長恨歌〉，正是這類「感傷詩」中最具代表性的作品。其次〈長恨歌〉中更表現出「悲」、「美」二大藝術特質[45]，正與江淹辭賦富於悲怨之美的特色神理相契。也可見白居易近百首之多的「感傷詩」，及其「不能忘情」的詩人形象，與前代著名作家江淹之間，實具有前後相互輝映的共同特質。

從〈長恨歌〉的創作背景而言，除了作為白居易「感傷詩」中傑出名作之外，據陳鴻〈長恨歌傳序〉上的說明，正與白居易多情詩人特質，尤為相關：

> 元和元年冬十二月，太原白樂天自校書郎尉於盩厔，鴻與瑯琊王質夫家於是邑。暇日相攜遊仙遊寺，話及此事，相與感歎。質夫舉酒於樂天前曰：「夫希代之事，非遇出世之才潤色之，則與時銷沒，不聞於世。樂天深於詩，多於情者也；試為歌之，如何？」樂天因為〈長恨歌〉。意者：不但感其事，亦欲懲尤物，窒亂階，垂於將來也。歌既成，使鴻傳焉。世所不聞者，予非開元遺民，不得知；世所知者，有〈玄宗本紀〉在。今但傳〈長恨歌〉云爾。前進士陳鴻撰。

再者，白居易〈長恨歌〉與江淹〈恨賦〉雖採取的文類有別：一為詩歌，一為辭賦，但卻無妨兩者之間的彼此契合，其中主要體現在以下三個方面：

（一）題稱與主旨雷同

〈恨賦〉與〈長恨歌〉皆以恨情為題，並且兩篇作品主旨，亦重在闡述人生無限的憾恨之情。試看江淹〈恨賦〉的開首即云：

> 試望平原，蔓草縈骨，拱木斂魂，人生到此，天道寧論！於是僕本恨人，心驚不已，直念古者，伏恨而

死。

以至全篇結尾近似「亂辭」一段，更反覆強調古今之人面對生死，從而觸發無窮無盡的生命恨情：

已矣哉！春草暮兮秋風涼，秋風罷兮春草生。綺羅華兮池館盡，琴瑟滅兮邱隴平。自古皆有死，莫不飲恨而吞聲。

而在這些透過古今歷史人物之生離死別，所凸顯的人生恨事及其情思，正與白居易〈長恨歌〉中藉由唐玄宗、楊貴妃兩位歷史人物生死愛恨，作為主要書寫的創作特色神理相契。而〈長恨歌〉所要表現的旨趣，正如此詩末尾兩句所謂「天長地久有時盡，此恨綿綿無絕期。」其中重在透過人生的局促有限，對此恨思無窮無盡，這與江淹〈恨賦〉的主題意蘊，可說如出一轍。

（二）內容題材的取精用宏

江淹在〈恨賦〉中，主要藉由歷代著名而又不同身分的歷史人物，並通過具體際遇的鋪陳排比，從而在其「飲恨」的同質基礎上構成〈恨賦〉的書寫旨趣。而其中人物身分主要包羅帝王、宮妃、名將、文士，其中具備帝王、宮妃身分的共計三人，約佔其中一半，應可以〈恨賦〉所舉古今「恨人」的主要重心：

> 至如秦帝按劍，諸侯西馳，削平天下，同文共規。華山為城，紫淵為池。雄圖既溢，武力未畢，方架黿鼉以為梁，巡海右以送日。一旦魂斷，宮車晚出！
> 若乃趙王既虜，遷於房陵，薄暮心動，昧旦神興。別豔姬與美女，喪金輿及玉乘。置酒欲飲，悲來填膺。千秋萬歲，為怨難勝！
> 若夫明妃去時，仰天太息，紫台稍遠，關山無極。搖風忽起，白日西匿，隴雁少飛，代云寡色。望君王兮何期？終蕪絕兮異域！

這些帝王后妃人物可說成為江淹〈恨賦〉「寫情透切」[46]的重要代表題材；反觀白居易〈長恨歌〉的主要題材與內容，亦是展現帝王后妃的生命恨情。其間同中有異的包括：首先，〈恨賦〉中的主要歷史人物，皆舉晉代以前的例子；而〈長恨歌〉所寫的唐玄宗、楊貴妃雖非作者同時之人，但畢竟是年代接近的當代人物。換言之，江淹、白居易所引用的歷史人物及其事蹟，雖有時代遠近之分，本質上則都主要集中採取帝王后妃這一類題材，此外，〈長恨歌〉之另一特色還在白居易巧妙地將帝王、后妃融合為一體，從而轉化出一代江山美人的生死愛恨，則與江淹〈恨賦〉中彼此時代與際遇毫不相干的情形有所改變，卻益發精采生動；再者，〈恨賦〉中的帝王之恨的相關書寫，不乏「別豔姬與美女，喪金輿及玉乘」的江山美人之情，與明妃「望君王兮何期？終蕪絕兮異域」的后妃愛恨。而這一方面的內容，則是白居易〈長恨歌〉全篇描寫的主要中心，而且集中於將帝王與后妃間生死愛恨，筆觸更加淋漓盡致與縹緲浪漫。例如其中寫唐玄宗從馬嵬兵變之後，至回鑾長安的思念情深，較諸江淹賦中趙王「別豔姬與美女，喪金輿及玉乘。置酒欲飲，悲來填膺」更顯曲折動人：

> 黃埃散漫風蕭索，雲棧縈紆登劍閣。峨嵋山下少人行，旌旗無光日色薄。蜀江水碧蜀山青，聖主朝朝暮暮情。行宮見月傷心色，夜雨聞鈴腸斷聲。天旋地轉迴龍馭，到此躊躇不能去。馬嵬坡下泥土中，不見玉顏空死處。君臣相顧盡霑衣，東望都門信馬歸。歸來池苑皆依舊，太液芙蓉未央柳。芙蓉如面柳如眉，對此如何不淚垂。春風桃李花開日，秋雨梧桐葉落時。西宮南內多秋草，落葉滿階紅不掃。梨園子弟白髮新，椒房阿監青娥老。夕殿螢飛思悄然，孤燈挑盡未成眠。遲遲鐘鼓初長夜，耿耿星河欲曙天。鴛鴦瓦冷霜華重，翡翠衾寒誰與共。悠悠生死別經年，魂魄不曾來入夢。

一樣的帝王生死愛戀；從〈恨賦〉到〈長恨歌〉中顯然已產生由片斷到全體、廣泛到唯一的書寫變化。〈長恨歌〉中有關貴妃愛怨糾纏的鋪染，似乎呈現出江淹〈恨賦〉的取精用宏，這其中應涉及到兩者間詩情賦筆的共同創作特色。可見運用帝王后妃或者江山美人的主要題材與內容，無疑地成為〈恨賦〉與〈長恨歌〉前後一致展現詩情賦筆的特色的重要質素之一。

（三）詩情賦筆的共同特色

詩賦合流是六朝文學的重要特色，因此在當時盛行的駢賦之中，經常可以察覺到詩歌的身影。其中像謝惠連〈雪賦〉、庾信〈春賦〉等篇繫詩的情形[47]，固然正是其中重要的具體特徵，但就駢賦而言，逐漸由體物轉向抒情的現象，在〈月賦〉、〈蕪城賦〉等篇作品已明顯具備。直到江淹〈恨賦〉，這種詩賦融合的文學特色發揮得更加透徹，尤其在題稱上直接以情感主題為訴求，更可以說辭賦詩化趨勢的昭然若揭。固然〈恨賦〉以賦為體，並且工於引述事典，但以其結合抒情的創作旨趣而言，〈恨賦〉實為這一階段詩賦合流的重要名作。

由於〈恨賦〉的廣徵事典，在南朝具有逞耀才學的意義[48]，加上駢賦的短小形制，因此雖富於抒發古今恨情，而且取材豐富，畢竟無法淋漓盡致地曲寫毫芥。但格局與氣勢的開拓，顯然使它成為古今工於怨情恨思的代表辭賦，並成為後世悲情之作的重要典範，這又是江淹〈恨賦〉在文學史上的重要特色與意義。

〈恨賦〉中帝王后妃的恨思書寫，誠如上述無法發揮得更淋漓盡致，但以詩賦融合於江山美人生死愛恨的書寫特色，卻不妨可以視為白居易撰寫〈長恨歌〉的重要文學典範；然〈長恨歌〉雖運用唐代盛行的歌行體，其中卻經常巧妙地融入辭賦的善於敘述鋪陳的表現筆法。只是在創作的本質與定位上，〈長恨歌〉既然不稱〈長恨賦〉，畢竟以濃厚的詩情作為基本旨趣所在，因此如前文所舉〈長恨歌〉中就不乏情景交融，並且富於表現詩中君王之深情與痴情；同時，〈長恨歌〉之專於鋪寫當代玄宗、貴妃之情事，其中兼採史實與傳說[49]，與〈恨賦〉取材史事異中有同；同時，對於其中景物與人物的多面雕琢刻劃，也是白居易賦學涵養的發揮與展現。例如道士訪求貴妃芳蹤，終於在與仙人相見的一幕，對於楊太真體貌神情的鋪陳雕繪：

> 聞道漢家天子使，九華帳裡夢魂驚。攬衣推枕起徘徊，珠箔銀屏迤邐開。雲鬢半偏新睡覺，花冠不整下堂來。風吹仙袂飄飄舉，猶似霓裳羽衣舞。玉容寂寞淚闌干，梨花一枝春帶雨。

這些曲寫毫芥的辭賦筆法，使〈長恨歌〉對於貴妃的人物書寫，相對於〈恨賦〉中描寫昭君出塞的形象，更具「巧構形似」與多面鋪陳的賦筆特色[50]。類似的賦筆特色，也表現在〈長恨歌〉中引玄宗在「宛轉娥眉馬前死」之後陸續呈現的景物，其中固然情景交融，富於詩情，但同時在「黃埃散漫風蕭索」、「旌旗無光日色薄」、「蜀江水碧蜀山青」、「行宮見月傷心色」、「夜雨聞鈴腸斷聲」的「體物」鋪陳之中，更烘托出玄宗的愁苦情懷。這些都是〈長恨歌〉詩賦融合的具體例證，當然〈長恨歌〉中還有不少詩賦融合的情形，其中對於貴妃受寵的渲染，以及時空的鋪陳對比都不乏辭賦的影子。例如貴妃遇見道士後的一番心情獨白，就巧妙地運用不同時空的鋪陳轉換，凸顯出貴妃的舊愁新恨：

> 含情凝睇謝君王，一別音容兩渺茫。昭陽殿裡恩愛

> 絕，蓬萊宮中日月長。回頭下望人寰處，不見長安見塵霧。唯將舊物表深情，鈿合金釵寄將去。釵留一股合一扇，釵擘黃金合分鈿。但教心似金鈿堅，天上人間會相見。臨別殷勤重寄詞，詞中有誓兩心知。七月七日長生殿，夜半無人私語時。在天願作比翼鳥，在地願為連理枝。

至於此詩結尾，攸關〈長恨〉主題的「天長地久有時盡，此恨綿綿無絕期。」更像極了辭賦慣見的「亂曰」或「曲終奏雅」；甚至於〈長恨歌〉中「六軍不發無奈何，宛轉蛾眉馬前死」之前，也有一大段玄宗、貴妃江山美人的歡愛書寫，正不妨視為「天長地久有時盡」的賦筆鋪陳。而其後所渲染的玄宗哀感，以至貴妃愁懷，更直似「此恨綿綿無絕期」的賦筆注腳。而〈長恨歌〉中這些描寫，都可以說明白居易〈長恨歌〉詩賦融合的創作特色[51]。

由上可見白居易〈長恨歌〉的詩情賦筆，與江淹〈恨賦〉的工於表現悲思，其實都是詩賦融合的古今名作。而上述種種相關線索與跡象，更凸顯出〈恨賦〉與〈長恨歌〉兩者間的某些同質性及其內在聯繫。

五、結　論

由上述不同層次與角度的相關探索，我們應可以大致窺見江淹〈恨賦〉與白居易〈長恨歌〉二篇詩賦名作間的彼此聯繫。從中國文學本身傳承與發展的歷史而言，〈恨賦〉與

〈長恨歌〉的相關特質，也反映出六朝文學對於唐代創作仍然具有不可忽略的重要影響。而且其中還經常跨越了文體或文類方面原有的可能限制，當然就〈恨賦〉與〈長恨歌〉兩者的具體例子而言，基本上反映出六朝賦對於唐詩影響的這一面向，並且體現出六朝以來文壇上詩賦合流的趨勢，直到唐代仍然延續未斷，初唐以下四傑、李白、杜甫等著名代表詩人的作品中已是如此，那麼到了較後白居易所處的中唐階段出現類似的創作情形，也就不足為奇；至於六朝作品對於唐代文學的影響，當然也與《文選》在唐代結合科舉考試，普遍為詩人文士所重視的客觀因素不可分割。其次，白居易個人在辭賦方面長期的苦心經營，以及他兼善詩賦，都可以視為〈恨賦〉與〈長恨歌〉彼此聯繫的重要根據；此外，江淹與白居易兩人皆工於表現悲怨、深情的代表作家，這也成為〈恨賦〉與〈長恨歌〉一致展現詩情賦筆的要素之一，其間無疑地映射出《文選．賦》對於唐詩創作的牽動，及其在延續唐代詩賦合流現象背後，不可忽略的重要貢獻與創作意義。至於〈長恨歌〉不同〈恨賦〉的其他的藝術特色自然有其源自於樂府、傳奇，以至像杜甫〈北征〉、〈三吏〉、〈三別〉等等作品的影響，這些就不是本文所能論及。

註釋

1 見白居易〈集拙詩成因題末戲贈元九李十二〉。

2 參見羅聯添先生〈長恨歌與長恨歌傳「共同機構」問題及其主題探索〉，收於氏著《唐代文學論集》(台北：學生書局，1989)，頁521~535。

3 參見羅聯添先生〈白居易秦中吟的寫作背景〉，同前註，頁497~520。

4 參見王夢鷗先生〈「長恨歌的結構與主題」補說〉，收於氏著《傳統文學論衡》(台北：時報文化公司，1987)，頁224~232。

5 同前註。

6 見《新唐書．文藝．李邕傳》：「父善，有雅行，淹貫古今，不能屬辭，故人號『書簏』。顯慶中，累擢崇賢館直學士兼沛王侍讀。為《文選注》，敷析淵洽，表上之，賜賚頗渥。」

7 《新唐書．文藝．李邕傳》：「父善嘗受《文選》於同郡人曹憲。後為左侍極賀蘭敏之所薦引，為崇賢館學士，轉蘭臺郎。敏之敗，善坐配流嶺外。會赦還，因寓居汴、鄭之間，以講《文選》為業。年老疾卒。所注《文選》六十卷，大行於時。」

8 《新唐書．文藝．呂向傳》：「呂向，字子回。嘗以李善釋《文選》為繁釀，與呂延濟、劉良、張銑、李周翰等更為詁解，時號五臣注。」

9 參見傅璇琮《唐代科舉與文學》第十四章〈進士試與文學風氣〉(台北：文史哲出版社，1994)，頁413~443。

10 參見氏著《文選學．源流第三》(台北：漢京文化事業公司，1982)，頁71~72。

11 參見莫礪峰〈論李杜對二謝山水詩的因革〉、王運熙〈李白推重謝朓詩〉、葛景春〈李白與謝朓的山水詩〉。以上三篇論文收於茆家培、李子龍主編《謝朓與李白研究》(北京：人民文學出版社，1995)，頁71~90、頁57~60、頁155~170。

12 參見《文選學．義例》(同註10)，頁34~35。

13 參見拙作〈李白詩賦中的漢賦氣象〉，收於拙作《詩情賦筆話謫仙——李白詩賦交融的多面向考察》(台北：文津出版社，2000)，頁152~225。

14 見《酉陽雜俎》前集卷12(台北：漢京文化公司，1983)，頁116。

15 見李陽冰〈草堂集序〉引盧黃門之語謂：「陳拾遺橫制頹波，天下質文翕然一變，至今朝詩體，尚有梁、陳宮掖之風。至今大變，掃地並盡。」

16 參見拙作〈論李白賦對於六朝文風的因革〉，收於《第三屆國際辭賦學學術研討會論文集》(台北:國立政治大學文學院,1996),頁305~333。

17 參見拙作《詩情賦筆話謫仙——李白詩賦交融的多面向考察》(同註13)。

18 見馬積高《賦史》中「唐五代詩」評李白賦語(上海:古籍出版社,1987),頁286~333。

19 參見呂正惠《杜甫與六朝詩人》(台北:大安出版社,1989);另可參見王運熙、楊明合著之《隋唐五代文學批評史》(上海:古籍出版社,1994),頁280~286。

20 參見拙作〈李、杜鳥獸賦的特色及其風格異同〉,收於《中正大學中文學術年刊》第三期(嘉義:國立中正大學中文系,2000)。

21 見清仇兆鰲《杜詩詳注》卷17,杜甫:「小子何時見?高秋此日生。……流霞分片片,涓滴就徐傾。」

22 見胡小石〈杜甫北征小箋〉,收於《杜甫研究論文集》第三輯(北京:中華書局,1963),頁205~218。

23 參見林繼中〈古事今情:杜詩與庾賦的內在聯繫〉,收於《杜甫研究學刊》總第64期(成都:《杜甫研究學刊》編輯部,2000),頁69~75。

24 參見李立信〈論六朝詩之賦化〉、〈論六朝賦之詩化〉,分別發表於1996彰化師大舉辦之「第三屆中國詩學會議」與1997東海大學、中國古典文學會主辦之「第三屆魏晉南北朝文學國際學術研討會」。至於其中具體例證,亦可參見拙著《庾信生平及其賦之研究》(台北:文史哲出版社,1984),頁79~83、頁114~115。

25 參見簡宗梧先生《賦與駢文》(台北:台灣書店,1998),頁173~176。

26 李白、杜甫的情形,前文已大略論及。至於初唐詩人的詩賦合流現象,可參見商偉〈初唐詩歌的詩賦融合現象〉,《北京大學學報》1986,5期。

27 參見白居易〈與元九書〉,朱金成《白居易集箋校》卷45(上海:古籍出版社,1988)。

28 參見陳鴻〈長恨歌傳序〉(同前註)卷12〈長恨歌〉附。

29 同註27。

30 唐宣宗〈弔白居易詩〉:「綴玉聯珠六十年,誰教冥路……一度思卿一愴然。」《全唐詩》卷4(北京:中華書局,1992),頁49。

31 所謂「律賦」之名,未必為唐人之稱呼,從今存唐人《賦譜》的文獻資料來看,似乎未見此名,反倒有「今新體」、「新賦」等名。參見鄺健行〈唐代律賦與律〉(台北:臺灣書店,1997),頁3~8。

32 參見岡村繁〈白居易的賦〉,收於《白居易研究講座》(東京:勉誠社,1993)第2卷,頁274~293。

33 見該書卷二〈文學〉。

34 參見馬積高《賦史》(上海古籍出版社，1998)，頁216~220
35 有關江淹〈恨〉、〈別〉二賦聲律、對偶的具體情形，可參見韋金滿〈略論江淹恨別二賦之聲律〉、〈略論江淹恨別兩賦之對偶〉，收於氏著《古典文學論叢》(高雄：復文圖書出版社，1999)，頁1~74。
36 參見古田敬一《中國文學的對句藝術》(台北：祺齡出版社，1994)，頁399~432。
37 同前註，頁434~444。
38 參見鈴木虎雄著，殷石臞譯《賦史大要》(台北：正中書局，1992)，頁189~198。
39 見李調元《賦話》卷二(台北：廣文書局，1982)，頁44。
40 同前註。
41 見梁．鍾嶸《詩品．中》論「梁光祿江淹詩」：「文通詩體總雜，善於摹擬。」
42 參見曹道衡〈鮑照與江淹〉，收於氏著《中古文學史論文集續篇》(台北：文津出版社，1994)，頁170~180。
43 見錢氏《管錐篇》(書林)，頁1411。
44 同註42。
45 參見顏元叔〈白居易長恨歌、琵琶行分析〉，收於呂正惠編《唐詩論文選集》(台北：長安出版社，1985)，頁353~362。
46 見明張文光《江文通集序》評述江淹賦說：「布景淋漓，寫情透切。」
47 參見曹道衡〈從雪賦、月賦看南朝文風的流變〉(同註42)，頁156~169。
48 參見王瑤〈中古文學風貌〉(台北：鼎文書局，1977)，頁84~92。
49 參見王夢鷗先生〈長恨歌的結構與主題補說〉(同註4)；另可參考孟繁樹〈長恨歌的主題及形成〉，收於《文學遺產》增刊第16輯(北京：中華書局，1983)，頁44~58。
50 參見廖蔚卿〈從文學現象與文學思想的關係談六朝「巧構形似之言」的詩〉，收於氏著《漢魏六朝文學論集》。另可參見王文進《論六朝詩中巧構形似之言》國立台灣師範大學國文所碩士論文、拙作〈論張協、鮑照詩中之「巧構形似」與辭賦之關係〉，《國立中正大學學報》(嘉義：國立中正大學，1997)，頁21~48。
51 有關白居易〈長恨歌〉的藝術特色，筆者另有專文〈詩情、賦筆、傳奇〉，發表於中國唐代學會與中正大學中文系、歷史系合辦之「第五屆唐代文化學術研討會」(嘉義：國立中正大學，2000年10月)。

肆、詩賦之合流與分際

以白居易詩賦及其花木書寫為例

一、前　言

就形式而言，辭賦是一種介於詩、文之間的獨特文學體類；但從其在中國文學史的形成與流變而言，正如漢代著名史家兼賦家班固所稱，辭賦實際上乃是「古詩之流亞」。因此我們不妨將辭賦視為乃詩歌散文化的結果。由此可見辭賦與詩歌之間的密切關係。其次，從先秦、兩漢以來，由於屈、宋楚辭、荀賦與枚、賈、馬、揚等漢賦作家的輝煌成就，加上其間帝宅侯門與貴遊文學集團的推波助瀾，辭賦於是逐漸成為文士炫才逞學的重要創作場域。魏晉南北朝以下，詩歌創作日漸受到重視，而當時的文士因此經常兼擅詩與賦兩種文類，但辭賦的影響力仍然根深柢固，不容忽視，甚至形成整個魏晉南北朝文章辭賦化之現象，當然另一面即是此一時期辭賦的詩化。隋唐以後，詩歌更備受當代文士的喜愛，詩歌創作蔚然成風，並廣泛普及於社會各個階層，從而形成中國詩歌史上受矚目的詩國高潮。然而儘管唐詩的魅力與成就備受推崇，但辭賦的創作也並未就此引退，其中唐代科舉進士科的詩、賦並重，即是一個具體的歷史性例證。此外，若從文學創作上詩賦合流的面向觀照，則從初盛唐以來也並未終歇，初唐四傑、李白、杜甫皆為其間重要代表例證，至於中唐以下，隨著進士科考之風日盛，詩賦更儼然成為唐人重要入仕關鍵。因此詩賦合流現象，不僅並未隨著唐詩創作日盛而告退，反之，一方面辭賦仍然持續其一貫的文學動能，或隱或顯地牽動著唐詩的創作；另一方面唐詩又復牽動了唐賦的創作，其中著名詩人白居易正是重要例證。而本論文即在此一唐代文學背景下，試圖以白居易詩賦並結合中唐攸關牡丹史事的詩賦作品為中心，探討唐代詩賦合流及其文類分際的文學現象，或可彌補以往此一論述之不足。

其次，本文即基於上述觀照，以今傳唐詩創作數量最多的詩人白居易及其時代中盛極一時的牡丹熱潮等相關花木書寫，作為論述的主要脈絡；進而觀照白居易等人以歌詠牡丹為題的詩歌與辭賦，如何彼此牽動、濡染，從而在合流的創作浪潮中，仍自保持一定的分際；再者，從白居易所處的中唐時代而言，大體正是唐代科舉盛行，尤其進士科日受重視的階段[1]，其中詩與賦正是其中最能體現進士科考特色的文學科目，而作為當時備受文士矚目的詩與賦兩種文類，如何各自展現文學風采與特色，尤其是相對於在文學史家筆下呈現絢爛奪目的唐詩面前，較少受到關注的唐賦，究竟具有如何的創作價值及意義，也值得注意。至於唐代社會牡丹熱現象及其所反映的政治或文化意涵，近人已有相關論述[2]，讀者可以參讀，本文不再贅敘。

二、白居易詩賦合一的賦學觀及其辭賦創作

白居易最能凸顯賦學思想及其主張的，即其以「賦」為題的作品〈賦賦〉。此賦最重要的旨趣，即在以特有的賦筆風情，闡釋漢賦重要代表作家班固「賦者，古詩之流也。」的賦學觀照[3]。白居易〈賦賦〉中極重視此一賦學思想對於體現唐代文化思想的重要性，並強調詩、賦合流與其體用的密切關係，從而反映出其賦學思想中詩、賦兩者合流又不可分割的重要觀照：

> 賦者，古詩之流也。始草創於荀、宋，漸恢張於賈、馬。冰生乎水，初變本於《典》、《墳》；青出於藍，復增華於《風》、《雅》。而後諧四聲，祛八病，信斯文之美者。我國家恐文道寖衰，頌聲淩遲；乃舉多士，命有司；酌遺風於三代，明變雅於一時。全取其名，則號之為賦；雜用其體，亦不出乎詩。四始盡在，六義無遺。是謂藝文之儆策，述作之元龜。[4]

也因此白居易〈賦賦〉，雖為新體律賦之製，確不專務文采之華艷，同時又重視其中蘊涵的「雅音」、「逸思」，作為展現俊才逸能的重要條件。這一觀點，白居易實際上繼承劉勰《文心雕龍》的辭賦論[5]，故〈賦賦〉謂：

> 觀夫義類錯縱，詞采舒布；文諧宮律，言中章句。華而不艷，美而有度。雅音瀏亮，必先體物以成章；逸思飄颻，不獨登高而能賦。其工者，究筆精，窮指趣；何慚〈兩京〉於班固？其妙者，抽祕思，騁妍詞；豈謝〈三都〉於左思？掩黃絹之麗藻，吐白鳳之奇姿；振金聲於寰海，增紙價於京師。則〈長揚〉、〈羽獵〉之徒胡為比也，〈景福〉、〈靈光〉之作未足多之。所謂立意為先，能文為主；炳如繢素，鏗若鐘鼓。郁郁哉！溢目黼黻；洋洋乎！盈耳之〈韶〉〈護〉。信可以凌礫〈風〉〈騷〉，超軼今古者也。[6]

其中所謂「立意為先，能文為主。」展現白居易重視辭賦美文，深契昭明《文選》的文學觀照[7]，亦兼顧作品內在的文學旨趣。從而展現其詩、賦合流的重要文學思想。

其次，白居易既視辭賦創作為六藝相關範疇，並申明其源出《詩經》精神，於是賦成為白氏心中經國大業之一重要文類，故〈賦賦〉謂：

> 況賦者〈雅〉之列，〈頌〉之儔。可以潤色鴻業，可以發揮獻。客有自謂握靈蛇之珠者，豈可棄之而不收。[8]

其中也涵蓋白居易「諷諭」之作重視家國時世觀照的創作旨趣。由此亦足以彰顯白居易詩賦合流的文學思想及其特色。

除白居易〈賦賦〉深刻地展現其詩、賦合一的賦學觀照外，他所創作的賦篇中也不乏流露詩、賦合流的現象，其中主要具現在以下兩大方面。（一）抒情賦的體物抒懷。（二）詠物寫景、詠史、哲理等賦之自我感懷。

白居易傳世的賦篇極為有限，總數才十餘篇左右，相對於他近兩千首的詩歌作品，比例極懸殊，但這少數文獻對於探索白居易文學世界中詩賦合流的現象及其特色卻頗為重要。白氏賦以律賦為大宗，而在傳世作品中，出現兩篇抒情之作：〈汎渭賦〉、〈傷遠行賦〉。充分流露白賦中詩賦合流的面貌。其中〈汎渭賦〉充分運用楚〈騷〉的文體特色，抒發作者的感恩情愫及其朗暢之懷，其賦〈序〉即說明這一創作目的及其抒情特色：

> 右丞相高公之掌貢舉也，予以鄉貢進士舉及第。左丞相鄭公之領選部也，予以書判拔萃登科。十九年，天子並命二公對掌鈞軸；朝野無事，人物甚安。明年春，予為校書郎，始徙家秦中，卜居於渭上。上樂時和歲稔，萬物得其宜；下樂名遂官閑，一身得其所。既美二公佐清淨之理，又荷二公垂特達之恩。發於嗟嘆，流於詠歌。於時，汎舟於渭，因為〈汎渭賦〉以導其意。[9]

而〈傷遠行賦〉則展現了白居易多情感傷的詩人性情及其創作特色[10]。例如以抒懷為主的後半賦篇：

> 噫！若我往矣，春草始芳。今我來兮，秋風其涼。獨行踽踽兮惜晝短，孤宿煢煢兮愁夜長。況太夫人抱疾而在堂。自我行役，諒夙夜而憂傷。惟母念子之心，

心可測而可量。雖割慈而不言，終蘊結乎中腸。曰予弟兮侍左右，固就養而無方。雖溫清之靡闕，詎當我之在傍？無羽翼以輕舉，羨歸雲之登揚。惟晝夜與寢食之心，曷其弭忘？投山館以寓宿，夜緜緜而未央。獨展轉而寐，候東方之晨光。雖則驅征車而遵歸路，猶自流鄉淚之浪浪。[11]

白氏固然創作不少「感傷」詩歌，就連在深寓警惕意涵的「諷諭」詩中，亦不乏感傷情懷，並有時還具體反映在詩題之中，例如〈秦中吟·傷宅〉即直接融合了「諷諭」、「感傷」二類詩歌的特性，至於在他的「感傷」等類詩中，直接以悲情為題的情形，也就更加尋常了。例如：〈傷唐衢〉、〈哭孔戡〉、〈悲哉行〉、〈感情〉等等。由此亦可略見長於書寫感傷，正是白居易詩歌創作的代表特色之一。因此像他的〈傷遠行賦〉，直接以感傷之情作為主題訴求，固然也反映出抒情小賦的特性，但從白居易詩歌實際的創作特徵來看，畢竟更能具體而微地反映出詩賦合流的重要面向。

其次，就白居易賦而言，另可略窺其中詩賦合流現象者，即為白居易在詠物、寫景，甚至說理等其他類別中，亦經常流露出詩歌特性的抒情之語。尤其是以抒情代議論的方式展現在篇末，例如：

噫！非二君子，吾誰與歸。[12]（〈動靜交相養賦〉）

過兔園而易感，望雞樹以難攀。願爭雄於爪距之下，冀得攜於筆硯之間。[13]（〈雞距筆賦〉）

則知水物之靈，鱗蟲之貴。盛矣哉，抑斯龍之所謂。[14]

（〈黑龍飲渭賦〉）

嗟乎！捨之則聲寢，用之則氣振。雖聲氣之在鼓，終用舍之由人。[15]（〈敢諫鼓賦〉）

客有自謂握靈蛇之珠者，豈可棄之而不收。[16]（〈賦賦〉）

由上述白居易賦中寓涵的詩歌抒情特性而言，固可映現詩賦合流的具體風貌；然則此一現象並非意味著詩、賦兩文類之間已泯然一體；換言之，白居易的賦固然具有濃厚詩、賦合流的創作特質，但畢竟也存在著彼此的文類分際。

詩歌本重抒情言志，就白居易的實際詩歌創作而言，除「獨善」與「兼濟」兩大主要層面之外[17]，當然亦應涵蓋「感傷」等濃厚抒情的重要作品；至於賦這一文類，也並非與情志全然無涉，反之，情志應成為其終極關懷，故劉勰謂：「賦者，鋪采摛文，體物寫志也。」[18]然而從漢賦實際創作而言，所謂曲終奏雅固然經常成為空洞無實的形式，而實質的文學特色與魅力，主要展現在「鋪采摛文」與「體物」之工的兩大特性上。因此詩、賦之間，固易合流，但真正的文類分際，從文學史的發展而言，主要反映在寫作精神上的不同取向與訴求：詩工情志、賦工體物；詩務立意、賦務能文；詩重含蓄、賦重鋪染。此由白居易運用當時黑龍傳說同一題材而分別撰寫的詩、賦兩種不同文類，亦可略窺其豹：

黑潭水深色如墨，傳有神龍人不知。潭上架屋官立祠，龍不能神人神之。豐凶水旱與疾疫，鄉里皆言龍所為。家家養豚漉清酒，朝祈暮賽依巫口。神之來兮風飄飄，紙錢動兮錦傘搖。神之去兮風亦靜，香火滅兮杯盤冷。肉堆潭岸石，酒潑廟前草。不知龍神享幾多，林鼠山狐長醉飽。狐何幸，豚何辜。年年殺豚將餧狐，狐假龍神食豚盡。九重泉底龍知無。（〈黑潭龍〉）

龍為四靈之長，渭居八水之一。飲亹亹之清流，浴彬彬之玄質。忽兮下降，賁然躍出。首蜿蜒以湧煙，鱗錯落而點漆。動而無悔，爰作瑞於秦川；應必有徵，乃效靈於漢日。觀其攸止，察其所為；行藏不忒，動靜有儀。晴眸炫燿，文彩陸離。躍於泉，於焉表異；守其黑，所以標奇。或隱或見，時行時止。順冬夏而無乖，應昏明而有以。於是稽大易，按前史：符聖人之昌運，飛而在天；表王者之休徵，下而飲水。爾乃降長川，俯高岸；氣默默以黯黯，光璨璨而爛爛。聞之者心駭而屏息，覩之者目眩而改觀。一呼一吸，而聲起風雷；或躍或騰，而勢超雲漢。……則知水物之靈，鱗蟲之貴。盛矣哉，抑斯龍之所謂。[19]（〈黑龍飲渭賦〉）

〈黑龍飲渭賦〉中雖不乏作者「寫志」之辭，如「或隱或見，時行時止。」「候時出處，應虛上下」、「行藏不忒，動靜有儀」等，但相對於十之八九的歌詠黑龍的「體物」筆墨，直如驚鴻一瞥，加上這些具備「寫志」性質的詞句，主要乃據「體物」而推衍所得，可見「體物」方為賦家當行本色。換言之，曲寫毫芥，浮想連翩地極盡鋪染刻劃能事，加上驚采絕艷的美文風情，才是賦家展現才華的真正焦點；反之，在諷諭詩〈黑龍潭〉中，作者筆墨所要聚焦的是題下小注：「疾貪吏也。」因而此詩，雖不乏運用賦筆特色，例如由「家家養豚漉清酒」至「酒潑廟前草」的中間一段，多面向去鋪陳祭拜神龍情狀，可謂「體物」之筆，但在程度上又不如〈黑龍飲渭賦〉那樣窮極其變，鋪張揚厲，相對而言，此詩過半的篇幅都在指陳詩中寄寓的諷諭旨趣，因此其中雖也不免也有交錯運用各種動物的鋪陳筆觸，但字裡行間究以情志為主，體物為輔。因此雖具現了詩賦合流的特性，卻不影響諷諭詩的基本定位與精神。

白居易賦涉及的詩賦合流及文類分際現象，即使考察其中與詩歌近似的抒情之作〈傷遠行賦〉亦不例外：

> 貞元十五年春，吾兄吏於浮梁；分微祿以歸養，命予負米而還鄉。出郊野兮愁予，夫何道路之茫茫！茫茫兮二千五百，自鄱陽而歸洛陽。朝濟乎大江，暮登乎高崗。山險巇，路屈曲，其孟門與太行。楓林鬱其百尋，涵瘴煙之蒼蒼。其中闃其無人，唯鵂鶹之飛翔。水有含沙之毒蟲，山有當路之虎狼。況乎雲雷而風雨晦，忽霾霧兮不見暘。涉泥濘兮僕夫重膇，陟崔嵬兮征馬玄黃。步一步兮不可進，獨中路兮彷徨！噫！昔我往兮，春草始芳。今我來兮！秋風其涼。獨行踽踽兮惜晝短，孤宿煢煢兮愁夜長。況太夫人抱疾而在堂。自我行役，諒夙夜而憂傷。惟母念子之心，心可測而可量。雖割慈而不言，終蘊結乎中腸。曰予弟兮侍左右，固就養而無方。雖溫清之靡闕，詎當我之在傍？無羽翼以輕舉，羨歸雲之登揚。惟晝夜與寢食之

> 心，曷其弭忘？投山館以寓宿，夜緜緜而未央。獨展轉而寐，候東方之晨光。雖則驅征車而遵歸路，猶自流鄉淚之浪浪。猶自流鄉淚之浪浪。[20]

全賦開首四句，乃以賦代序。由「出郊野兮愁予」至「孤宿煢煢兮愁夜長」一段，在篇幅已逾大半，其中雖不乏抒懷興歎之語，但幾乎全以沿途景物之鋪寫為主，「體物」之義，昭然若揭。抒情之賦尚且如此，亦可推知白居易賦中顯現詩賦合流特質的同時，其間的文類分際，畢竟並未隨之蕩然無存。

三、白居易諷諭詩的詩賦融合

先秦以屈〈騷〉為代表的《楚辭》文學，在中國文學發展史上具有承先吾後的關鍵地位，關於這一重要的成就，劉勰於《文心雕龍．辨騷》即開宗明義地予以切要指陳：

> 自〈風〉、〈雅〉寢聲，莫或抽緒，奇文鬱起，其〈離騷〉哉。固已軒翥詩人之後，奮飛辭家之前。[21]

其中重要的意義之一，即在楚〈騷〉對於先秦《詩》學與漢代以下辭賦文學之間的樞紐地位。當然，中國辭賦本身，確實與《詩經》具有不可分割的淵源關係，但若從後代文類或者文體學的角度而言，畢竟仍應予以分別對待。而這樣的文類或文體觀念，在劉勰《文心雕龍》中也展現得極為明顯，試看《詮賦》中所說：

> 詩有六義，其二曰賦。賦者，鋪也。鋪采摛文，體物寫志也。……及靈均唱〈騷〉，始廣聲貌。然賦也者，受命於詩人，拓宇於楚辭也。於是荀況〈禮〉〈智〉，宋玉〈風〉、〈釣〉，爰錫名號，與詩畫境，六義附庸，蔚成大國。遂客主以首引，極聲貌以窮文。斯蓋別詩之原始，命賦之厥初也。[22]

由此亦可見與詩歌關係最為密切的文類即屬辭賦，且在這一基礎上造成中國文學詩賦之合流。尤其在兩漢賦家勤苦經營的輝煌碩果之後，辭賦成為此後代文士逞才耀學的重要場域，而在兩漢辭賦鼎盛的風潮引領之下，整個魏晉南北朝更幾乎成為一個文體辭賦化的文學階段[23]，因此，從詩賦合流的文學現象加以觀照，實際上出現的時代並不遲，大體可以認為楚〈騷〉、漢賦成為文士重視的創作文類以後，詩賦合流的現象，即逐漸反映在賦的詩化或詩的賦化這二大方面[24]。換言之，漢末以來，詩賦合流的文學現象正如火如荼延續、開展，於是魏晉南北朝成為近年學界較為關注的創作階段[25]；相對而言，此後的唐代文學，由於詩歌成績的空前輝煌，詩賦合流現象一直很少受到注意，尤其專門論述幾乎鴻影一瞥[26]。而這一現象，事實上或許反映出中國文學從兩漢為主的賦之時代，迎向以唐朝為代表的詩之時代[27]，然而即使以往已開始注意初唐詩歌賦化現象仍然持續，但初唐畢竟接近南北朝，許多的詩人作家的生平，也是跨越這前、後二大階段，難免餘染猶存，加上隋唐統一了南北分裂的歷史局面，但北國於軍事上的勝利，卻無變於南方文風的籠罩與影響[28]，因此初唐詩歌的賦化，固然值得注意，但其形成背景與條件畢竟有賴於上述諸方因緣際會，因此這一時期詩賦合流現象之持續，固有其異於六朝綺靡的一面，其實亦難擺脫南朝文風的浸染，從而具有過渡階段的特徵。若從這一面向觀照唐詩的賦化問題，則盛唐以下詩賦合流現象的考察，確有其異於初唐以前階段的特殊性與重要性；換言之，若以唐詩時代的發展進程而言，盛唐以下詩歌賦化的創作現象，應更具唐代詩賦合流的典型意義。其中詩仙李白，即為其中的重要代表典範[29]。盛唐詩仙李白的例子，至少應可說明魏晉以下詩賦合流的現象，實際上並未隨著南北朝歷史分裂局面的改變，隨之銷聲匿跡；反之，經過初唐階段的持續與過渡，盛唐詩國高潮的到來，詩的賦化及其映現的詩賦合流現象，或許有所降溫，但並未因此受到唐代詩人的淡忘或排斥，而盛唐前後像李白與杜甫這兩位號稱詩仙、詩聖的代表作家，反而在其詩歌中不時閃現辭賦的文學特色與光芒[30]，展現詩歌另一種藝術風采。

中唐以後，詩歌固然持續成為唐代文士耕耘的主要文學園地，辭賦在詩人的心目中似乎並未隨盛唐詩風的告退盤旋而下，抽身引退。其中自然也與唐代科舉進士試日受矚目，並重視詩、賦科目頗有關涉，因此當時許多士子固然勤於詩歌習作，卻不敢對辭賦掉以輕心，甚至刻苦經營，傾注不少心力，這一事實對照清人徐松《登科記考》所載及第文士即可印證。例如中唐重要詩人白居易即為其中典型例證。據白氏〈元九書〉自述為學歷程：

> 及五六歲，便學為詩。九歲，諳識聲韻。十五六，始知有進士，苦節讀書。二十已來，晝課賦，夜課書，間又課詩，不遑寢息矣。以至於口舌成瘡，手肘成胝，既壯而膚革不豐盈，未老而齒髮早衰白，瞥瞥然如飛蠅垂珠在眸子中也，動以萬數。蓋以苦學力文所致，又自悲矣！[31]

因此白居易固然以其詩名享譽古今，但他同時也兼具當代知名賦家身分[32]。而這兩者在白居易創作世界中，並非涇渭分明，不相干涉。反之，詩賦合流的現象在白居易詩中依然可見，尤其在白居易「諷諭」詩中頗為顯著。

首先白居易「諷諭」詩中，經常不乏以「鋪采摛文」「體物」的賦筆特徵，例如〈夢仙〉中夢境與仙境合一的渲染鋪陳：

> 人有夢仙者，夢身升上清。坐乘一白鶴，前引雙紅旌。羽衣忽飄飄，玉鸞俄錚錚。半空直下視，人世塵冥冥。漸失鄉國處，纔分山水形。東海一片白，列岳五點青。須臾群仙來，相引朝玉京。安期羨門輩，列侍如公卿。仰謁玉皇帝，稽首前致誠。帝言汝仙才，努力勿自輕。卻後五十年，期汝不死庭。再拜受斯言，既寤喜且驚。[33]

〈觀刈麥〉裡，對於俗世之田野及人物的曲寫毫芥：

> 田家少閑月，五月人倍忙。夜來南風起，小麥覆隴

黃。婦姑荷簞食，童稚攜壺漿。相隨餉田去，丁壯在南岡。足蒸暑土氣，背灼炎天光。力盡不知熱，但惜夏日長。復有貧婦人，抱子在其傍。右手秉遺穗，左臂懸敝筐。聽其相顧言，聞者為悲傷。家田輸稅盡，拾此充飢腸。[34]

又如〈李都尉古劍〉中對於古劍風采的多面刻劃：

古劍寒黯黯，鑄來幾千秋。白光納日月，紫氣排斗牛。有客借一觀，愛之不敢求。湛然玉匣中，秋水澄不流。至寶有本性，精剛無與儔。可使寸寸折，不能繞指柔。願快直士心，將斷佞臣頭。不願報小怨，夜半刺私讎。勸君慎所用，無作神兵羞。[35]

而〈雲居寺孤桐〉中的桐木書寫，也富於細膩鋪染的辭賦筆觸：

一株青玉立，千葉綠雲委。亭亭五丈餘，高意猶未已。山僧年九十，清靜老不死。自云手種時，一棵青桐子。直從萌芽拔，高自毫末始。四面無附枝，中心有通理。寄言立身者，孤直當如此。[36]

故〈唐宋詩醇〉謂：「《香山集》中，古體多以鋪敘具成，短篇間以含蓄蘊藉生姿。」[37]，亦可見體物及其鋪陳的賦家特色，確實不時映現在白居易詩歌作品之中。

其次，白居易諷諭詩中許多結合大量鋪陳，並在詩末寄寓諷諭之旨的創作特色，也與辭賦文學長於「體物寫志」的基本精神，頗相契合。例如〈潯陽三題・廬山桂〉：

> 偃蹇月中桂，結根依青天。天風繞月起，吹子下人間。飄零委何處，乃落匡廬山。生為石上桂，葉如翦碧鮮。枝乾日長大，根荄日牢堅。不歸天上月，空老山中年。廬山去咸陽，道里三四千。無人為移植，得入上林園。不及紅花樹，長栽溫室前。[38]

此詩的大前半篇幅，宛如一篇小品詠物賦，極盡「體物」之工，「廬山去咸陽」以下至篇末，則為「體物」之後，寄寓諷諭情志之曲終奏雅結構。類似的手法，亦經常出現在白居易以詠物為題的諷諭詩中，例如「新樂府」中之〈紫毫筆〉，即是此一典型的例證：

> 紫毫筆，尖如錐兮利如刀。江南石上有老兔，喫竹飲泉生紫毫。宣城之人采為筆，千萬毛中揀一毫。毫雖輕，功甚重。管勒工名充歲貢，君兮臣兮勿輕用。勿輕用，將何如。願賜東西府御史，願頒左右台起居。搦管趨入黃金闕，抽毫立在白玉除。臣有奸邪正衙奏，君有動言直筆書。起居郎，侍御史。爾知紫毫不易致，每歲宣城進筆時。紫毫之價如金貴，慎勿空將彈失儀。慎勿空將錄制詞。[39]

此詩大半篇幅主要乃展現詩人歌詠紫毫筆的「體物」能事，而於「起居郎」句以下，才開始作者之情志書寫及其諷諭寄寓。而上述白居易諷諭詩詩賦合流的特色，實際上也映現於白居易的詠物賦中。例如同以詠筆為題的〈雞距筆賦〉，即具備類似的創作手法。此賦的主要筆墨，仍在「體物」之工，而尤具鋪采摛文與曲寫毫芥之能事，例如此賦開首一段：

> 足之健兮有雞足，毛之勁兮有兔毛。就足之中，奮發者利距；在毛之內，秀出者長毫。合為手筆，正得其要；象彼足距，曲盡其妙。圓其直，始造意於蒙恬；利而銛，終聘能於逸少。斯則創因智士，傳在良工；拔毫為鋒，截竹為筒。視其端，若武安君之頭銳；窺其管，如玄元氏之心空。豈不以中山之明，視勁而迅；汝陰之翰，音勇而雄。一毛不成，採眾毫於三穴之內；四者可棄，取銳武於五德之中。雙美是合，兩揆而同。故不得兔毫，無以成起草之用；不名雞距，無以表入木之功。[40]

全賦約計五、六百言，其中十之八九，作者皆著墨於「體物」之工，真正寄寓情志的部分，主要集中體現在約計十分之一的篇末：

> 儒有學書臨水，負笈辭山；含毫既至，握管迴還。過兔園而易感，望雞樹以難攀。願爭雄於爪趾之下，冀得攜於筆硯之間。[41]

由於上述白居易諷諭詩〈紫毫筆〉與〈雞距筆賦〉近似

創作題材的對照，亦足以具體而微地反映白居易諷諭詩中值得注意的賦化風貌及特徵。並且兩者間雖寄寓的旨趣或異，但皆不乏情志諷諭等相關意涵，但就體物特性及其篇幅輕重而言，顯然諷諭詩不如賦篇呈現較為顯著之傾向。由是亦可知曉白居易創作中詩賦合流的一個重要面向。

四、唐賦與白居易花木詩之詩賦合流現象

白居易詩歌本身所反映的詩賦合流現象，除可藉由上述「白居易諷諭詩中的詩賦融合」與「白居易賦學觀及其賦詩化風貌」兩個面向加以考察外，還可從唐賦作品與白居易花木詩兩者間具體的交流互動情形，獲得印證。

白居易的花木詩受到辭賦的牽動與影響，主要源自於兩個方面：（一）楚〈騷〉香草美人的比興精神。（二）唐人花木賦的書寫成果。

早在先秦屈原文學創作中，即大量運用花草樹木等作為〈離騷〉展現比興精神及其特色的重要素材，故漢代王逸注說：

> 〈離騷〉之文，依《詩》取興，引類譬諭。故善鳥香草以配忠貞，惡禽臭物以比讒佞，靈修美人以媲於君。虙妃佚女以譬賢臣，虬龍鸞鳳以託君子，飄風、雲霓以為小人。其詞溫而雅，其義皎而朗。[42]

尤其在白居易不少以花木為主要題材的諷諭詩中，即經常映現出屈〈騷〉香草美人的書寫特色與濃厚身影，例如〈問友〉中的蘭、艾論述，即明顯脫胎於楚〈騷〉以草木比興的書寫特徵，成為屈〈騷〉影響白居易花木詩創作及其比興特色的典型例證，而在白居易這類花木詩歌中，寓託香草美人之思及其比興情形，經常可見，亦不乏其例[43]。

其次，白居易諷諭詩中固然不乏以花木映現楚〈騷〉比興特色的近似書寫，而且在花木素材上，又自有其富於變創的一面，例如〈酬元九對新栽竹有懷〉中以竹喻君子之節；又如〈京兆府新栽蓮〉、〈東林寺白蓮〉中的蓮花書寫，除一如上述所舉，浮現楚〈騷〉的比興特色外，另一方面，應該也深受初唐詠蓮辭賦的牽動。其中主要原因又關涉初唐王勃之〈採蓮賦〉；然則六朝以來固然不乏詠蓮辭賦，但王勃〈蓮花賦〉異於舊作的重要特徵，正在旨趣上藉蓮花以喻人事，從而充分展現「體物寫志」精神。故其〈採蓮賦序〉即強調此一觀照：

> 昔之賦芙蓉者多矣，雖復曹王、潘令之逸曲，孫、鮑、江、蕭之妍韻，莫不權陳麗美，粗舉採掇，實所謂究厥艷態，窮其風謠哉。頃乘暇景，歷覩眾製，伏翫累日，有不滿焉，遂作賦曰。[44]

而其賦篇正文末節則揭櫫以蓮花際遇指涉君臣遇合的比興意涵：

> 餐餐素實兮吸絳芳，荷為衣兮芰為裳。永潔己於丘

> 壑，長寄心於君王。且為歌曰：芳華兮修名，奇秀兮異植，紅光兮碧色。稟天地之淑麗，承雨露之霑飾。蓮有藕兮藕有枝，才有用兮用有時。含香婀娜華實移，為君何當藻鳳池。[45]

對照於白居易〈京兆府新栽蓮〉與〈東林寺白蓮〉兩篇的蓮花諷諭詩的「體物寫志」，詩歌與辭賦融合的彼此脈絡，儼然可見：

> 污溝貯濁水，水上葉田田。我來一長歎，知是東溪蓮。下有青泥污，馨香無復全。上有紅塵撲，顏色不得鮮。物性猶如此，人事亦宜然。託根非其所，不如遭棄捐。昔在溪中日，花葉媚清漣。今來不得地，憔悴府門前。[46]（〈京兆府新栽蓮〉）
>
> 東林北塘水，湛湛見底清。中生白芙蓉，菡萏三百莖。白日發光彩，清飆散芳馨。洩香銀囊破，瀉露玉盤傾。我慚塵垢眼，見此瓊瑤英。見此瓊瑤英。乃知紅蓮花，虛得清淨名。夏萼敷未歇，秋房結纔成。夜深眾僧寢，獨起繞池行。欲收一棵子，寄向長安城。但恐出山去，人間種不生。[47]（〈東林寺白蓮〉）

白居易以花木為題的諷諭詩屬於上述詩賦合流類型的例證，還具體出現在〈有木詩八首〉以櫻桃樹為主的詩組當中。其中書寫櫻桃樹一詩如下：

> 有木名櫻桃，得地早滋茂。葉密獨承日，花繁偏受

露。迎風闇搖動，引鳥潛來去。鳥啄子難成，風來枝莫住。低軟易攀玩，佳人屢迴顧。色求桃李饒，心向松筠妒。好是映牆花，本非當軒樹。所以姓蕭人，曾為伐櫻賦。[48]

這些詩篇，既借鑒了《詩》、《騷》的比興精神，又復融鑄了唐代歌詠花木之賦的旨趣，形成白居易諷諭詩映現唐代詩賦合流的重要例證。故他在〈有木詩八首序〉既說：「因引風人、騷人之興，賦〈有木〉八章，不獨諷前人，亦儆後代爾。」同時在詩歌內容中還特別指陳蕭穎士的〈伐櫻桃賦〉，因此結合白居易本人不同性質的這兩處文字表述，則白居易〈有木詩〉所映現的唐代詩賦合流意趣，可謂不言而喻[49]。而由上述這些白居易詩歌的具體考察，亦可發現辭賦牽動白詩創作，從而展現唐代詩賦合流的重要面向。

上述固然考見白居易不少具備諷諭性質的花木詩，深受楚〈騷〉以至唐賦相關書寫的牽動與影響；但這不意味唐代詩賦合流現象，呈現單一面向發展。反觀白居易為數不少的歌詠花木詩作，也牽動了唐代詠花賦的創作。而且這一事實的發現，正與前述唐賦牽動白詩的現象相互輝映，具體而微地展現唐代詩賦合流的創作互動，及兩者在中國文學發展史上密不可分的彼此脈動。以下即試由白居易所處中晚時代，朝野幾乎陷入迷狂的賞牡丹熱潮一事，考察白居易歌詠牡丹的詩歌對於唐代牡丹賦出現的牽動，及其間所反映的詩賦合流現象。

唐代牡丹早在天寶年間已成為長安的一時「奇賞」[50]，前後風靡京城數十年，熱潮不減，據李肇《唐國史補》所載：

> 京城貴遊尚牡丹三十餘年矣。每春暮，車馬若狂，以不躭玩為恥。執金吾鋪官圍外寺觀種以求利，一本有直數萬者。[51]

其次也由於牡丹固然形成社會迷狂現象，但在文學上也正值唐詩盛行之世，因此以牡丹花入詩，誠為當時詩歌創作的重要熱門題材。白居易歌詠牡丹之詩即為其中主要代表，例如〈牡丹芳〉中即歷歷如繪地針對這一現象予以論述：

> 牡丹芳，牡丹芳。黃金蕊綻紅玉房。千片赤英霞爛爛，百枝絳點燈煌煌。照地初開錦繡段，當風不結蘭麝囊。仙人琪樹白無色，王母桃花小不香。宿露輕盈泛紫豔，朝陽照耀生紅光。紅紫二色間深淺，向背萬態隨低昂。映葉多情隱羞面，臥叢無力含醉妝。低嬌笑容疑掩口，凝思怨人如斷腸。穠姿貴彩信奇絕，雜卉亂花無比方。石竹金錢何細碎，芙蓉芍藥苦尋常。遂使王公與卿士，遊花冠蓋日相望。庳車軟輿貴公主，香衫細馬豪家郎。衛公宅靜閉東院，西明寺深開北廊。戲蝶雙舞看人久，殘鶯一聲春日長。共愁日照芳難駐，仍張帷幕垂陰涼。花開花落二十日，一城之人皆若狂。三代以還文勝質，人心重華不重實。重華直至牡丹芳，其來有漸非今日。元和天子憂農桑，卹下動天天降祥。去歲嘉禾生九穗，田中寂寞無人至。今年瑞麥分兩岐，君心獨喜無人知。無人知，可歎

息。我願暫求造化力，減卻牡丹妖豔色。少迴卿士愛花心，且似吾君憂稼穡。[52]

故陳寅恪認為：「所謂『京師貴遊尚牡丹三十餘年矣。』云者，自大和上溯三十餘年，適在德宗貞元朝。此足與元、白二公集中歌詠牡丹之多，相證發者也。白詩之時代性，極為顯著，洵唐代風俗史之珍貴資料。」[53]唐人之玩賞牡丹，大盛於貞元、元和之際，即白居易平生的重要階段[54]，而白居易正是唐代善詠花木的代表詩人之一，牡丹又為唐人「奇賞」，故白居易頗有牡丹詩作。據《洪邁詩話．唐重牡丹》載：

歐陽公牡丹釋名云：牡丹初不載文字，唐人如沈、宋、元、白之流，皆善詠花。當時有一花之異者，彼必形於篇什，而寂無傳焉。唯劉夢得有〈詠魚朝恩宅牡丹〉詩！但云一叢千朵而已，亦不形其美且異也。予按白公集有〈白牡丹〉一篇十四韻，又〈秦中吟〉十篇內〈買花〉一篇凡百言，云：「共道牡丹時，相隨買花去。一叢深色花，十戶中人賦。」而諷諭樂府有〈牡丹芳〉一篇，三百四十七字，絕道花之妖艷，至有「遂使王公與卿士，遊花冠蓋日相望。花開花落二十日，一城之人皆若狂」之語。又〈寄微之百韻詩〉云「唐昌玉蕊會，崇敬牡丹期」，注：崇敬寺牡丹花牡丹花盡始歸來。[55]

由上亦可見白居易吟詠牡丹之詩，足以作為唐代牡丹迷狂之熱的文學見證。而唐代最具代表性的第一篇牡丹之賦：舒元輿〈牡丹賦〉，即深受唐人熱衷於牡丹詩作的牽動結果，舒氏〈牡丹賦序〉即清楚說明此一創作動機：

> 天后之鄉，西河也。有眾香精舍，下有牡丹，其花特異。天后嘆上苑之有闕，因命移植焉。由此京國牡丹，日月寖盛。今則自禁闥官署，外延士庶之家，瀰漫如四瀆之流，不知其止息之地。每暮春之月，遨遊之士如狂焉，亦上國繁華之一事也。近代文士，為歌詩以詠其形容，未有能賦之者，余獨賦之，以極其美。[56]

可見像白居易等善詠牡丹的詩歌創作，正牽動並啟迪了唐代詠牡丹賦的問世。而舒氏撰寫〈牡丹賦〉應亦緣於與白居易、元稹等人的交往關係，據上所述白居易、元稹等人正是唐創作牡丹詩的佼佼者，而舒元輿與白居易復有密切交遊與詩歌酬酢，故現存白居易集中，即不乏酬和或緣舒氏而撰之詩，例如〈九日代羅樊二妓招舒著作〉、〈苦熱中寄舒員外〉、〈舒員外遊香山寺數日不歸，兼辱尺書，大誇勝事，時正值坐衙慮囚之際，走筆題長句以贈之〉、〈秋日與張賓客、舒著作同遊龍門醉中狂歌凡二百三十八字〉、〈履信池櫻桃島上醉後走筆送別舒員外兼寄宗正、考功崔郎中〉、〈菩提寺上方晚望香山寺寄舒員外〉、〈酬舒三員外見贈長句〉、〈送舒著作重授省郎赴闕〉等等，可見舒氏與白居易頗有密切交往活動，此外如白詩題文中未提及舒氏之名的〈詠史〉、〈九年十一月二十一日感事而作〉皆流露出白居易對於舒氏等人罹禍遭誅的傷悼之情，亦反映出舒元輿與白氏交誼匪淺[57]。

舒元輿既與善詠牡丹花的白居易情誼深厚，則他在〈牡丹賦序〉所謂「近代文士為歌詩以詠其形容，未有能賦之者。」主要應即指白居易等人。由此亦可見舒元輿〈牡丹賦〉之撰寫，即說明唐詩對於牡丹賦牽動與啟迪之重要面向，從而成為唐代詩賦合流的具體例證之一。並進一步共同見證了唐代牡丹迷狂的風俗史實，從而具有不可忽略的文獻價值。

五、白詩與唐賦花木書寫的合流與分際

由上述各節有關白居易創作中詩賦合流現象的考察，大體可以略窺唐代詩、賦兩種文類間彼此交流與互動關係，然而從白居易詩賦合流的具體風貌而言，唐詩與唐賦兩者間固然互有牽動，但卻並不表示詩、賦一體及其文類界限之無以區隔。就白居易擅長的花木詩作而言，固然顯示出唐詩與唐賦合流的重要面向，但同時兩者是否還存在不同文類之間的界限與分際，從而仍能各自擁有不可取代的展現天地，應也是討論詩賦合流現象之餘，值得關注的相關面向。以下試以白居易〈有木詩〉、〈東林寺白蓮〉、〈牡丹芳〉及其相關詩歌為中心，並具體對照相同花木題材的唐賦，如蕭穎士〈伐櫻桃樹賦〉、王勃〈采蓮賦〉、舒元輿〈牡丹賦〉、李德裕〈牡丹賦〉等，從而觀照唐詩與唐賦合流之外的文類分際情形。

白居易在〈有木詩・櫻桃〉篇末歸結旨趣說：「所以姓

蕭人，曾為〈伐櫻賦〉。」表明撰寫此詩實頗受到蕭穎士〈伐櫻桃樹賦〉的啟發與牽動。今觀其詩具體內容脫胎於蕭穎士賦。白詩與蕭賦全文如下：

> 有木名櫻桃，得地早滋茂。葉密獨承日，花繁偏受露。迎風闇搖動，引鳥潛來去。鳥啄子難成，風來枝莫住。低軟易攀玩，佳人屢迴顧。色求桃李饒，心向松筠妒。好是映牆花，本非當軒樹。所以姓蕭人，曾為伐櫻賦。[58]（〈有木詩・櫻桃〉）
>
> 古人有言：芳蘭當門，不得不鋤。眷茲櫻之攸止，亦在物之宜除。觀其體異修直，材非棟幹，外森沈以茂密，中紛錯而交亂，先群卉以效諂，望嚴霜以凋換，綴繁英兮霰集，騈朱實兮星粲，故當小鳥之所啄食，妖姬之所攀玩。赫赫閟宇，玄之又玄，長廊霞截，高殿云褰，實吾君聿修祖德，論道設教之筵。宜乎蒔以芬馥，樹以貞堅。匪夫松筱桂檜，茝若蘭荃，猗具美其在茲，爾何德而居焉？擢無庸之瑣質，蒙本枝而自庇。汩群林而非據，專廟庭之右地，雖先寢之或荐，豈和羹之正味！每俯臨乎蕭墻，奸回得而窺伺，諒何惡之能為？終物情之所畏。於是命尋斧，伐盤根，密葉剁，攢柯焚。朝無陰，夕鳥不喧，肅肅明明，曠蕩乎階軒。嗟乎！草無滋蔓，瓶不假器，苟恃勢而將逼，雖見親而益忌。譬諸人事，則翼吞並於僭沃，魯出逐於強季。緐峻擅而吳削，倫冏專而晉墜。其大者，虎遷趨嗣，鸞竊齊位，由履霜而莫戒，聿堅冰而洊至。嗚呼！乃終古覆車之軌轍，豈尋常散木之足

議。[59]（〈伐櫻桃樹賦〉）

由兩者中同寫櫻桃之滋茂情態、招引禽鳥美人、有華無實而不堪材用、邪佞不正而當伐等主要意旨而言，兩者難分軒輊。因此亦可見詩與賦兩種文類，在書寫固然各有所偏，即賦重「體物」，詩主「緣情」[60]，但亦不全然僅以此作為其間分際。例如白居易〈有木詩・櫻桃〉雖富於流露詩人諷諭之情志，正如他在〈有木詩八首・序〉所說：

> 余嘗讀漢書列傳。見佞順婞。圖身忘國。如張禹輩者。見惑上蠱下。交亂君親。如江充輩者。見暴狠跋扈。壅君樹黨。如梁冀輩者。見色仁行違。先德後賊。如王莽輩者。又見外狀恢弘。中無實用者。又見附離權勢。隨之覆亡者。其初皆有動人之才。足以惑眾媚主。莫不合於始而敗於終也。因引風人騷人之興。賦有木八章。不獨諷前人。欲儆後代爾。[61]

但審視蕭穎士〈伐櫻桃樹賦〉中又何嘗忽略此類重大旨趣，試看前引蕭賦篇末「嗟乎！草無滋漫，瓶無假器。」一段，即頗著墨於「譬諸人事」的諷諭旨趣，而這一主要旨趣，亦清楚地反映在〈伐櫻桃樹賦・序〉裡：

> 天寶八載，予以前校理罷免，降資參廣陵太府軍事。任在限外，無官舍是處，寓居於紫極宮之道學館，因領其教職焉。廟庭之右，有大櫻桃樹，高累數尋，條暢蓊蔚，攢柯比葉，擁蔽風景。腹背微禽，是焉栖

托，頡頏上下，喧呼甚適。登其喬枝，則俯逼軒屏，中外斯隔，予實惡之。懼寇盜窺踰，因是為資，遂命伐焉。聊托興茲賦，以儆在位者爾。[62]

蕭賦於序文中特別申明「聊托興茲賦，以儆夫在位者爾。」與白居易詩序中強調之「不獨諷前人，亦儆後代爾。」正相契合，而白詩諷諭旨趣之脫胎蕭賦亦由此得略窺其豹，因此亦可見就情志旨趣而言，白詩與蕭賦實為異構而同質。

反觀蕭賦固長於體物，並具體地展現出「巧構形似」的賦筆特色[63]，但白氏〈有木詩・櫻桃〉中「體物」之工，亦不遑多讓，且更見工巧整鍊，且佔據詩中過半篇幅。由此可見，白詩固取鎔蕭賦本意，卻不無雕飾之妙，而白氏此詩之重體物亦大體可知。

由上分別自白詩與蕭賦的「情志」與「體物」，之不同角度考察兩者的具體寫作情形，亦深刻反映詩、賦合流這一特性。然則蕭賦與白詩二者亦非全無創作分際可言。首先，從其旨趣相仿，文字篇幅卻互見繁簡的現象來看。蕭賦畢竟窮盡鋪陳能事，這不單僅緣自詩、賦語言句式之長短有異，實亦賦家善於鋪陳之當行本色所由致之[64]。換言之，以能文見長，正是賦家筆下馳騁的必爭戰場，這一點或許也正是《昭明文選・序》頗重「能文」旨趣，而又以賦為全書體例之首的重要原因之一[65]，而白居易在展現其賦學觀的主要著述〈賦賦〉中，亦強調「能文為主」的辭賦基本特色：

其工者，究筆精，窮指趣；何慚〈兩京〉於班固？其妙者，抽祕思，騁妍詞；豈謝〈三都〉於左思？掩黃

> 絹之麗藻，吐白鳳之奇姿；振金聲於寰海，增紙價於京師。則〈長揚〉、〈羽獵〉之徒胡為比也，〈景福〉、〈靈光〉之作未足多之。所謂立意為先，能文為主。[66]

而蕭賦窮極筆力於鋪采摛文；又不僅映現在歌詠櫻桃樹之「體物」方面；更值得注意的是，蕭氏於賦中即使是詩歌首重的情志書寫，也大力運用了賦家「鋪采摛文」、「蔚似雕畫」的創作筆法，例如〈伐櫻桃樹賦〉末尾歸結作者創作旨趣一段，即為典型例證：

> 譬諸人事也，則翼吞並於僭沃，魯出逐於強季。綝峻擅而吳削，倫冏專而晉墜。其大者，虎遷趨嗣，鸞竊齊位，由履霜而莫戒，聿堅冰而洊至。嗚呼！乃終古覆車之軌轍，豈尋常散木之足議！[67]

尤其將此段文字對照於白詩曲終奏雅的四句：「好是映牆花，本非當軒樹。所以姓蕭人，曾為〈伐櫻賦〉。」則前者可謂鋪張揚厲，聯類不窮；而後者則含蓄內斂，欲言又止。這些對比的差異性，事實上又與兩者間之語言形式及篇幅長短，相映成趣。由此大體可略見詩、賦間的文類分際，固然「緣情」、「體物」互有所偏，各具所長。其次，辭賦則更富於針對主題，展現反覆論述的之創作旨趣，極盡酣暢淋漓之美；反之，白詩則專以蘊藉委婉的隱喻旨趣取勝。再者，蕭賦更為重視政教與史鑑旨趣的創作觀照，展現古文家的精神風範；但白詩則難於詩中文字本身盡情展現此一旨趣，只能藉助於前面序言之相關說明，基本上映現了詩人特性。因此二者有時固然處於詩賦合流之文類互動中，一時不易涇渭分明，但其間之文類分際，實仍不難尋繹考見。

其次，就白詩與蕭賦而論，上述之文類區隔實又涉及賦家所蘊涵的另一「能文」意義：逞才耀學。蓋自兩漢辭賦之輝煌成績以來，已儼然成為士大夫展現大才的文學身分證，魏晉以下更成為文士逞才耀學的具體途徑與重要場域[68]。尤在具體的賦篇寫作中，以用典誇耀才學，即成為魏晉以下賦家競馳能事，甚至成為整個魏晉南北朝「文體辭賦化」的代表指標之一[69]。由此檢視蕭賦篇末之博采經史以入賦，實具體反映這一重要創作意涵，而據《舊唐書・蕭穎士傳》中亦稱蕭氏在當時即以博學高才，為世所知[70]，則亦與蕭賦之文類書寫特色彼此相映成趣。由此亦可略窺同一題材，以至主題亦相契之蕭賦與白詩兩者間之文類分際，在詩賦合流的同時，畢竟還並未完全隨之泯滅，並且經常映現在是否追求用典耀學的創作意識及其書寫特色上。

詩歌不如辭賦以用典逞學，誇其「能文」的寫作行徑，亦反映在白居易本身的詩與賦相異文類之作品上。例上前文曾論述白居易同一黑龍題材撰寫而成的〈黑龍飲渭賦〉與諷諭詩〈黑潭龍〉，兩者文類性質之差異，除反映在體物與情志互有偏重的方向外，〈黑龍飲渭賦〉之相對於〈黑潭龍〉更富於展現用典耀學能事，亦為兩者分際的主要具體特徵之一。其中〈黑龍飲渭賦〉除大量運用《周易・乾卦》等等經、史等學識以入賦，即如其在賦中所謂「稽大《易》，按前史。」以自誇才學外，亦不乏借用豐富典故以示能文之意，故其賦寫黑龍之「候時出處，憑虛上下」，即以「度弱水而斯馭，去鼎湖而是駕。聞茂先之劍飛，見長房之杖化。」等典故之連續排比，流露出辭賦的重要書寫特色及其逞學精神，也印證其〈賦賦〉中強調賦此一文類崇尚「義類錯綜，詞采舒布。」的創作要求；反觀〈黑龍飲渭賦〉的這一寫作特點，則在其諷諭詩〈黑潭龍〉裡幾乎付之闕如。

賦之文類較諸詩歌崇尚麗典華藻，亦可由白詩、白賦與王勃賦中同以蓮花為題的作品中考察得知。例如白居易〈京兆府新栽蓮〉、〈東林寺白蓮〉、〈隔浦蓮〉、〈階下蓮〉、〈龍昌寺荷池〉等俱為白氏詠蓮之作，其詩如下：

> 污溝貯濁水，水上葉田田。我來一長歎，知是東溪蓮。下有青泥污，馨香無復全。上有紅塵撲，顏色不得鮮。物性猶如此，人事亦宜然。託根非其所，不如遭棄捐。昔在溪中日，花葉媚清漣。今來不得地，憔悴府門前。[71]（〈京兆府新栽蓮〉）
>
> 東林北塘水，湛湛見底清。中生白芙蓉，菡萏三百莖。白日發光彩，清飆散芳馨。洩香銀囊破，瀉露玉盤傾。我慚塵垢眼，見此瓊瑤英。見此瓊瑤英。乃知紅蓮花，虛得清淨名。夏萼敷未歇，秋房結纔成。夜深眾僧寢，獨起繞池行。欲收一棵子，寄向長安城。但恐出山去，人間種不生。[72]（〈東林寺白蓮〉）
>
> 隔浦愛紅蓮，昨日看猶在。夜來風吹落，只得一迴採。花開雖有明年期，復愁明年還暫時。[73]（〈隔浦蓮〉）
>
> 葉展影翻當砌月，花開香散入簾風。不如種在天池上，猶勝生於野水中。[74]（〈階下蓮〉）

冷碧新秋水，殘紅半破蓮。從來寥落意，不似此池邊。[75]（〈龍昌寺荷池〉）

白居易這些詠蓮詩，固然不無辭賦體物而巧構形似的筆觸，但畢竟不如在〈荷珠賦〉中鋪展的麗藻華典及其所傳遞的賦家能文創作訊息。

迸水所集，輕荷正敷。引修莖而出葉，凝玉液以成珠。淨綠田田，神龜之巢處斯在；虛明皎皎，靈鵲之銜來豈殊？既羅列其青蓋，又昭章於白榆。亂點的皪，分規青瑩。仰虛無以上出，掩晶瑩而外映。灑之不著，湛兮逾淨。時寄寓於傾欹，每因依而平正。可止則止，必荷之中央；在圓而圓，得水之本性。颼風既息而常凝，魚鳥頻衝而不定。爾乃一氣晴後，初陽照前。宿雨霽而猶濕，曉露裛而正鮮。熠熠有光，映空水而煥若；纍纍無數，遍池塘而炯然。宛轉而魚目迴視，沖融而蚌胎未堅。因霑濡而小大，隨散合以虧全。輕彩蕩漪，穠香厭浥。明璣而夜月爭光，丹粟而晨霞散日。其息也與波俱停，其動也與風皆急。若轉於掌，乃是江妃之珠；如凝於盤，遂成泉客之泣。冰壺捧之而殊倫，水鏡沈精而莫及。則知氣有相假，物有相資。惟雨露之留處，當芙蓉之茂時。雖賦象而無準，必成形而在茲。喻於人則寄之生也，擬於道則沖而用之。自契玄珠之妙！何求赤水之遺。[76]（〈荷珠賦〉）

白賦這種富典麗藻的特色，與初唐王勃的名作〈採蓮賦〉可謂如出一轍。王勃在〈採蓮賦序〉即特別申明作此賦的重要動機，即在對「曹王、潘令的逸曲，孫、鮑、江、蕭之妙韻。」這些昔日詠蓮舊賦之「權陳麗美，粗舉採掇。」有所不滿，因而標榜己作之「究厥艷態，窮其風謠。」可見鋪張揚厲、踵事增華地窮形盡態，展現賦家「能文」本事，正是賦有別於詩的重要文類特徵之一。因此除了大量援引古今事類與典故，便成為王勃〈採蓮賦〉自許自炫的重要標目，例如：

> 昔聞七澤，今過五湖。聽菱歌兮幾曲，視蓮房兮幾珠。非鄴池之宴語，異睢苑之歡娛。況復殊方別域，重瀛複嶂；虞翻則故鄉寥落，許靖則生涯惆悵。感芳草之及時，懼修名之或喪。誓將剗跡穎上，棲影渭陽，枕箕岫之孤石，汎磻溪之小塘。餐素實兮吸絳房，荷為衣兮芰為裳；永潔己於邱壑，長寄心於君王。[77]

其中至少涉及司馬相如賦、《楚辭》、魏文帝詩、《漢書．梁孝王》傳、《史記》、《三國志》、《呂氏春秋》、《戰國策》、《水經注》、夏侯湛〈芙蓉賦〉、曹植〈洛神賦〉等等，幾乎可謂句句皆有來歷。以至於王勃賦中之鋪采摛文，曲寫毫芥等賦筆特色，皆與白居易〈荷珠賦〉極為近似；反之，則又是白居易許多詠蓮詩作，因偏重抒懷，卻疏於表現的文類分際。據此則賦之崇尚麗典華藻與詩之聚焦於內在情志之著墨，則經常成為唐代詩賦合流的同時，兩種文類間的另一重要分際。

詩歌這一文類固然較諸辭賦略於體物與文采的強調，而著重情志主軸的展現，但並不意味賦之文類不重視作品的情志表現。劉勰《文心‧詮賦》已闡明其「鋪采摛文，體物寫志。」的寫作精神，可見賦家並未放棄古詩之流的基本職能與傳統精神，這一點在唐賦中表現頗為顯著。例如頗能展現白居易賦學觀的〈賦賦〉，不僅開宗明義地闡揚「賦者，古詩之流也。」的基本精神，亦具體地指陳「立意為先，能文為主。」為賦文類的創作原則。這一重要觀念固然多少亦映現出詩、賦兩大文類間畢竟存在著密切且錯綜、交疊的寫作本質，反映出詩、賦合流的基本緣由；而其中也不乏反映了詩主立意，賦主能文的文類分際，但同時詩並不排斥「能文」，賦亦不忘立意，也是其中昭然若揭的文類意涵。這一既具詩賦合流，且不乏文類分際的唐代創作現象，也具體映現在白詩與唐賦同以牡丹為題的實際書寫之中。

白居易乃唐代牡丹書寫的重要代表詩人，其中〈白牡丹〉、〈牡丹芳〉、〈西明寺牡丹花時憶元九〉、〈看渾家牡丹花戲贈李二十〉、〈秋題牡丹叢〉等等，俱為今存白氏詠牡丹詩作。其中大體即映現以立意為主的文類寫作旨趣，例如：

> 城中看花客，旦暮走營營。素華人不顧，亦占牡丹名。閉在深寺中，車馬無來聲。唯有錢學士，盡日繞叢行。憐此皓然質，無人自芳馨。眾嫌我獨賞，移植在中庭。留景夜不暝，迎光曙先明。對之心亦靜，虛白相向生。唐昌玉蕊花，攀玩眾所爭。折來比顏色，

一種如瑤瓊。彼因稀見貴，此以多為輕。始知無正色，愛惡隨人情。豈惟花獨爾，理與人事並。君看入時者，紫艷與紅英。[78]（〈白牡丹〉）

晚叢白露夕，衰葉涼風朝。紅艷久已歇，碧芳今亦銷。幽人坐相對，心事共蕭條。[79]（〈秋題牡丹叢〉）

帝城春欲暮，喧喧車馬度。共道牡丹時，相隨買花去。貴賤無常價，酬直看花數。灼灼百朵紅，戔戔五束素。上張幄幕庇，旁織巴籬護。水灑復泥封，移來色如故。家家習為俗，人人迷不悟。有一田舍翁，偶來買花處。低頭獨長歎，此歎無人喻。一叢深色花，十戶中人賦。[80]（〈秦中吟·買花（一作牡丹）〉）

然而白集中除了這類牡丹詩外，也不乏以賦入詩的牡丹新樂府詩，如〈牡丹芳〉的前半文字：

牡丹芳，牡丹芳。黃金蕊綻紅玉房，千片赤英霞爛爛。百枝絳點燈煌煌，照地初開錦繡段。當風不結蘭麝囊，仙人琪樹白無色。王母桃花小不香，宿露輕盈泛紫豔。朝陽照耀生紅光，紅紫二色間深淺。向背萬態隨低昂，映葉多情隱羞面。臥叢無力含醉妝，低嬌笑容疑掩口。凝思怨人如斷腸，穠姿貴彩信奇絕。雜卉亂花無比方，石竹金錢何細碎。芙蓉芍藥苦尋常，遂使王公與卿士。遊花冠蓋日相望，庳車軟輿貴公主。香衫細馬豪家郎，衛公宅靜閉東院。西明寺深開北廊，戲蝶雙舞看人久。殘鶯一聲春日長。[81]

這一小段可謂極盡巧構形似的體物能事，儼然一篇小品牡丹賦。然而白居易並未在融鑄「能文」的賦筆特色同時，喧賓奪主地放棄或遺忘詩、賦彼此的文類分際。他不僅在題下特別注明此詩旨趣為「美天子憂農也。」更在此詩後半文字中，對於當時京城因牡丹觸發的社會熱潮，進行省思與興懷的情志書寫：

> 共愁日照芳難駐，仍張帷幕垂陰涼。花開花落二十日，一城之人皆若狂。三代以還文勝質，人心重華不重實。重華直至牡丹芳，其來有漸非今日。元和天子憂農桑，卹下動天天降祥。去歲嘉禾生九穗，田中寂寞無人至。今年瑞麥分兩岐，君心獨喜無人知。無人知，可歎息。我願暫求造化力，減卻牡丹妖豔色。少迴卿士愛花心，且似吾君憂稼穡。[82]

換言之，前半「能文」為主的賦化書寫，畢竟在大量後半篇幅「立意」的回歸中，強化了〈牡丹芳〉以詩書寫的文類基本調性，也間接地映現並區隔他在〈賦賦〉中以「立意為先，能文為主」的賦類定調。因此白居易〈牡丹芳〉固然呈現濃厚賦化書寫風貌，反映出白居易詩賦合流的書寫實際，但同時也具體地確認了詩、賦彼此間仍然存在的文類分際。

唐代詩、賦合流，卻又維持著文類的一定分際，亦可印證於受到白居易等牡丹花詩牽動、啟發的牡丹賦中。例如唐代最著名的舒元輿〈牡丹賦〉即為典型例證。舒元輿〈牡丹賦〉並非純然體物之作，而在他還特地在〈牡丹賦‧序〉大肆闡明此一寫作精神：

> 古人言花者，牡丹未嘗與焉。蓋遁於深山，自幽而芳，不為貴者所知，花則何遇焉。天后之鄉，西河也。有眾香精舍，下有牡丹，其花特異。天后嘆上苑之有闕，因命移植焉。由此京國牡丹，日月寖盛。今則自禁闥官署，外延士庶之家，瀰漫如四瀆之流，不知其止息之地。每暮春之月，遨遊之士如狂焉，亦上國繁華之一事也。近代文士，為歌詩以詠其形容，未有能賦之者，余獨賦之，以極其美。或曰：「子常以丈夫功業自許，今則肆情於一花，無乃猶有兒女之心乎？」余應之曰：「吾子獨不見張荊州之為人乎？斯人信丈夫也，然吾觀其文集之首，有〈荔枝賦〉焉。荔枝信美矣，然亦不出一果耳，與牡丹何異哉！但問其所賦之旨何如，吾賦牡丹何傷焉。」或者不能對而退，余遂賦以示之。[83]

這一序文的基本精神，與白居易〈賦賦〉以賦乃「立意為先，能文為主。」的文類論述密切契合相互輝映。而舒氏為展現此一文類本質，畢竟強調賦家體物之工，以自別於當代如白居易等傑出詩人的牡丹詩歌，而此一「能文」旨趣，即其序中所謂：「近代文士，為歌詩以詠其形容，未有能賦之者。余獨賦之，以極其美。」由此亦大體可推知舒元輿之所以擬撰牡丹之賦，正是著眼於賦之文類屬性，可以自成特色，而有異於先前將牡丹入詩的眾多創作，可見詩賦的文類分際，仍清楚地存在唐代賦家的心目中。而其〈牡丹賦·序〉所說：「余獨賦之，以極其美。」亦可略見賦以「能文為主」的文類創作基調。

舒元輿〈牡丹賦・序〉所標榜「以極其美」的文類基調，固然不乏窮形盡態，巧構形似的體物能事，但其中實透露出賦文學早期而重要的文類屬性之一：「頌」。從屈〈騷〉以後的宋玉賦，及深受其「辭人之賦」寫作特色影響的漢賦，即所謂「宋發巧談，實始淫麗。」的發展而言[84]，賦之具備濃厚的頌美本質，使它在漢代可以大肆展現其「或以抒下情而通諷諭，或以宣上德而盡忠孝，雍容揄揚，著於后調，抑亦〈雅〉、〈頌〉之亞也。」的文學重要職能[85]。而這一文類屬性也具體地反映在不少漢賦作品有時出現「賦」、「頌」兩見的情形，例如揚雄〈甘泉賦〉，東漢王充即稱為〈甘泉頌〉，同時又以「賦頌」並稱[86]，又如王褒〈洞簫賦（頌）〉、傅毅〈琴賦（頌）〉、馬融〈長笛賦（頌）〉等等；換言之，這反映漢賦具有濃厚的頌美書寫特質，亦略可窺知，故如漢賦名家王褒之〈甘泉宮頌〉，實際即是一篇小品〈甘泉宮賦〉，又據《漢書・元帝紀》載元帝為太子時頗好王褒之另一篇〈甘泉頌〉[87]，實亦為一篇〈甘泉賦〉[88]，又《漢書・王褒傳》也記載一段關涉漢賦、歌頌合流的文獻：

> 上令褒與張子僑等並待詔。數從褒等放獵，所幸宮館，輒為歌頌，第其高下，以差賜帛，議者多以為淫靡不急。上曰：不有博奕者乎？猶之猶賢乎已。辭賦大者與古詩同義，小者辯麗可喜，譬如女工之有綺縠，音樂之有鄭衛，今世俗猶皆以此虞說耳目。辭賦比之，尚有仁義諷諭，鳥獸草木多聞之觀，賢於倡優、博奕遠矣。[89]

這裡既反映出漢賦創作的貴游文學特性[90]，甚至所謂「仁義諷諭之義」的書寫旨趣，實際仍然必須借助於大篇幅具備頌美性質的書寫文字，亦即在賦家強調古詩流亞，關注諷諭旨趣的創作精神下，主要還是取徑於「寓諷於頌」的書寫策略[91]。故上引〈王褒傳〉中所謂「輒為歌頌」實即後文所論「辭賦」之事，因此無論賦家及其作品當中關懷諷諭旨趣與否，基本上賦的書寫本質，實不離頌美原則。故王褒〈魯靈光殿賦序〉既以賦、頌並論指陳「物以賦顯，事以頌宣，匪賦匪頌，將何述焉。」為賦文類重要的書寫特性之一。這又與白居易〈賦賦〉篇末論述賦之旨趣所說：「況賦者〈雅〉之列，〈頌〉之儔。可以潤色鴻業，可以發揮皇猷。」可謂古今同工，遙相輝映。

賦異於詩的文類特性之一既為「頌美」，則運用各種寫作技巧，便成為賦在具體創作時必要的展現途徑，所謂「控引天地，錯綜古今。」賦家本領[92]，即為其中的主要綱領。而為展現此一文類特色的具體技巧，即出現虛構、夸飾、用典、賦比合一等等修辭技巧，以求奇、求大、求全、求美等為其審美目的。賦與詩兩者文類屬性之不同，亦由此大體可見，因此從圖畫的角度而言，賦較詩固然富於「合纂組以成文，列錦繡而為質。一經一緯，一宮一商。」的賦筆特徵，而擬之於幾何學，則賦有如放射性的光環，以主題為核心，匯聚古今宇宙的相關質材同時，從而完成並展現其本身的文學動能，而這又與詩歌一般聚焦於某一經過作者設定的主題與脈絡，在書寫策略上迥然相異。也因此自宋玉、曹植賦以來，借助於「比體雲構」的聯翩浮想[93]，便經常成為賦家映現文類特色的重要指標，從而成為賦與詩間重要而具體的文類分際之一。而這一特徵亦反映在舒元輿〈牡丹賦〉、李德裕〈牡丹賦〉與白居易牡丹詩不同文類之間。例如：

> 暮春氣極，綠苞如珠。清露宵偃，韶光曉驅。動蕩枝節，如解凝結。百脈融暢，氣不可遏。兀然盛怒，如將憤泄。淑色披開，照曜酷烈。美膚膩體，萬狀皆絕。赤者如日，白者如月。淡者如赭，殷者如血。向者如迎，背者如訣。坼者如語，含者如咲。並者如醉，曲者如折。密者如織，疏者如缺。鮮者如濯，慘者如別。[94]（舒元輿〈牡丹賦〉）
>
> 乍疑孫武，來此教戰。其戰謂何？搖搖纖柯。玉欄風滿，流霞成波。歷階重臺，萬朵千窠。西子南威，洛神湘娥。或倚或扶，朱顏已酡。角衒紅釭，爭顰翠蛾。灼灼夭夭，逶逶迤迤。漢宮三千，豔列星河。我見其少，孰云其多。[95]（同上）
>
> 其盛也，若紫芝連葉，鴛雛比翼。奪珠樹之鮮輝，掩非烟之奇色。倏忽摛錦紛葩似織。其落也，明艷未褫，紅衣如脫，朱草柯折，珊瑚枝碎。霞既爍而轉妍，紅欲消而猶綷。爾乃獨含芳意，幽怨殘春。將獨立而傾國，雖不言兮似人。觀其露彩猶泫，日華初照。煜其晨葩，情若微笑。色雖美而自艷，類可濱之窈窕。逮乎的皪含景，離披向風。鉛華春而思蕩，蘭澤晚而光融。情放縱以自得，凝若煥之冶容。既而華艷怳惚，繁華遽畢。驚寶雉之乍迴，想江妃而復出。望獻璫之玉，俄以蔽光。感懷珮之川，悵然如失。[96]（李德裕〈牡丹賦〉）

在舒元輿、李德裕二人之〈牡丹賦〉中，具體展現出上述賦文類豐富審美的書寫特質，從而映照出賦尚雕飾之美的文類特質及其審美基調。反之，對照於前述白居易多首牡丹詩之雖非絕無雕飾之筆，但著墨頗為有限，並且更關注於詩人情志部分的書寫情形而言，舒、李的〈牡丹賦〉與白居易牡丹詩間的文類書寫分際，仍然清晰可見。當然從詩賦合流的角度而言，像白居易〈牡丹芳〉中之講求體物之工；舒元輿〈牡丹賦〉之重視「所賦之旨」，並引喻張九齡〈荔枝賦〉為例，強調其無妨「丈夫功業」，又與白居易〈牡丹芳〉之重視諷諭旨趣，展現「兼濟」之志的書寫精神，可謂殊途同歸；而李德裕〈牡丹賦〉於「體物」之外，在篇末借主客對答形式的感慨作結：

> 客顧余曰：勿謂淑美難久，徂芳不留。彼妍華之閱世，非人壽之可儔。君不見龍驤閈閎，池臺御溝。堂挹山林，峰連翠樓。有百歲之芳叢，無昔日之通侯。豈暇當飛藿之時，如嗟零落。且欲同樹萱之意，聊自忘憂。[97]

這些創作跡象，具體而微地反映出白詩與舒、李賦創作中一面合流，一面存在分際的不同面向。

六、結　論

經由上述有關白居易諷諭詩、辭賦及其賦學觀、白居易花木詩與唐賦之對照等諸方面考察，大體可以較清晰地浮現出唐代詩賦合流及其文類分際問題的具體風貌與主要輪廓。而這些相關的考察結果，應不僅對於唐詩或唐賦的文學發展史提供參考，同時從文體學角度而言，亦呈現出不同文體之間交流互動與破體整合的可能，同時又各自擁有書寫天地的創作事實。至於其中詩、賦的文類分際既映現出唐詩繼〈風〉、〈雅〉的精神面向，展現「立意」為本的情志意涵。唐賦則而成為文士逞才耀學的重要園地，並於楚〈騷〉新變旨趣的傳承中，展現其精采絕艷的「能文」特色；其次，由白居易及其花木作品中所反映的唐代詩賦合流現象，又體現出六朝以下齊梁文學「采麗競繁」的賦體化傾向，其中應不無以復古革新的深刻創作意涵。此外，對現存頗以諷諭詩自豪且著稱的重要詩人白居易而言，辭賦文學與其諷諭詩間的合流問題，為過去學界所忽略的這一遺憾，應亦可有所彌補。

註釋

1 參見傅璇琮〈進士試與文學風氣〉，《唐代科舉與文學》（台北：文史哲出版社，1994），頁413～418。

2 參見陳寅恪《元白詩箋證稿》（上海：古籍出版社，1982），頁235～240；翁俊雄〈唐代牡丹〉，收於《唐研究》（北京：北京大學出版社，1999），卷5，頁81～92。

3 參見漢班固〈兩都賦．序〉，費振剛輯校《全漢賦》（北京：北京大學出版社，1993），頁331。

4 參見朱金城箋校《白居易集箋校》（上海：古籍出版社，1988），卷38，頁2622。

5 劉勰謂：「原夫登高之旨，蓋覩物興情。此立賦之大體也。」，見《文心雕龍．詮賦》（同註3），頁92。

6 同註4，卷38，頁2610。

7 《昭明文選．序》中謂選文之旨趣之一，即捨棄「以立意為本，不以能文為宗。」的諸子思想著述。按《文選》序次以「賦」為首，其中旨趣之一，即以賦類作品之美文特色。

8 同註4，卷38，頁2610。

9 同註4，卷38，頁2591。

10 白居易本為一多情易感之人，且亦長於「感傷」之作。參見拙作〈詩情、賦筆、傳奇：白居易〈長恨歌〉文學風情的另一面向。〉，《第五屆唐代文化學術研討會論文集》（中國唐代學會與國立中正大學主編）（高雄：麗文事業公司，2001），頁225~252。

11 同註4，卷38，頁2594。

12 同註4，卷38，頁2588。

13 同註4，卷38，頁2610。

14 同註4，卷38，頁2613。

15 同註4，卷38，頁2617。

16 同註4，卷38，頁2622。

17 白居易謂：「故僕志在兼濟，行在獨善。奉而始終之為道，言而發明之則為詩。謂之「諷諭詩」，兼濟之志也；謂之「閑適詩」，獨善之義也。故覽僕詩，知僕之道焉。」參見〈與元九書〉，《白居易集》（上海：古籍出版社，1984），卷45，頁964～965。

18 參見《文心雕龍．詮賦》（同註3）。

19 同註4，卷38，頁2613。

20 同註4，卷38，頁2594。

21 參見清．黃叔琳校注，王更生導讀，《文心雕龍》（台北：金楓出版社，1986），頁60。

22 同前註，頁90。

23 參見王夢鷗先生〈漢魏六朝文體變遷之一考察〉（台北：時報文化公司，1987），頁67～130。

24 參見徐公持〈詩的賦化與賦的詩化：兩漢魏晉詩賦關係之尋蹤〉，《文學遺產》，1992，第1期。頁16～25。

25 例如李立信〈六朝詩的賦化〉，《第三屆詩學會議論文集》（彰化：彰化師大中文系，1996）；又拙作〈論張協、鮑照詩歌「巧構形似」特色與辭賦之關係〉、〈論二謝山水詩之異同及其與辭賦的關係〉等，分別見於《國立中正大學學報》（嘉義：國立中正大學）卷8（1997）、卷9（1998），頁21、頁67；另拙著《庾信生平及其賦研究》（台北：文史哲出版社，1984），曾具體考察庾信賦的詩賦融合現象。

26 例如馬積高〈略論賦與詩的關係〉，《社會科學戰線》，1992，第1期，頁270。馬氏文稍有涉獵，但未專就唐詩論述；至於商偉〈初唐詩歌的賦化現象〉，《北京大學學報》，1986，第5期，頁67～72。則為其中罕見的專門論述。

27 參見林庚《中國文學簡史》（北京：北京大學出版社，1995），頁199。

28 參見曹道衡〈南北文風的融合和唐代《文選》學之興盛〉，《文學遺產》，1999，第1期。頁16～24。

29 參見拙著《詩情賦筆話謫仙：李白詩賦交融的多面向考察》（台北：文津出版社，2000）。

30 參見牟瑞平〈杜甫以賦入詩新探〉，《杜甫研究學刊》，1993，第3期。

31 參見朱金城箋校《白居易集箋校》（上海：古籍出版社，1988），卷45，頁2789。

32 唐人王讜謂白居易兄弟與李程、王起、張仲素等五人，乃「場中詞賦之最，言程式者宗此五人。」見《唐語林》（北京：中華書局，1987），卷2，頁146～147。

33 同註4，卷1，頁10。

34 同註4，卷1，頁11。

35 同註4，卷1，頁16。

36 同註4，卷1，頁17。

37 參見清高宗御定《唐宋詩醇》（台灣：中華書局，1971），卷19。

38 同註4，卷1，頁72。

39 同註4，卷4，頁249。

40 同註4，卷38，頁2610。

41 同前註。

42 參（宋）洪興祖《楚辭補注》（台北：長安出版社，1991），頁1。

43 參見拙作〈白詩與香草美人：白居易花木、女性諷諭詩中的楚〈騷〉身影與新變風貌〉，《中正大學中文學術年刊》（嘉義：國立中正大學中文系，2001），第4期，頁97～142。

44 清康熙御定《全唐文》（北京：中華書局，1982），卷177，頁795。

45 同註44。

46 同註4，卷1，頁18。

47 同註4，卷1，頁75。

48 同註4，卷2，頁127。

49 同註43。

50 參見唐段成式《酉陽雜俎．前集》：「得白牡丹一窠，植於長安私第。天寶中，為都下奇賞。當時名公有〈裴給事宅看牡丹〉詩。」（北京：中華書局，1981），卷19，頁185。

51 參見李肇《唐國史補》（上海：古籍出版社，1957），頁45。

52 同註4，卷4，頁218。

53 同註2，頁238～239。

54 參見朱金城《白居易集箋校》(上海:古籍出版社,1988),頁219。
55 參見吳文治主編《宋詩話全編·洪邁詩話》(南京:江蘇古籍出版,1998),頁5658。
56 清康熙御定《全唐文》(北京:中華書局,1982),卷727,頁7485。
57 參見朱金城〈白居易交遊三考〉,《白居易研究》(台北:文史哲出版社,1992),頁180～183。
58 同註4,卷2,頁127。
59 參見(唐)蕭穎士《蕭茂挺文集》(上海:古籍出版社,1993),頁3262。
60 陸機〈文賦〉謂:「詩緣情而綺靡,賦體物而瀏亮。」《陸機集》(北京:中華書局,1982),卷1,頁3。
61 同註4,卷2,頁127。
62 同註59。
63 參見拙作〈論張協、鮑照詩歌之「巧構形似」與辭賦之關係〉,(嘉義:國立中正大學學報,1997),卷8,頁21～48。
64 劉勰《文心雕龍·詮賦》謂:「賦者,鋪采摛文,體物寫志也。」(同註3),頁91。
65 參見拙作〈美麗與錯誤:論《昭明文選》「情」賦之諷諭色彩及其在六朝文學史意義〉,發表於《魏晉南北朝文化國際學術會議》(台北:文化大學、漢學中心合辦,1991年8月12日)
66 同註4,卷38,頁2622。
67 同註59。
68 參見周勛初〈賦體評議〉,《南京大學學報》,1994,第2期。
69 有關魏晉南北朝之「文體辭賦化」現象及其風貌,請參見王夢鷗〈貴遊文學與六朝文體的演變〉,《古典文學論探索》(台北:正中書局,1981),頁117～136。
70 〈本傳〉謂「李林甫採其名,欲拔用之,乃召見。……然而聰警絕倫,……是時外夷亦知穎士之名,新羅使入朝,言國人願得蕭夫子為師,其名動華夷如此。」,參見劉昫等撰《舊唐書:蕭穎傳》(北京:中華書局,1986),卷190,頁5048。又歐陽脩、宋祁謂「穎士四歲屬文,十歲補太學生。觀書一覽即誦,通百家譜系、書籀學。開元二十三年,舉進士,對策第一。……天寶初,……于時裴耀卿……皆先進,器其材,與鈞禮,由是名播天下。」參見《新唐書·蕭穎士傳》(北京:中華書局,1986),卷202,頁5767～5768。
71 同註4,卷1,頁18。
72 同註4,卷1,頁75。
73 同註4,卷12,頁683。
74 同註4,卷16,頁1004。
75 同註4,卷18,頁1163。
76 同註4,外集卷下,頁3917。

77 同註44。
78 同註4，卷1，頁39。
79 同註4，卷9，頁483。
80 同註4，卷2，頁96。
81 同註4，卷4，頁218。
82 同前註。
83 同註56。
84 參見簡宗梧先生《賦與駢文》(台北：臺灣書店，1998)，頁46～54。
85 參見班固〈兩都賦序〉，《全漢賦》(北京：北京大學出版社，1993)，頁311。
86 參見王充《論衡‧譴告》：「孝武皇帝好仙，司馬長卿獻〈大人賦〉，上乃仙仙有凌雲之氣。孝成皇帝好廣宮室，揚子雲上〈甘泉頌〉，妙稱神怪，若曰非人力所能為，鬼力乃可成。……然即天下之不為他氣以譴告人君，反順人心以非應之，猶二子為賦頌，令兩帝惑而不悟也。」(長沙：岳麓書社，1991)，頁226～232。
87 班固《漢書‧王襄傳》謂：「太子喜褒所為〈甘泉〉及〈洞簫〉頌，令後宮貴人左右皆誦讀之。」(台北：鼎文書局，1979)，卷64，頁2829。
88 今王褒〈甘泉賦〉為殘文：「耀照形之玉璧。卻而望之，郁乎似積雲；就而察之，霸乎若太山。十分未斤其一，增惶俱而目眩。若撥岸而臨坑，登木末以窺淵。」參見王洪林《王褒集考譯》(成都：巴蜀書社，1998)，頁65。
89 班固《漢書‧王襄傳》(台北：鼎文書局，1979)，卷64，頁2829。
90 同註84，頁69～98。
91 同註84，頁91。
92 參見葛洪《西京雜記》(北京：中華書局，1985)，卷2，頁12。
93 同註64。
94 同註83。
95 同前註。
96 清康熙御定《全唐文》(北京：中華書局，1982)，卷697，頁7158。
97 同前註。

伍、諷諭與綺麗

白居易詩、賦論之精神取向及其與《文心雕龍》之關係

一、前　言

中唐詩人白居易以其標榜諷諭旨趣的新樂府文學，成為唐代文學史上重要的論述課題，同時在這一文學光芒之下，白居易似乎也順理成章地成為一位重視文學內容，輕視形式與文采的文學倡議者。然而這一看法實際上卻輕易地忽略掉白居易文學精神另一面向。尤其當我們注意到白氏在世之時，即更主要以〈長恨歌〉、〈琵琶行〉等非諷諭詩類作品造成風靡，甚至因此引起白氏本人之多所感慨[1]。此一現象固然可以視為白居易重視內在諷諭的創作旨趣，但從另一角度而言，〈長恨歌〉等詩作，雖非重在諷諭[2]，但畢竟亦屬白氏得意之作，其間除款款動人的感傷情愫外，實亦充分展現出作者麗文采筆之造詣及其特色[3]，亦無怪乎晚唐、五代論家亦不免發出「纖艷」之評[4]，可見白氏詩文確實存在追求美文麗采的另一個側面；然則若將白居易的文學觀置於以諷諭為主的內在實質與另一追求美麗的外在文采兩大不同精

神取向上，究竟應該如何重新加以客觀商榷、評估？而以白居易詩、賦兼美，又並享聲名的情形下[5]，「諷諭」與「美麗」二者，如何有效參酌與互動，實為白居易創作時的重要機杼？其次，另一值得注意的是，白居易文學觀及其詩論、賦論取向，實與南朝劉勰所撰《文心雕龍》，具有密切而重要的聯繫，應為論述白居易文學時，不當忽略的重要註腳。

二、白居易文學觀及其與《文心雕龍》〈原道〉、〈徵聖〉、〈宗經〉

白居易以「諷諭」詩為其平生創作之首要旨趣，故謂「進退出處，何往而不自得哉？故僕志在兼濟，行在獨善，奉而始終之則為道；言而發明之則為詩。謂之諷諭詩，兼濟之志也；謂之閒適詩，獨善之義也。故覽僕詩，知僕道焉。」據此白居易展現「諷諭」觀照的重要意涵，但此段文字值得注意之處，乃在所謂「奉而始終則為道；言而發明之則為詩。」顯然已將「道」與「詩」視為體用合一的理論架構。換言之，「詩」之作為文章之用，其精神乃必溯源於「道」體。這一精神取向從其思維結構而言，正與韓愈、柳宗元等著名唐代古文家的論述旨趣不謀而合。其中韓愈等人所說「道」的具體意涵容或有所出入，然而古文家重視以文明道的旨趣，可謂如出一轍[6]。但在白居易而言，乃是以詩易文地轉化為「詩」以明道，揆其神理，並無殊致。中唐文學史上共同而又特殊的此一現象，值得注意，其中多少反映出白居易以諷諭為宗旨的新樂府文學創作，正與唐代古文運動具有精神取向上彼此合流的特性，只是表現為一詩一文等具體文學形態上的異趨而已。

白居易與中唐古文家韓、柳等人所標榜的「道」與文學（詩、文）的體用本末關係，固然亦與初唐以來陳子昂等人所倡行的復古精神有關，但更直接而具體的淵源，應為南朝劉勰所撰之《文心雕龍》。按在《文心雕龍》樞紐論開宗明義首篇為〈原道〉。即強調「文」根源於天地自然之道。例如：

> 文之為德也大矣，與天地並生者何哉？夫玄黃色雜，方圓體分，日月疊壁，以垂麗文之象；山川煥綺，以鋪理地之形。此蓋道之文也。仰觀吐曜，俯察含章，高卑定位，故兩儀既生矣，惟人參之。性靈所鍾，是謂三才，為五行之秀，實天地之心。心生而言立，言立而文明，自然之道也。[7]

因此文學或文章，正是從形而上之道，並透過形而下具體而微的演變所形成，正如劉勰於〈序志〉所自言：「文心之作也，本乎道，師乎聖，體乎經，酌乎緯，變乎騷。文之樞紐，亦云極矣。」因此「道沿聖以垂文，聖因文以明道。」即劉勰所確立之重要文學觀[8]。在此不僅人文之形成，淵源於道，即使天地繽紛多采之文，亦肇自道。由此而言，《文心雕龍》具體而明地將中國的文學觀與自然之道作了理論建構的確定。反觀白居易文學觀的有關論述，又不乏從神理到字裡行間與《文心雕龍》頗為相契相合之處。例如他在〈與元九書〉中曾論及文學、文章之事：

> 夫文尚矣。三才各有文：天之文，三光首之：地之文，五材首之；人之文，六經首之。就六經言，《詩》又首之。何者？聖人感人心，而天下和平。[9]

白居易這段論述所引天、地、人三才之文，不正與前述所引《文心雕龍．原道》神理深契，並且其中隱隱又帶出《文心雕龍．原道》以下〈徵聖〉、〈宗經〉兩篇的基本旨趣：

> 夫作者曰聖，述者曰明。陶鑄性情，功在上哲，夫子文章，可得而聞，則聖人之情，見乎文辭矣。先王聖化，布在方冊；夫子風采，溢於格言。是以遠稱唐世，則煥乎為盛；近褒周代，則郁哉可從。此政化貴文之徵也。鄭伯入陳，以文辭為功；宋置折俎，以多文舉禮。此事蹟貴文之徵也。褒美子產，則云「言以足志，文以足言；」泛論君子，則云「情欲信，辭欲巧。」此修身貴文之徵也。然則志足而言文，情信而辭巧，迺含章之玉牒，秉文之金科矣。[10]（〈徵聖〉）

其中指出不僅聖人居於大至政教之主場，必須重視文章、文學，以至具體事件、個人品德修養，都同樣具有「文」的高度要求。這一部分正是劉勰從人文化成的實踐角度方面，闡明聖王與「道」、「文」兩者的重要牽繫。而白居易既在前文提出六經與聖人教化等與人文的密切關係，又在《策林．六十八議文章》中重申古聖王以文學化成天下的重要精神：

> 問：國家化天下以文明，獎多士以文學，二百餘載，

> 文章煥焉。然則述作之間，久而生弊，書事者罕聞於直筆，褒美者多覩其虛辭。今欲去偽抑淫，芟蕪刬穢，黜華於枝葉，反實於根源，引而救之，其道安在？
>
> 臣謹按，《易》曰：「觀乎人文，以化成天下。」記曰：「文王以文理。」則文之用大矣哉。自三代以還，斯文不振，故天以將喪之弊，授我國家，國家以文德應天，以文教牧人，以文行選賢，以文學取士，二百餘載，煥乎文章，故士無賢不肖，率注意於文矣。[11]

白居易這一段〈議文章〉雖重在論述唐代時文之弊，而思補闕之道，然其中所述與《文心雕龍．徵聖》之「政化貴文」、「事跡貴文」、「修身貴文」旨趣若合符節，尤其如所引述「文之為用大矣哉。」與《易》「觀乎人文，以化成天下」一段，也與《文心雕龍．原道》所述「觀天文以極變，察人文以成化」、「文之為德也大矣。」等句，神形相契。由上述所引，白居易文學觀的相關論述，大體亦可略窺其豹，尤其具體對照於劉勰《文心雕龍》之〈原道〉、〈徵聖〉等篇，則不僅白居易重視政教諷諭的創作精神，可以獲得較為深入一層的理解，同時也隱約勾勒出白居易諷諭精神與追求美麗文采之間的參差錯綜的複雜可能。而白居易既在〈原道〉、〈徵聖〉等等重要文學觀上，與《文心雕龍》有著千絲萬縷的牽動關係，那麼遊移在諷諭教化與美麗文采兩端之間的白居易詩論、賦論，又會呈現如何的商榷與取捨狀態？其間是否也與劉勰《文心雕龍》的相關篇章及其論述有所關聯？則將在以下章節加以分析。

三、白居易詩論及其與《文心雕龍》〈宗經〉、〈明詩〉

由上述白居易文學觀與《文心雕龍》〈原道〉、〈徵聖〉間論述相契的現象，可見白氏的基本創作觀念，應頗受到《文心雕龍》的啟示與牽動。至於《文心雕龍》對於個別的詩、賦文類，則另有專門的相關論述，加以闡述。這一部分文字主要可以〈明詩〉、〈樂府〉為代表。不過白居易對於詩歌這一文類的觀照，則頗具沿續劉勰在〈宗經〉的旨趣，茲先由〈宗經〉考察白居易的相關詩論。

白居易〈與元九書〉既提出「人之文，六經首之。就六經言，《詩》又首之。」則已清楚地指出其詩論結合〈宗經〉的基本態度。其中首先表現於白氏詩論明顯標榜四始、六義之說，例如：

> 豈六義、四始之風，天將破壞，不可支持耶？抑又不知天之意，不欲使下人之病苦聞於上耶？不然，何有志於詩者，不利若此之甚也。[12]

> 詩者，根情、苗言、華聲、實義。上自賢聖，下至愚騃，微及豚魚，幽及鬼神，群分而氣同，形異而情一。未有聲入而不應，情交而不感者。聖人知其然，因其言，經之以六義；緣其聲，緯之以五音。音有韻，義有類，韻協則言順，言順則聲易入；類舉則情

見，情見則感易交。於是乎孕大含深，貫微洞密，上下通而一氣泰，憂樂合而百志熙。五帝三皇所以直道而行、垂拱而理者，揭此以為大柄，決此以為大寶也。故聞元首明、股肱良之歌，則知虞道昌矣；聞五子洛汭之歌，則知夏政荒矣。言者無罪，聞者足戒，言者聞者，若不兩盡其心焉。洎周衰秦興，採詩官廢，上不以詩補察時政，下不以歌洩導人情，乃至於諂成之風動，救失之道，於時六義始刓矣。[13]

白居易所揭櫫的四始、六義之說，其實正強調出採詩觀風、裨輔政教的精神取向，因此他在〈與元九書〉中就以此檢驗《詩經》以下，歷代重要文學家及其詩歌對於此一標準的漸行漸遠：

國風變為騷辭，五言始於蘇、李。《詩》、《騷》皆不遇者，各系其志，發而為文。故河梁之句，止於傷別；澤畔之吟，歸於怨思。彷徨抑鬱，不暇及他耳。然去《詩》未遠，梗概尚存。故興離別則引雙凫一雁為喻，諷君子小人則引香草惡鳥為比。雖義類不具，猶得風人之什二三焉。於時六義始缺矣。晉、宋已還，得者蓋寡。以康樂之奧博，多溺於山水；以淵明之高古，偏放於田園。江、鮑之流，又狹於此。如梁鴻《五噫》之例者，百無一二。於時六義浸微矣！陵夷至於梁、陳間，率不過嘲風雪、弄花草而已。噫！風雪花草之物，三百篇中豈捨之乎？顧所用何如耳。設如「北風其涼」，假風以刺威虐；「雨雪霏霏」，因雪以愍征役；「棠棣之華」，感華以諷兄弟；「采采芣苡」，美草以樂有子也。皆興發於此而義歸於彼。反是者，可乎哉！然則「余霞散成綺，澄江淨如練」，「歸花先委露，別葉乍辭風」之什，麗則麗矣，吾不知其所諷焉。故僕所謂嘲風雪、弄花草而已。於時六義盡去矣。[14]

白居易針對「於時六義盡去矣。」的梁陳宮體詩風，主要即以「風雪花草」為核心的論述；同時又藉由《詩經》的創作態度與風貌作為對照，故說「噫！風雪花草之物，三百篇中，豈捨之乎，顧所用何如耳。」因此強調「興發於此，而義歸於彼。」的詩歌創作的比興精神，在此一詩歌論述之下，梁、陳的宮體之作，固然極盡美文之致，但畢竟非白居易之所重，故曰：「麗則麗矣，吾不知其所諷焉。」據此亦可見所謂四始、六義之說，即白氏所說「風雅比興」之旨[15]；換言之，其具體的核心，即是圍繞於詩歌論述。

白居易這一重要詩觀創作觀照，明顯根據《詩》四始之〈宗經〉理念，故其政教意涵，是建在白居易採詩以申諷諭的創作思維。見載於白氏《策林．六十九採詩》的相關論述，正可闡明白氏此一態度：

臣聞聖人酌人之言，補己之過，所以立理本，導化源也。將在乎選觀風之使，建採詩之官，俾乎歌詠之聲，諷刺之興，日採於下，歲獻於上者也。所謂言之者無罪，聞之者足以自誡。大凡人之感於事則必動於情，然後興於嗟嘆，發於吟詠，而形於歌詩矣。故聞

〈蓼蕭〉之詩，則知澤及四海也；聞「禾黍」之詠，則時和歲豐也；聞「誰其穫者婦與姑」之言，則知征役之廢業也。故國風之盛衰，由斯而見也；王政之得失，由斯而聞也；人情之哀樂，由斯而知也。然後君臣親覽而斟酌焉，政之廢者修之，闕者補之，人之憂者樂之，勞者逸之。[16]

在此白居易重申詩歌的諷諭精神，其中以四始、六義為精神鵠的之詩歌論述，實與《文心雕龍・宗經》所述：

三極彝訓，其書曰經。經也者，恆久之至道，不刊之鴻教也。故象天地，效鬼神，參物序，制人紀，洞性靈之奧區，極文章之骨髓者也。皇世《三墳》，帝代《五典》，重以《八索》，申以《九丘》。歲歷綿曖，條流紛糅，自夫子刪述，而大寶咸耀。於是《易》張《十翼》，《書》標七觀，《詩》列四始，《禮》正五經，《春秋》五例。義既埏乎性情，辭亦匠於文理，故能開學養正，昭明有融。然而道心惟微，聖謨卓絕，牆宇重峻，而吐納自深。譬萬鈞之洪鐘，無錚錚之細響矣。夫《易》惟談天，入神致用。故《系》稱旨遠辭文，言中事隱。韋編三絕，固哲人之驪淵也。《書》實記言，而訓詁茫昧，通乎爾雅，則文意曉然。故子夏嘆《書》「昭昭若日月之明，離離如星辰之行」，言照灼也。《詩》主言志，詁訓同《書》，摛風裁興，藻辭譎喻，溫柔在誦，故最附深衷矣。[17]

〈宗經〉中對於《詩》的旨趣闡述，所指「四始」、「主言志」、「擒風裁興」等說，其實正與白居易視體現平生為兼濟之志的諷諭詩作，在精神上互相扣合，故白氏自述所創作諷諭詩時說：

> 自拾遺來，凡所適所感，關於美刺比興者，又自武德訖元和，因事立題，題為新樂府者，共一百五十首，謂之諷諭詩。[18]

可見以《詩》為其具體「宗經」意涵的諷諭之志，正是白氏詩歌觀照的主要精神核心；同時就其諷諭之志而言，正與其上文自述擔任拾遺等具諫官意義的職務彼此吻合，故清代詩論家賀貽孫說：「白樂天自愛其諷諭詩言激而意質，故其立朝侃侃正直。所獻穆宗〈虞人箴〉，並〈雜興詩〉「楚王多內寵」一篇，指點色禽之荒，婉切痛快，字字炯戒。」[19]換言之，白居易諷諭詩之作，固然形成背景因素不一而足，但與他及另一好友元稹的諫官仕宦及其意識，應具有頗微妙之牽動關係[20]。此外，值得注意的是白居易揭櫫的諷諭詩精神，從其具體的相關論述而言，實與南朝劉勰《文心雕龍》樞紐論中，特別是〈原道〉、〈徵聖〉、〈宗經〉等三篇間，具有形神俱合的密切關係。尤其從「諷諭」的創作旨趣而言，更是他遠承《詩》四始、六義及其闡發《文心雕龍．宗經》等篇精神的具體示現，故白氏在其〈新樂府序〉即重申這一重要理念及其實踐的宗經意義：

> 序曰：凡九千二百五十二言，斷為五十篇。篇無定

> 句，句無定字，系於意，不系於文。首句標其目，卒章顯其志，《詩》三百之義也。其辭質而徑，欲見之者易諭也。其言直而切，欲聞之者深誡也。其事核而實，使采之者傳信也。其體順而肆，可以播於樂章歌曲也。總而言之，為君、為臣、為民、為物、為事而作，不為文而作也。[21]

其次，白居易詩論標榜的諷諭旨趣，固然與有濃厚的宗經意涵，從而與劉勰《文心雕龍》的主要精神深切契合，這一點不僅可由上引樞紐論之〈宗經〉文字得到印證，事實上由《文心雕龍》文體論之，〈明詩〉中委曲詳盡的詩歌專門論述，兩者關係之密切益形顯著。尤其是〈明詩〉開首論述漢初以前詩歌發展與嬗變的部分。例如：

> 大舜云：「詩言志，歌永言。」聖謨所析，義已明矣。是以「在心為志，發言為詩」，舒文載實，其在茲乎！詩者，持也，持人情性；三百之蔽，義歸「無邪」，持之為訓，有符焉爾。人稟七情，應物斯感，感物吟志，莫非自然。昔葛天樂辭，〈玄鳥〉在曲；黃帝〈云門〉，理不空弦。至堯有〈大唐〉之歌，舜造〈南風〉之詩，觀其二文，辭達而已。及大禹成功，九序惟歌；太康敗德，五子咸怨：順美匡惡，其來久矣。自商暨周，〈雅〉、〈頌〉圓備，四始彪炳，六義環深。子夏監絢素之章，子貢悟琢磨之句，故商賜二子，可與言詩。自王澤殄竭，風人輟采，春秋觀志，諷誦舊章，酬酢以為賓榮，吐納而成身文。

> 逮楚國諷怨，則〈離騷〉為刺。秦皇滅典，亦造〈仙詩〉。漢初四言，韋孟首唱，匡諫之義，繼軌周人。[22]

其上所述與上引白氏所言「詩主言志」、「風雅比興」、「采詩」、「四始」、「六義」等篇諷諭旨趣，可謂如出一轍。由此觀之，劉勰於〈明詩．贊曰〉所歸納的詩歌創作旨趣：「民生而志，詠歌所含。興發皇世，風流〈二南〉。神理共契，政序相參。英華彌縟，萬代永耽。」大體上正是白居易詩歌論述的深意所在。

至於白居易所謂「詩者，根情、苗言、華聲、實義。」所涉及的詩歌正聲律之事，復與《文心．樂府》所論詩歌宜聲、文並正的觀照一致：

> 故知詩為樂心，聲為樂體。樂體在聲，瞽師務調其器；樂心在詩，君子宜正其文。「好樂無荒」，晉風所以稱遠；「伊其相謔」，鄭國所以云亡。故知季札觀樂，不直聽聲而已。若夫艷歌婉孌，怨詩訣絕，淫辭在曲，正響焉生？然俗聽飛馳，職競新異，雅詠溫恭，必欠伸魚睨；奇辭切至，則拊髀雀躍；詩聲俱鄭，自此階矣。[23]

劉勰在〈樂府〉中將詩、樂合觀的觀照，並在「贊曰」提出：「八音摛文，樹辭為體。謳吟坰野，金石雲陛。韶響難追，鄭聲易啟。豈惟觀樂，於焉識禮。」即以政教治化為據，進而提出「淫辭在曲，正響焉生。」的說法，換言之，從詩、樂一體的角度而言，詩既具有「持人性情」的經典意蘊，則在「凡樂辭曰詩，詩聲曰歌。」的對照下，音樂亦須主張「正響」。所謂「正響」大體應即是白居易所提出的「正聲」。於是像新樂府一類諷諭詩作，即應可視為「正聲」之作，故白居易在編纂個人詩集時即曾說：「一篇〈長恨〉有風情，十首〈秦吟〉近正聲。」[24]其間具體關鍵即在諷諭之旨，誠如他也在〈與元九書〉中說：「聖人知其然，因其言，經之以六義；緣其聲，緯之以五音。音有韻，義有類。韻協則言順，言順則聲易入；類舉則情見，情見則感易交。於是乎孕大含深，貫微洞密，上下通而二氣泰，憂樂合而百志熙。二帝三王所以直道而行、垂拱而理者，揭此以為大柄，決此以為大竇也。故聞『元首明，股肱良』之歌，則知虞道昌矣。聞五子洛汭之歌，則知夏政荒矣。言者無罪，聞者知戒，言者聞者，莫不兩盡其心焉。」此外，前引白氏〈策林〉之相關論述亦不乏其例。茲不再贅引。

由上述白居易以諷諭詩為「正聲」觀念，及其詩歌重諷諭的宗經精神，皆一一深契劉勰《文心雕龍》的詩歌論訹，亦可略見白居易的詩歌觀照實大體紹承劉勰《文心雕龍》的基本宗旨。

四、白居易的辭賦論及其與《文心雕龍》〈辨騷〉、〈詮賦〉之關係

白居易不僅以其新樂府等諷諭之作，聞名於世；就其文學成就另一面向而言，又展現在其賦學造詣方面。只是這一部分，較少被注意。白居易對於辭賦的修養與造詣，主要又

涉及唐代的科舉考試，尤其是盛、中唐以後日受重視的進士科，律詩與律賦成為考試內容的重點項目[25]；此外，唐代詩人雖將主要的創作精力投入於詩歌方面，但大體而言，卻不敢疏忽對於辭賦的學習與鍛鍊，例如李、杜詩作都頗受到前代辭賦的影響，而白居易也不例外[26]，尤其白易早年準備科舉考試時更曾殫竭苦心於辭賦領域[27]，亦可見他勤學於辭賦的梗概，而白氏之律賦更成為當代科試舉子的學習典範，甚至於出現了白氏落第之賦，竟名傳天下的現象：

> 唐白居易〈漢高祖斬白蛇賦〉乃貞元中應宏詞試所作，因「不知我者，謂我斬白蛇；知我者，謂我斬白帝。」四語考落下第，然登科之人賦並無聞，白公之賦傳於天下。[28]

此外，白居易律賦的不少特色不僅頗受後代賦論稱譽，甚且還影響及於後代八股文，例如他由傳統隔句對變創而出的長股對文法[29]。故清代賦論學者李調之曾舉白居易賦為例說明：

> 唐白居易〈動靜交相養賦〉云：所以動之為用，在氣為春，在鳥為飛，在舟為檝，在弩為機。不有動也，靜將疇依；所以靜之為用，在蟲為蟄，在水為止，在門為鍵，在輪為柅。不有靜也，動奚資始。超超玄箸，中多見道之言，不當徒以慧業文人相目，且通篇局整齊，兩兩相比。此調自白樂天刱為之，後來制義分股之法，實濫觴於此種。[30]

由上述舉隅，則白居易賦學涵養之深亦大體得窺其豹。此外，白居易的具體賦學論述，主要反映在他以賦體論賦的〈賦賦〉與《策林・六十八議文章》兩篇文字當中。

辭賦這一文類大體介於詩、文兩者之間，但從文學嬗變發展的特性而言，則似乎應更接近詩[31]。而白居易的辭賦觀大體亦承繼漢代以賦為古詩之流亞的看法，按班固〈西都賦・序〉謂：

> 或曰：「賦者，古詩之流也。」昔成康沒而頌聲寢，昔成康沒而頌聲寢，王澤竭而詩不作。大漢初定，日不暇給。至於武宣之世，乃崇禮官，考文章，內設金馬石渠之署，外興樂府協律之事，以興廢繼絕，潤色鴻業。是以眾庶悅豫，福應尤盛，白麟赤雁芝房寶鼎之歌，荐於郊廟。神雀五鳳甘露黃龍之瑞，以為年紀。故言語侍從之臣，若司馬相如、虞丘壽王、東方朔、枚皋、王褒、劉向之屬，朝夕論思，日月獻納；而公卿大臣，御史大夫倪寬、太常孔臧、太中大夫董仲舒、宗正劉德、太子太傅蕭望之等，時時間作。或以抒下情而通諷諭或以宣上德而盡忠孝，雍容揄揚，著於後嗣，抑亦雅頌之亞也。[32]

班固賦序中首先揭櫫的即賦為古詩之流亞；其次正因漢代寰區初定，而「昔成、康沒而頌聲寢，王澤竭而詩不作。」在此之下，「武、宣之世」乃有「崇禮官，考文章。」庶幾「大漢之文章，炳焉與三代同風。」因此大漢之偶行賦作，其中固不免有「豈上德而盡忠孝。」的贊頌意涵，但更重視

「以抒下情而通諷諭。」從而符合政教美化的深層意圖。而班固〈西都賦．序〉所闡發的漢賦文化觀照的主要精神，與白居易〈賦賦〉所論述的辭賦旨趣，彼此扣合，可謂異曲同工。例如白居易〈賦賦〉開宗明義所揭示的「賦者，古詩之流也。」亦一如班固〈西都賦．序〉的首標「賦者，古詩之流也。」其次，〈賦賦〉亦述及唐代朝廷重視辭賦文學以期臻至「斯文之美者。」而且白氏認為其中主要的憂慮即在政教旨趣，故謂「我國家恐文道寖衰，頌聲凌遲。乃舉多士，命有司，酌遺風於三代，明變雅於一時。」[33]這些論述皆與班固〈西都賦．序〉的意見絲絲入扣，如出一轍。亦可見白居易〈賦賦〉所展現的辭賦觀，在精神上大體承繼班固〈西都賦．序〉的主要旨趣，況且白居易〈賦賦〉中所引述之漢賦經典賦作，即具體標舉出「其工者，究筆精，窮指趣，何慚兩京於班固。」[34]而所謂班固兩京之作，即指班氏之〈西都賦〉、〈東都賦〉之兩都賦。更具體而微地凸顯出班固〈兩都賦〉在白居易賦學世界的重要地位及其影響。

班固〈西都賦．序〉所揭示的「古詩之流」、「抑亦雅頌之亞」，從而「以興廢繼絕，潤色鴻業。」為目的的政教旨趣，固然應為白居易〈賦賦〉所指「今吾君網羅六藝，淘汰九流，微才無忽，片善是求。況賦者〈雅〉之列，〈頌〉之儔。可以潤色鴻業，可以發揮皇猷。」[35]的重要論述依據。然而班固〈西都賦〉以辭賦為古詩之流的具體觀照，早在白居易之前南朝劉勰《文心雕龍》裡，即已有條不紊地加以闡發，其中相關論述，主要具現於〈辨騷〉、〈詮賦〉兩篇。

按〈辨騷〉為《文心雕龍》樞紐論中的重要篇章，並且具體而微地延續劉勰宗經思想，並又富於新變的文章典範。因此以屈〈騷〉為代表的《楚辭》，在劉勰看來既是承繼《詩經》而下，並下開漢賦之盛的主要關鍵，故說：

> 自〈風〉、〈雅〉寢聲，莫或抽緒，奇文郁起，其〈離騷〉哉。固已軒翥詩人之后，奮飛辭家之前，豈去聖之未遠，而楚人之多才乎。[36]

從中可見《文心雕龍》對於辭賦的看法，極為注重其與《詩經》之聯繫，亦大體反映出劉勰所標舉的「宗經」思想。而這一基本旨趣亦與白居易〈賦賦〉以詩、賦同源的看法一致。而且〈辨騷〉中又具體從〈宗經〉立場分析楚〈騷〉，具有同於《詩經》風雅精神的四大綱領：「典誥之體」、「規諷之旨」、「比興之義」、「忠怨之辭」[37]等，這些同於經典的旨趣，其實正是白居易重詩賦諷諭精神的具體方面，而賦既源出於詩，則辭賦創作指導精神，自然應歸返於《詩》之經典旨趣，故白居易〈賦賦〉亦提出「全取其名，則號之為賦；雜用其體，亦不出乎詩。四始盡在，六義無遺，是謂藝文之儆策，述作之元龜。」[38]可見白居易的辭賦論亦緊守追本溯源於《詩》四始、六義的宗經精神，與其諷諭詩亦重視四始、六義之《詩》本思想，實為殊途同歸，並且相得益彰。

然而辭賦文學固然源溯古詩之流，畢竟文學的發展中，自成一家，誠如《文心雕龍・詮賦》所說：

> 詩有六義，其二曰賦。賦者，鋪也，鋪采摛文，體物

> 寫志也。昔邵公稱：「公卿獻詩，師箴瞍賦」。傳云：「登高能賦，可為大夫。」詩序則同義，傳說則異體。總其歸途，實相枝幹。故劉向明「不歌而頌」，班固稱「古詩之流也」。至如鄭莊之賦〈大隧〉，士為之賦〈狐裘〉，結言手豆韻，詞自己作，雖合賦體，明而未融。及靈均唱《騷》，始廣聲貌。然則賦也者，受命於詩人，而拓宇於《楚辭》也。於是荀況《禮》、《智》，宋玉《風》、《釣》，爰錫名號，與詩畫境，六義附庸，蔚成大國。[39]

而〈詮賦〉為《文心雕龍》中專論辭賦文體的篇章。其中劉勰既從宗經立場，揭發賦源出《詩》之六義，又特別引述「班固稱古詩之流也。」亦大體可以窺見劉勰賦論與班固賦論之間的密切脈動。因此白居易〈賦賦〉的基本觀照，遠溯漢代班固賦論，又近承南朝劉勰《文心雕龍》的辭賦主張，隱約可見。

至於白居易〈賦賦〉中辭賦觀受到《文心雕龍》之牽動，亦可自他有關賦文學的論述與〈辨騷〉、〈詮賦〉的對照中逐一獲得印證。按劉勰對於辭賦創作應當回歸詩之四始、六義等宗經旨趣，固然顯著無疑，但「文心之作也，本乎道，師乎聖，體乎經，酌乎緯，變乎騷。文之樞紐，亦云極矣。」可見相對於辭賦文學創作上必須遵守「體乎經」的宗經精神，亦貴乎有所新變。於是劉勰所謂〈辨騷〉實寓有「變乎騷」的重要意涵，這也是他在〈辨騷〉所說：「觀其骨鯁所樹，肌膚所附，雖取熔《經》旨，亦自鑄偉辭。故《騷經》、《九章》，朗麗以哀志；〈九歌〉、〈九辯〉，綺靡以傷情；〈遠游〉、〈天問〉，瑰詭而慧巧，〈招魂〉、〈大招〉，耀艷而采深華；〈卜居〉標放言之致，〈漁父〉寄獨往之才。故能氣往轢古，辭來切今，驚采絕艷，難與並能矣。」[40]在此之下，辭賦的注重形式文采會逐步演變成「枚、賈追風以入麗，馬、揚沿波而得奇。其衣被詞人，非一代也。」[41]亦可以得知兩漢以下，以至整個魏晉南北朝在辭賦文學的濡染之下，已儼然形成六朝文體辭賦化的文學史現象[42]。換言之，由於文學語言藝術的講究，辭賦文學以「鋪采摛文」為代表標識的文體特色，遂成為辭賦寫作的重要特色，而這一代表性的文體或文類特色，亦向來為劉勰〈辨騷〉、〈詮賦〉等以辭賦文學為主的專門論述所強調，故〈詮賦〉以「與詩畫境，六義附庸，蔚成大國。述客主以首引，極聲貌以窮文。斯蓋別詩之原始，命賦之厥初也。」[43]即言簡意賅地指出辭賦一類文體特徵，乃在能原於《詩經》六義之外，開拓出以「極聲貌以窮文」為其語言藝術特色的另一片創作天空；而在白居易〈賦賦〉裡也具有旨趣契合的相關表述：

> 始草創於荀、宋，漸恢張於賈、馬。冰生乎水，初變本於典、墳；青出於藍，復增華於〈風〉、〈雅〉。而後諧四聲，祛八病，信斯文之美者。[44]

此中強調辭賦文學在漢賦以後逐漸嶄露的美文藝術特色，並且顯然已在最初的宗經藩籬之外，追求包括六朝永明體等聲律之文等等文學語言藝術之美的辭賦創作特色。可見在白居易的辭賦觀裡，並不排斥崇尚鋪采摛文，以展現辭賦美麗境界的追求與實現。

白居易〈賦賦〉所反映的追求辭賦語言藝術之美的創作理念，更具體實踐在他本人的律賦創作中，從辭賦「鋪采摛文」的創作特色而言，白居易的賦篇不乏其例，而前人賦論中亦已有所發現，例如清乾隆年間撰成的李調元《賦話》，即經常舉引白氏律賦之工妙，例如：

> 唐白居易〈荷珠賦〉：「若轉於掌，乃是江妃之珠；如凝於盤，遂成泉客之泣。」能於兩旁渲染，故虛實兼到，而不入纖靡。[45]
>
> 唐白居易〈黑龍飲渭水賦〉起句云：「龍為四靈之長，渭居八水之一。」獨有千古，其餘英氣逼人，光明俊偉。結聯云：「逼而察也，類天馬出水以遊；遠而望之，疑長虹截澗而飲。」風馳而驟，到此用健句壓住，如駿馬之勒韁，是為名構。[46]

此外，律賦本極為講究駢儷、聲律之美，白居易律賦之長於對仗，如前文所引長股對之例，足可明證，這種格律的層層外在桎梏，若非勤學苦讀，頗為嫺熟，難以順利完成佳作，但白居易卻能突破此中限制，才情洋溢；李調元亦述及此事：

> 初唐人排律不過六韻、八韻。杜陵始有長篇。至元、白而沾沾自喜，動輒百韻矣。唐時律賦字有定限，鮮有過四百者。馳騁才情，不拘繩尺，亦唯元、白為然。……樂天〈雞距筆賦〉以及白樂天〈斬白蛇賦〉

> 踔厲發揚，有淩轢一切之概，皆傑作也。[47]

由上述清代《賦話》所論諸端，亦可見白居易之對辭賦文類的基本觀照，是採取文學進化的立場，接受並追求辭賦的美麗文采，而他擅長律賦以至律詩本身，都直接映現白氏對於儷詞、聲文等「鋪采摛文」能事的基本態度。而在這些創作旨趣上，大體也與《文心雕龍》標列〈聲律〉、〈麗辭〉二篇的基本精神相契：

> 是以聲畫妍蚩，寄在吟詠，滋味流於下句，風力窮於和韻。異音相從謂之和，同聲相應謂之韻。韻氣一定，則餘聲易遣；和體抑揚，故遺響難契。屬筆易巧，選和至難，綴文難精，而作韻甚易。雖纖意曲變，非可縷言，然振其大綱，不出茲論。[48]
>
> 造化賦形，支體必雙；神理為用，事不孤立。夫心生文辭，運裁百慮，高下相須，自然成對。……是以言對為美，貴在精巧；事對所先，務在允當。……若夫事或孤立，莫與相偶，是夔之一足，跉踔而行也。……贊曰：體植必兩，辭動有配。左提右挈，精味兼載。炳爍聯華，鏡靜含態。玉潤雙流，如彼珩珮。[49]

《文心雕龍》〈麗辭〉、〈聲律〉等等專門論述文章外在美采追求的內容，既是六朝文體展現美文時尚的具體見證，而且從其本質而言，正是一種辭賦化的現象，更何況唐代律賦，本是植基於六朝駢賦的創作基礎上，益形踵事增華的演變結果，因此白居易本身之長於律詩、律賦與其重視文學語言形式之美的藝術創作精神是不可分割的。

此外，白居易〈賦賦〉中所稱譽的辭賦英傑，亦大體與《文心雕龍．詮賦》的看法近似。按劉勰〈詮賦〉之十大賦家如下：

> 觀夫荀結隱語，事數自環；宋發巧談，實始淫麗。枚乘〈菟園〉，舉要以會新；相如〈上林〉，繁類以成艷；賈誼〈鵩鳥〉，致辨於情理；子淵〈洞簫〉，窮變于聲貌；孟堅〈兩都〉，明絢以雅贍；張衡〈二京〉，迅發以宏富；子云〈甘泉〉，構深瑋之風；延壽〈靈光〉，含飛動之勢：凡此十家，並辭賦之英傑也。[50]

而且白居易〈賦賦〉不僅稱美前代這些賦家及其作品文采之美，並且又引為唐人賦作效法以至超越的具體典範：

> 觀夫義類錯縱，詞采舒布；文諧宮律，言中章句。華而不艷，美而有度。雅音瀏亮，必先體物以成章；逸思飄颻，不獨登高而能賦。其工者，究筆精，窮指趣；何慚〈兩京〉於班固？其妙者，抽秘思，騁妍詞；豈謝〈三都〉於左思？掩黃絹之麗藻，吐白鳳之奇姿；振金聲於寰海，增紙價於京師。則〈長揚〉、〈羽獵〉之徒，胡為比也，〈景福〉、〈靈光〉之作未足多之。[51]

由上可見白居易的辭賦觀不僅強調歸宗古詩經典意涵，同時也參酌文學史上歷代辭賦嬗變的發展特色，尤其是日形講求的美麗文采。而白氏〈賦賦〉的這些辭賦相關論述，也正符合《文心雕龍》開宗明義所揭示「賦者，鋪也。鋪采摛文，體物寫志。」的基本旨趣。此外，白居易的辭賦觀照，尚有與《文心雕龍》神理契合之處，容於下節一併討論。

五、白居易詩、賦觀精神取向的同中有異

白居易的辭賦論述，居然凸顯了「鋪采摛文」的重要文類特色，然而並未以此妨礙其「賦者，古詩之流也。」的宗經色彩，這一點也在〈賦賦〉中清楚地予以指陳，並且具體標榜出〈風〉、〈騷〉的經典意義：

> 所謂立意為先，能文為主；炳如績素，鏗若鐘鼓。郁郁哉！溢目之黼黻；洋洋乎！盈耳之〈韶〉、〈頀〉。信可以凌礫〈風〉、〈騷〉，超軼今古者也。[52]

可見白居易的辭賦論不僅掌握住辭賦「驚采絕艷」的文類特性及其歷史脈動，然而畢竟不能無視於「古詩之流」的宗經制約，亦即他所謂「四始盡在，六義無遺。」白氏的此一辭賦觀照，實際上與劉勰〈詮賦〉的論述旨趣，彼此深契：

> 原夫登高之旨，蓋睹物興情。情以物興，故義必明雅；物以情觀，故詞必巧麗。麗詞雅義，符采相勝，如組織之品朱紫，畫繪之著玄黃。文雖新而有質，色

> 雖糅而有本，此立賦之大體也。然逐末之儔，蔑棄其本，雖讀千賦，愈惑體要。遂使繁華損枝，膏腴害骨，無貴風軌，莫益勸戒，此揚子所以追悔於雕虫，貽誚於霧縠者也。贊曰：賦自詩出，分歧異派。寫物圖貌，蔚似雕畫。抑滯必揚，言曠無隘。風歸麗則，辭翦美稗。[53]

劉勰主要以「麗詞雅義，符采相勝。」作為「立賦之大體」，換言之，在文學語言藝術的美麗追求上，固然辭賦經常作為各種文學的前導地位，但攸關政教諷諭的「風軌」、「勸戒」，畢竟也是辭賦不當迴避而且責無旁貸的歷史使命。而這些不僅是《文心雕龍》辭賦觀的主要精神綱領所在，對照於白居易〈賦賦〉的辭賦論述，顯然兩者之間具有相互輝映的重要內在聯繫。

也基於白居易視諷諭旨趣為其平生實現兼濟之志的重要文學途徑，因此當他揭櫫此一「立意為先」的基本創作精神時，即使缺乏美麗文采的辭賦作品，亦可以權衡接受；而且這一具體看法，也可見於《策林．六十八》「議文章」的論述當中：

> 臣又聞：稂莠稗生於穀，反害穀者也；淫辭麗藻生於文，反傷文者也。故農者耘稂莠，簸此稗，所以養穀也；王者刪淫辭，削麗藻，所以養文也。伏惟陛下詔主文之司，諭養文之旨。俾辭賦合炯戒諷諭者，雖質雖野，採而獎之；碑誄有虛美愧辭者，雖華雖麗，禁而絕之。若然，則為文者必當尚質抑淫，著誠去偽。

小疵小弊，蕩然無遺矣。則何慮乎皇家之文章不與三代同風者歟。[54]

在白居易深具政教意涵的「養文」宗旨下，「辭賦合炯戒諷諭者，雖質雖野，採而獎之。」然則此舉乃是權宜，並非說明辭賦必美麗文采之務去。反之，白居易對於詩歌或其他文章，亦以諷論為主，麗采為輔的態度，區分出兩者先後本末之不同，故白氏又說：

且古之為文者，上以紉王教，繫國風；下以存炯戒，通諷諭。故懲勸善惡之柄，執於文士褒貶之際焉；補察得失之端，操於詩人美刺之間焉。今褒貶之文無覈實，則懲勸之道缺失矣；美刺之詩不稽政，則補察之義廢矣。雖雕章鏤句，將焉用之。[55]

白居易最後指出的「雖雕章鏤句，將焉用之。」揣其旨趣乃以詩歌創作亦重諷諭精神，因此在此一「雅義」之下，各種「鋪采摛文」的「麗詞」追求，皆不可形成喧賓奪主，取而代之的偏差現象。換言之，即使在白居易的詩歌觀照中，詩歌亦並非不可具備「麗詞」，只是在其諷諭的宗經精神下，「美麗」的文采畢竟不是白居易心目中文學的第一要義。可見白居易雖以諷諭為其詩賦等各種文章的終極關懷，但並非完全無取於文學創作的麗旨崇尚，而這也才符合白居易「文之用大矣哉」的基本文學觀。

白居易詩賦首重諷諭旨趣，但兼求文采美麗的真正詩賦觀照，誠如他對於韋長卿歌行「才麗之外，頗近興諭。」的具體論述。至於他在〈新樂府序〉所說：「其辭質而徑，欲見之者，易諭也；其言直而切，欲聞之者，深切也。……總而言之，為君為臣為民為物為事而作，不為文而作也。」乃旨在強調其不在文字，直指本心及其易於收到傳播效果的思維特色，並非表示白居易對於美麗文藻的排斥棄絕，但這樣的創作風格畢竟也出現過未臻的白氏預期效果的遺憾現象，而對於這一事實，白氏也頗自知，並曾深表理解：

> 今僕之詩，人所愛者，悉不過「雜律詩」與〈長恨歌〉已下耳。時之所重，僕之所輕。至於諷諭者，意激而言質；閒適者，思澹而詞迂。以質合迂，宜人之不愛也。[56]

其中不免流露白居易以此自我解嘲的情態，然則反之白氏「雜律詩」與〈長恨歌〉之所以為時人所愛，美麗的文采、聲律，並結合詩人深情，而淡於政教諷諭旨趣的作品，應是真正打動時人之心的重要原因之一。由此亦是以從另一角度佐證白居易的詩賦在諷諭旨趣之外，並不排除輔以美麗的文采。而這一層關係又經常為以往論者，所易忽略而未加辨明。而此一重要文學旨趣，實又與上述《文心雕龍》的詩賦論旨趣相合。

當然無論劉勰或白居易詩、賦觀照，都是兼顧「諷諭」與「美麗」內外兩大層面，只是兩者的文體取向而言，辭賦畢竟是較諸詩歌，更重視美麗文采，也因此漢賦以下，辭賦不免日形遠離「體國經野，義尚光大。」的政教諷諭宗旨[57]，也因此從文學史演變事實而言，辭賦學尚麗文，而忽略「諷諭」之旨的情形，雖然遠較詩歌明顯而嚴重。這又是論述詩、賦不同文類同中有異的重要事實，亦應予以注意，也因此白居易〈賦賦〉中反覆申明辭賦應符合「立意為先，能文為主」的基本創作原則，同時又強調「華而不艷，美而有度。雅音瀏亮，必先體物以成章；逸思飄飆，不獨登高而能賦。」這些攸關辭賦之文類的重要書寫特色，實際上已透露出辭賦「美麗」與「諷諭」兼擅並具的書寫特色，而這一中心旨趣，對照《文心雕龍．詮賦》開宗明義為賦文學所下的定義：「賦者，鋪也。鋪采摛文，體物寫志。」與〈詮賦〉篇末贊曰：「賦自詩出，分歧異派。寫物圖貌，蔚似雕畫。滯必揚，言庸無隘。風歸麗則，辭翦美稗。」等主要論述的旨趣。亦可見白居易誠可為劉勰的歷史知音人。

其次，相對而論，詩歌之於辭賦，本不專以美麗之文采取勝，而更重視「詩言志，歌永言。」的創作根本旨趣，也因此詩歌在麗文特色的演變歷史，遠不如辭賦早在先秦兩漢即已歷歷如繪地展現其「鋪采摛文」的文類書寫風姿；反之，詩歌文學在晉代之前，大體仍以情志為尚，並不重視文采之美，這一文學史上的客觀事實，《文心雕龍．明詩》即有詳明記載，例如：

> 又古詩佳麗，或稱枚叔，其〈孤竹〉一篇，則傅毅之詞。比采而推，兩漢之作也。觀其結體散文，直而不野，婉轉附物，怊悵切情，實五言之冠冕也。至於張衡〈怨篇〉，清典可味；〈仙詩緩歌〉，雅有新聲。暨建安之初，五言騰踴，文帝陳思，縱轡以騁節；王徐應劉，望路而爭驅；並憐風月，狎池苑，述恩榮，

> 敘酣宴，慷慨以任氣，磊落以使才；造懷指事，不求纖密之巧，驅辭逐貌，唯取昭晰之能：此其所同也。及正始明道，詩雜仙心；何晏之徒，率多浮淺。唯嵇志清峻，阮旨遙深，故能標焉。若乃應璩〈百一〉，獨立不懼，辭譎義貞，亦魏之遺直也。[58]

至於詩歌寫作之「稍入輕綺」，則為晉代以後之事，至於真正以「儷采百字之偶，爭價一句之奇。情必極貌以寫物，辭必窮力而追新。」[59]等講究文采之美的寫作風氣，據劉勰所處南朝時代而言，也只是「近世之所競」。每可見詩歌之真正在情志諷諭的基本旨趣之外，又開始追求文采之美麗，其實主要遲至六朝時代，才蔚為明顯風尚。而且這一現象形成的重要原因之一，又在詩歌與六朝各種文體同步「辭賦化」的發展結果[60]。由此可見六朝詩歌之追求美麗文采，其文學根據即為受到辭賦麗文特色的具體牽動，於是在劉勰看來詩歌創作，當以回歸古詩之義為典則，至於美文麗采的雕琢潤飾，實為非關根本旨趣的末事而已，故〈明詩〉又說：「詩者，持也，持人情性。三百之蔽，義歸無邪，持之為訓，有符焉爾。」[61]劉勰的這一觀照，與白居易在〈與元九書〉等相關論述中所言「諷諭」為旨，「美麗」為末的詩歌觀照，例如：

> 噫，風雪花草之物，三麗為之中，室捨之乎，顧所用何如耳。……皆興發於此，而義歸於彼，反是者可乎。然則「餘霞散成綺，澄江淨如練。」「離花先委露，別葉乍辭風。」之什，麗則麗矣，吾不知其所諷

> 焉。……於時六義盡去矣。唐興二百年，其間詩人不可勝數，所可舉者，陳子昂有〈感遇〉詩二十首，……又詩之豪者，世稱李、杜之作，才矣奇矣，人不逮矣，索其風雅比興，十無一焉。杜詩最多，可傳者，千餘篇。……然撮其〈新安〉、〈石壕〉……之章，「朱門酒肉臭，路有凍死骨。」之句，亦不過十三四。[62]

白居易縱述先秦到六朝詩歌文學史，甚至論述近世李白、杜甫詩作的方法，與上引劉勰〈明詩〉模式，頗為近似。其中以「美麗」與「諷諭」兩端對照的論證主軸，也與《文心雕龍．明詩》的主要旨趣相合，而他於個人詩集最重「諷諭」詩類，也是以作為白居易詩論以「諷諭」為本，「美麗」為末的重要有力註腳。由上可見白居易詩、賦論中主要圍繞「美麗」與「諷諭」的命題為其論述主軸，其間固然異同互見，但與劉勰〈明詩〉、〈詮賦〉的詩、賦觀照則彼此契合。

六、結　論

唐代白居易以深富諷諭意義的新樂府詩受到文學史家的矚目，尤其在〈新樂府詩序〉揭示「其辭質而徑」的論述下，白居易的文學觀照似乎是以專尚諷諭旨趣，排斥美文麗采為標識，這一種看法未必完全違背文學史的客觀事實，然而主客對照白居易真正的文學觀照全貌，似乎顯得不夠細密，亦未臻圓融，而從上文不同多面論述，尤其從「美麗」與「諷諭」兩種似乎對立的論述面向，並具體藉由白居易詩、賦的相關作品與理論，不難發現兩者關係錯綜參差，絕不可單以「諷諭」一端定位白居易的文學事實。更何況白居易「諷諭」之旨，固然兼跨詩、賦，甚至各類文章，但「美麗」的文采特色，亦同時以不同的角色與方式，融合於白居易的詩賦之間，更何況白居易諷諭詩中本亦不會賦筆的運用特色[63]，他的一些諷諭詩又間接受到辭賦的具體牽動[64]，在白居易詩與賦的創作精神取向上，兩者相互輝映，亦相輔相成。大體而言，白氏詩論，以「諷諭」為本，以「美麗」為末；而賦論則以「諷諭」、「美麗」並重。此外更值得注意的是，白居易這一圍繞於「諷諭」與「美麗」二大核心的精神取向，實與南朝劉勰《文心雕龍》中的文學觀與辭賦論的基本精神，遙相輝映，異曲同工。由此可見《文心雕龍》不僅是中國文學理論史上第一部體大思精，又結構周密的代表鉅著，又深刻牽動中唐白居易新樂府文學的理論及其精神取向，從而使白居易成為劉勰的重要文學知音，並且透過兩者攸關詩、賦的文學觀照，清楚地反映出《文心雕龍》與唐代新樂府文學之間向來被忽略的重要關係。

註 釋

1 白居易謂：「今僕之詩，人所愛者，悉不過『雜律詩』與〈長恨歌〉已下耳。時之所重，僕之所輕。」參見白氏〈與元九書〉，朱金城箋校《白居易集箋校》（上海：古籍出版社，1988），卷45，頁2789。
2 有關白居易〈長恨歌〉之旨趣不在諷諭之相關問題，王夢鷗與羅聯添兩位先生俱有所論述。王氏〈長恨歌的結構與主題：補說〉，《傳統文學論衡》（台北：時報文化公司，1987），頁224～232；羅氏〈長恨歌與長恨歌傳「共同機構」問題及其主題探討〉，《唐代文學論集》（台北：學生書局，1989），頁521～538。
3 參見拙作〈詩情・賦筆・傳奇：白居易〈長恨歌〉文學風情的另一面向〉，《第五屆唐代文化學術研討會論文集》（文學分冊）（高雄：復文書局，2000），頁194～218。
4 按白詩「纖艷」之評，首出於杜牧〈李府君（戡）墓誌銘〉，其間雖亦摻入個人恩怨，但亦由文學宗派之不同，故北宋古文家宋祁《新唐書・白居易傳贊》亦認定「纖艷」為白詩之失，而有所貶抑。相關論述可參見羅聯添〈白居易詩評論的分析〉（同註2），頁539～585。
5 白居易不僅以詩名享譽當時，其律賦亦為當代進士科考的重要參考典範。參王讜《唐語林・文學》（北京：中華書局，1987），卷2，謂白居易、白行簡兄弟與李程、王起、張仲素等五人「為場中詞賦之最，言程式者宗此五人。」
6 參見王運熙、楊明著《隋唐五代文學批評史》（上海：古籍出版社，1994），頁486～536。
7 參見梁・劉勰撰，清・黃叔琳注，紀昀評，王更生導讀《文心雕龍・原道》（台北：金楓出版社，1987），頁34。
8 參見王夢鷗先生撰之《古典文學的奧秘：文心雕龍》（台北：時報文化公司，1994），頁24～32。
9 同註1，卷45，頁2789。
10 參見《文心雕龍・徵聖》（同註7），頁41。
11 參見白居易〈策林・六十八〉（同註1），頁3546～3549。
12 參見白居易〈與元九書〉（同註1），頁2789。
13 同註1，頁2789。
14 同註1，頁2789。
15 同註1，頁2789。
16 參見〈策林・六十九採詩〉（同註1），頁3550。
17 參見《文心雕龍・宗經》（同註7），頁46。

18 參見白居易〈與元九書〉(同註1),頁2789。
19 參見清·賀貽孫《詩筏》,卷下。
20 參見拙作〈從諫官意識論白居易新樂府創作理念與實踐〉,初稿曾發表於2002年6月楚辭學國際學術研討會。(中國屈原學會與浙江寧波大學主辦)
21 白居易題小注謂:「元和四年為左拾遺時作。」(同註1),卷3,頁136。
22 同註7,頁68～71。
23 同註7,頁80～82。
24 參見白居易〈編集拙詩成一十五卷因題卷末戲贈元九、李二十〉(同註1),卷16,頁1053。
25 參見傅璇琮《唐代科舉與文學》(台北:文史哲出版社,1994),第十四章〈進士試與文學風氣〉,頁413～443。
26 有關李、杜詩與辭賦之問題,可參見拙作〈文選賦牽動唐詩創作之一考察:以恨賦與長恨歌為例〉,《古典文學研究》(台北:中國古典文學研究會,2000),頁33～54。此外,有關李白詩歌、辭賦之合流現象,請參見拙著《詩情賦筆話謫仙:李白詩賦融合的多面向考察》(台北:文津書局,2000)
27 白居易〈與二九書〉謂:「十五、六始知有進士,苦節讀書。二十已來,晝課賦,夜課書,間又課詩,不遑寢息矣,以至於口舌成瘡,手肘成胝,既壯而膚革不豐盈,未老而齒髮早衰白,瞥瞥然如飛蠅垂珠在眸子中也,動以萬數。蓋以苦學力文所致,又自悲矣。」
28 參見清·李調元《賦話》(台北:廣文書局,1971),卷4,頁82。
29 參見鈴木虎雄著,殷石臞譯《賦史大要》(台北:正中書局,1992),頁189～198。
30 同註28,卷2,頁44～45。
31 參見簡宗梧先生〈漢賦為詩為文之考辨〉,《漢賦史論》(台北:東大圖書公司,1993),頁129～146。
32 參見費振剛等輯校《全漢賦》(北京:北京大學出版社,1993),頁311。
33 參見白居易〈賦賦〉(同註1),卷38,頁2622～2623。
34 同前註,頁2622。
35 同註33,頁2623。
36 同註7,頁60。
37 《文心雕龍·辨騷》謂:「將覈其論,必徵言也。故其陳堯舜之耿介,稱禹湯之祇敬,典誥之體也;譏桀紂之猖披,傷羿澆之顛隕,規諷之旨也;虯龍以喻君子,雲蜺以譬讒邪,比興之義也;每一顧而掩涕,嘆君門之九重,忠怨之辭也:觀茲四事,同於《風》、《雅》者也。至於託雲龍,說迂怪,豐隆求宓妃,鴆鳥媒娀女,詭異之辭也;康回傾地,夷羿彈日,木夫九首,土伯三目,譎怪之談也;依彭咸之遺則，從子胥以自適，狷狹之志也；士女雜坐，亂而不分，指以為樂，娛酒不廢，沉湎日夜，舉以為歡，荒淫之意也：摘此四事，異乎經典者也。故論其典誥則如彼，語其夸誕則如此。固知《楚辭》者，體憲於三代，而風雅於戰國，乃《雅》、《頌》之博徒，而詞賦之英傑也。」(同註7)，頁61。

38 同註33，頁2622。

39 同註7，頁91。

40 同註37，頁60～61。

41 同註37，頁62。

42 參見王夢鷗先生〈漢魏六朝文體變遷之一考察〉，《傳統文學論衡》(台北：時報文化公司，1987)，頁67～130。

43 參見《文心雕龍．詮賦》(同註37)，頁91。

44 參見白居易〈賦賦〉(同註1)，頁2262。

45 同註28，卷3，頁66。

46 同註28，卷3，頁66～67。

47 同註28，卷4，頁82～83。

48 參見《文心雕龍．聲律》(同註37)，頁279。

49 參見《文心雕龍．麗辭》(同註37)，頁289～291。

50 參見《文心雕龍．詮賦》(同註37)，頁92。

51 參見白居易〈賦賦〉(同註1)，頁2262～2263。

52 參見白居易〈賦賦〉(同註1)，頁2262～2263。

53 參見《文心雕龍．詮賦》(同註37)，頁92～93。

54 參見白居易〈策林．六十八〉「議文章」(同註1)，頁92～93。

55 參見白居易〈策林．六十八〉「議文章」(同註1)，頁92～93。

56 參見白居易〈與元九書〉(同註1)，卷45，頁2789。

57 參見《文心雕龍．詮賦》(同註37)，頁92。

58 參見《文心雕龍．明詩》(同註37)，頁69。

59 此段有關劉勰論述詩歌演變的歷史現象，俱參見《文心雕龍．明詩》(同註37)，頁70。

60 參見王夢鷗先生〈漢魏六朝文體變遷之一考察〉(同註42)，頁67～130。

61 同註59，頁68。

62 參見白居易〈與元九書〉(同註1)，頁405。

63 參見拙作〈白詩與香草美人〉，《中文學術年刊》(嘉義：國立中正大學，2001，頁97～142。

64 本人另有拙作〈唐代詩賦合流及其合流分際——以白居易花木書寫為例〉，討論白居易的詩、賦合流問題。

陸、諷諭與諫諍

從諫諍意識論白居易新樂府創作之理念與實踐

一、前　言

唐代是中國歷史上最富於展現文化多元融合特性的主要代表階段[1]，這一重要精神透過各民族之互動交流及其文明的密切來往，即不難獲得印證[2]，因此唐代文化之鼎盛雄渾與豐富紛陳，實成就於兼融並蓄的文化胸襟及其恢宏視野。而唐詩作為唐代最為輝煌璀璨的文學明珠，自然也是此一文化氛圍浸染下的重要藝術展現。唐代詩歌及其流派的人才輩出與繁富，處處皆映現著此一文化意涵。甚至具體而微地到盛唐之後的中唐階段，以白居易、元稹等人為代表的新樂府運動，在其多元融合創作的基本精神上，亦不能例外。新樂府詩創作的主導精神，固然淵源於《詩經》的傳統諷諭旨趣，誠如白居易本人在〈新樂府序〉謂：

序曰：凡九千二百十二言，斷為五十篇。篇無定句，句無定字；繫於意而不繫於文。首句標其目，卒章顯

> 其志，《詩》三百之義也。其辭質而徑，欲見之者易諭也。其言直而切，欲聞之者深誡也。其事覈而實，使採之者傳信也。其體順而律，可以播於樂章歌曲也。總而言之，為君、為臣、為民、為物、為事而作；不為文而作也。[3]

但白居易的新樂府詩作，在繼承詩聖杜甫〈三吏〉、〈三別〉等新樂府創作基調背後，實體現出唐代文化兼融並蓄、多元整合的精神意涵。其中既以《詩》之政教目的作為主導原則，同時又借鑒並融鑄唐代辭賦學與史學的文化脈動，因此，以白居易詩為重要代表的新樂府文學運動，固然不乏豐碩具體的創作成果；但其作品表層之外的文化意義上，實深刻的映現出綰合詩學、辭賦學與史學三者為一爐的唐代多元合流精神及其特色。其次，就白居易而言，新樂府的創作，主要出自他仕職諫官期間，並且這些具體作品又不時流露濃厚的諫諍意圖，因此從其新樂府創作而言，諫諍意識應可視為其中心的基本理念。同時藉由這一意識所形成的創作基調，進一步映現出新樂府文學融合詩學、辭賦學、史學三者為一的重要精神底蘊。

二、白居易諫諍意識及其詩學、辭賦學、史學之觀照

白居易自敘其〈新樂府〉大體創作於「元和四年左拾遺時」[4]，而白居易這類新樂府之撰寫，固然其直接動機乃源

自摹擬杜甫新體樂府，並與李紳、元稹等詩人酬和之作，然白居易新樂府詩之內容與旨趣，實又與其長久形成的諫官意識之根深柢固息息相關。並進而在詩歌中融鑄並展現出詩、辭賦學、史學三者合一的獨特精神與風貌。

白居易於唐憲宗元和元年（806）曾罷秘書省校書郎之職，與元稹偕居華陽觀，閉戶苦讀，並同時完成其《策林》75篇，據白氏《策林・序》自述：

> 元和初，予罷校書郎，與元微之將應制舉。退居上都華陽觀，閉戶累月，揣摩當代之事，構成策目七十五門。及微之首登科，予次焉。凡所應對者，百不用其一二，其餘自以精力所致，不能棄捐，次而集之，分為四卷，命曰《策林》云耳。[5]

可見白居易撰述《策林》，此出於應付筆試制舉，即「才識兼茂明於體用科策」，換言之，白居易這大量的《策林》作品，乃出自當時朝廷筆試的摹擬題庫及其參考答案，但白居易最後雖與元稹同登制科，相偕上榜，但成績似乎不如元稹理想，因此出現：「國登制科，微之拜拾遺，予授盩厔尉。」的不同仕職[6]，後來李商隱在〈唐刑部尚書致仕贈尚書右僕射太原白公墓碑銘並序〉即有所補充謂：「（元和）元年，對憲宗詔策語切，不得為諫官，補盩厔尉。」[7]，可見此亦不免成為白居易以「諫官」為心中鵠的一大宿憾，也因此他於〈代書詩一百韻寄微之〉之「再喜登烏府，多慚侍赤墀。」下注云：「微之復拜監察，予為拾遺、學士也。」可見在諫官的仕宦經歷中，面對著元稹的捷足先登，又同時回顧「皆當少壯日，同惜盛明時。」與元稹並偕苦談，結集《策林》的前塵往事。據此可知諫官之職，確為白居易實現傳統士人學優則仕，以兼濟天下之志的重要具體途徑，也因此他既自慚於元稹擢官監察御史之扶搖直上，又不免欣喜於自己之終登拾遺之職。而白居易也因此特別撰成〈初授拾遺〉以表心志：

> 奉詔登左掖，束帶參朝議。何言初命卑，且脫風塵吏。杜甫陳子昂，才名括天地。當時非不遇，尚無過斯位。況余蹇薄者，寵至不自意。驚近白日光，慚非青雲器。天子方從諫，朝廷無忌諱。豈不思匪躬，適遇時無事。受命已旬月，飽食隨班次。諫紙忽盈箱，對之終自愧。[8]

此詩中白居易既欣慰於「天子方從諫，朝廷無忌諱。」可以大展抱負與初授拾遺的「寵至」、「驚近」，自然也就對於「豈不思匪躬，適遇時無事。」自愧無成。這些表述實際上也具體反映出白居易對於諫官仕職的自我期許與殷切重視，及其對於報效君國，實現兼濟天下的深遠意義，此一攸關白居易仕宦理念以及士人理想的心跡，也歷歷流露在其元和三年之〈初授拾遺獻書〉：

> 五月八日，翰林學士、將仕郎、守左拾遺臣白居易頓首，謹昧死奉書於旒扆之下：臣伏奉前月二十八日恩制，除授臣左拾遺、前充翰林學士者。臣與群同狀陳謝，但言忝冒，未吐衷誠。今者再黷宸嚴，伏惟重賜

詳覽。臣按《六典》：左右拾遺掌供奉、諷諫，凡發令舉事，有不便於時，不合於道者，小則上封，大則庭爭諍。其選其重，其秩甚卑。所以然者，抑有由也。大凡人之情，位高則惜其位，身貴則愛其身。惜位則偷合而不言，愛身則苟容而不諫，此必然之理也。故拾遺之置，所以卑其秩者，使位未足惜，身未足愛也。所以重其選者，使上不忍負恩，下不忍負心也。夫位未足惜，恩不忍負；然後能有闕必規，有違必諫；朝廷得失無不察，天下利病無不言，此國朝置拾遺之本意也。由是而言，豈小臣愚劣闇懦所宜居之哉？況臣本鄉里豎儒，府縣走吏，委心泥滓，絕望煙霄；豈意聖慈，擢居近職。每宴飫無不先及，每慶賜無不先霑；中廄之馬代其勞，內廚之膳給其食。朝惴夕惕，已逾半年。塵曠漸深，憂愧彌劇。未伸微効，又擢清班。臣所以授官已來，僅將十日：食不知味，寢不遑安；唯思粉身，以答殊寵，但未獲粉身之所耳。今陛下肇建皇極，初受鴻名，夙夜憂勤，以求致理。每施一政，舉一事，無不合於道，便於時；故天下之心，顒顒然日有望於太平也。然今後萬一事有不便於時者，陛下豈不欲聞之乎？萬一政有不合於道者，陛下豈不欲革之乎？候陛下言動之際，詔令之間，小有遺闕，稍關損益；臣必密陳所見，潛獻所聞，但在聖心裁斷而已。臣又職在中禁，不同外司；欲竭愚衷，合先陳露。伏希天鑒，深察赤誠。無任感恩欲報，懇款屏營之至！謹言。[9]

據此獻書，則白居易對初授拾遺、「擢居近職」，汲汲於「夙夜憂勤」、「憂愧彌劇」、「食不知味，寢不遑安」的仕宦心境，及其於君國政教之重要意涵，亦可見進諫一事在白居易的政治觀照及其理想中不可取代的深刻意義，而在其稍前所撰的《策林》中更不乏直接涉及諫官職責的相關論述，例如〈決壅蔽〉、〈採詩〉、〈納諫〉、〈去諂佞從讜直〉等。其中〈納諫〉一篇可為典型代表：

> 問：國家立諫諍之官，開啟沃之路久矣。而謇諤者未盡其節，謀猷者未竭其誠。思欲取天下之耳目裨我視聽，盡天下之心智為我思謀。政之壅蔽者決於中，令之絕滅者通於外。上無違德，下無隱情。可為何方，得至於此？
>
> 又問：先王立訓，唯諫是從。然則歷代君臣，有賢有否。至若獻替之際，是非之間，若君過臣規，固宜有言必納；如上得下失，豈可從諫如流？以是訓人，其義安在？[10]

白居易在擬問中，以「先王之訓，唯諫是從。」亦可見諫諍之事對於國家之治與君臣之道的重大旨趣，亦是古今治國之君，察天下之利病，正朝廷之得失，以至於歷代賢、愚之君的治道關鍵。故其在虛擬之「臣聞」，即大肆闡述此一納諫之道：

> 而況四海之大，萬幾之繁者乎！聖王知其然，故立諫諍諷議之官，開獻替啟沃之道。俾乎補察遺闕，輔以

> 傳言。然後過日聞而德日新矣。是以古之聖王，由此塗出焉。[11]
>
> 故覽其謀猷，則天下之利病如懸於握中矣；納其謇諤，則朝廷之得失如指諸掌內矣。所謂用天下之耳聽之，則無不聰也；用天下之目視之，則無不明也；用天下之心識思謀之，則無不聖神也。聖神啟於上，聰明達於下，如此則何壅蔽之有耶？滅絕之有耶？臣又嘗觀歷代人君有愚有賢，舉事非盡失也？人臣者有能有否，出言非盡得也。然則先王勤勤懇懇，勸從諫，誡自用者，又何哉？豈不以自古以來，君雖有得，未有愎諫而理者也，況其有失乎？臣雖有失，未有從諫而亂者也，況其有得乎？勤懇勸誡之義，在於此矣。[12]

在白居易的論述中，納諫之理，誠為君國興亡之重要機杼，故有「歷代之君無不知用賢則理，用愚則亂，從諫興，從佞亡也。而取捨之際，紛然自迷。故誅放者多非小人，寵用者鮮有君子。至使衰亡危亂，歷代相望。」[13]君臣之諫與君國興亡成敗之關係如是，由此亦大體可以推知諫諍之道與白居易仕宦理念與治道觀照中不可取代的崇高地位。

也因此由諫諍意識落實具體而微的詩歌文學當中，則其詩學觀照乃必溯源傳統《詩》教中的國風精神，亦即《策林・採詩》所謂「以補察時政」的中心旨趣：

> 問：聖人之致理也，在乎酌人言，察人情，而後行為政，順為教者也。然則一人之耳安得徧聞天下之言乎？一人之心安得盡知天下之情乎？今欲立採詩之

官，開諷刺之道，察其得失之政，通其上下之情。子大夫以為如何？

臣聞：聖王酌人之言，補己之過，所以立理本，導化源也。將在乎選觀風之使，建採詩之官。俾乎歌詠之聲，諷刺之興，日採於下，歲獻於上者也。所謂言之者無罪，聞之者足以自誡。大凡人之感於事，則必動於情。然後興於嗟嘆，發於吟詠，而形於歌詩矣。故聞蓼蕭之篇，則知澤及四海也。聞禾黍之詠，則知時和歲豐也。聞北風之言，則知威虐及人也。聞碩風之刺，則知重斂於下也。聞「廣袖高髻」之謠，則知風俗之奢蕩也。聞「誰其穫者婦與姑」之言，則知征役之廢業也。故國風之盛衰，由斯而見也；王政之得失，由斯而聞也；人情之哀樂，由斯而知也。然後君臣親覽而斟酌焉。政之廢者修之，闕者補之；人之憂者樂之，勞者逸之。所謂善防川者決之使導，善理人者宣之使言。故政有毫髮之善，下必知也；教有錙銖之失，上必聞也。則上之誠明，何憂乎不下達？下之利病，何患乎不上知？上下交和，內外胥悅。若此而不臻至理，不致昇平，自開闢以來未之聞也。老子曰：「不出戶，知天下。」斯之謂歟。[14]

白居易詩學觀中，正大力強調了「言之者無罪，聞之者足以自誡。」由「國風之盛衰」見證「王政之得失」的傳統採詩補政精神。換言之，以詩為諫的詩教觀照，正是白居易諫諍意識與詩歌創作結合最根本的文學理念之一。因此白居易在《策林．議文章》，即清楚地論述此一重要的文學創作理念：

故歌詠詩賦碑碣讚詠之製，往往有虛美者矣，有媿辭者矣。若行於時，則誣善惡而惑當代；若傳於後，則混真偽而疑將來。臣伏思之，恐非先王文理化成之教也。且古之為文者，上以紉王教，繫國風；下以存炯戒，通諷諭。故懲勸善惡之柄，執於文士褒貶之際焉；補察得失之端，操於詩人美刺之間焉。今褒貶之文無覈實，則懲勸之道缺失矣；美刺之詩不稽政，則補察之義廢矣。雖彫章鏤句，將焉用之？臣又聞：稂莠稗生於穀，反害穀者也；淫辭麗藻生於文，反傷文者也。故農者耘稂莠，簸此稗，所以養穀也；王者刪淫辭，削麗藻，所以養文也。伏惟陛下詔主文之司，諭養文之旨。俾辭賦合炯戒諷諭者，雖質雖野，採而獎之；碑誄有虛美愧辭者，雖華雖麗，禁而絕之。若然，則為文者必當尚質抑淫，著誠去偽。小疵小弊，蕩然無遺矣。則何慮乎皇家之文章不與三代同風者歟。[15]

因此《策林．議文章》中所展現的白居易文學觀照，實際上正得力於其背後濃厚的諫官虛擬身影及其諫諍意識的密切牽動。

由於白居易深刻諫諍意識的牽動，因此君國政教的務實理想成為他當時文學創作的首一要務，也因此對照於他撰寫於左拾遺任上的新樂府詩，如其〈序〉文所謂「首句標其目，卒章顯其志，詩三百亥意也。其辭質而徑，欲見之者易諭也。其言直而切，欲聞之者深誡也。其事覈而實，使採之者傳信也。其體順而律，可以播於樂章歌曲也。總而言之，為君、為臣、為民、為物、為事而作；不為文而作也。」皆明顯呈現出濃厚政教色彩，以及政治務實取向的文學創作訴求，故其歸結於「為君、為臣、為民、為物、為事而作，不為文而作也。」正是有鑒於「今褒貶之文無覈實，……美刺之詩不稽政，……雖雕章鏤句，將焉用之。」的「養文之旨」。同時，將文章導向以「上以紉王教，繫國風；下以存炯戒，通諷諭。」為目標的「懲善勸惡之柄」與「補察得失之端。」這一切作為無不指涉著白居易新樂府詩背後的諫官身影及其諫諍意識。

由於白居易以諫諍旨趣為中心的詩學觀照，具體地指向恢復傳統《詩》教諷諭功能的功利性目的，因此導向具有明顯復古取向的文學觀照，故有「則為文者必當尚質抑淫，著誠去偽。小疵小弊，蕩然無遺矣。則何慮乎皇家之文章不與三代同風者歟。」而依據白居易此一文學理念之取向來看，詩歌既是如上崇尚風教目的，則源自詩歌流亞的辭賦文學，自然亦須追溯並取向先秦西漢以來屈〈騷〉以至漢大賦的濃厚諷諭精神。並且兩者都在諷諭的創作精神下，回歸並恢復其政教功能與創作意涵。這一創作精神的重新召喚，實又與白居易諫官身影及其諫諍意識相為表裡。

按屈原以〈離騷〉為代表的辭賦創作，即具有古代士人面對君國的深沈諫諍意識與面對自我的士人認知，其中又豐富地蘊涵中國傳統文士處於道統與政統之間的重要文化意義[16]。屈原本是富於展現忠諫精神的士人典範[17]。其次，兩漢以下的辭賦固然實際上不乏產生「欲諷反勸」的負面流弊[18]，但漢代辭賦創作精神，仍頗重視諷諭旨趣，因此正如與《詩》之恢復兩漢以風教之經學旨趣一般，辭賦之遠溯屈

〈騷〉漢賦諷諭旨趣，都是白居易詩、賦復古精神下的異構同質，而在傳世的〈賦賦〉即清晰地鋪敘了此一重要意涵：

> 賦者，古詩之流也。始草創於荀、宋，漸恢張於賈、馬。冰生乎水，初變本於〈典〉、〈墳〉；青出於藍，復增華於〈風〉、〈雅〉。而後諧四聲，祛八病，信斯文之美者。我國家恐文道寖衰，頌聲凌遲；乃舉多士，命有司；酌遺風於三代，明變雅於一時。全取其名，則號之為賦；雜用其體，亦不出乎詩。四始盡在，六義無遺。是謂藝文之儆策，述作之元龜。觀夫義類錯縱，詞采舒布；文諧宮律，言中章句。華而不艷，美而有度。雅音瀏亮，必先體物以成章；逸思飄颻，不獨登高而能賦。其工者，究筆精，窮指趣；何慚〈兩京〉於班固？其妙者，抽祕思，騁妍詞；豈謝〈三都〉於左思？掩黃絹之麗藻，吐白鳳之奇姿；振金聲於寰海，增紙價於京師。則〈長揚〉、〈羽獵〉之徒，胡為比也，〈景福〉、〈靈光〉之作未足多之。所謂立意為先，能文為主；炳如繢素，鏗若鐘鼓。郁郁哉！溢目黼黻；洋洋乎！盈耳之〈韶〉〈護〉。信可以凌礫〈風〉〈騷〉，超軼今古者也。今君網羅六藝，淘汰九流；微才無忽，片善是求。況賦者〈雅〉之列，〈頌〉之儔。可以潤色鴻業，可以發揮皇猷。客有自謂握靈蛇之珠者，豈可棄之而不收。[19]

由此可見白居易將賦這一文類納入詩歌之流的基本觀照，而其中所謂「立意為先，能文為主。」固然並不完全棄絕辭賦之美詞麗藻，但其標榜「立意為先」的旨趣，並結合賦末歸旨於「賦者，〈雅〉之列，〈頌〉之儔。可以潤色鴻業，可以發揮皇猷。」都深刻地指涉著文章之道以家國興亡得失為核心的「皇猷」思維取向。正如白氏之〈敢諫鼓賦〉，正是以辭賦為文體，以諫諍為旨趣，從而成為白居易辭賦與諫諍結合的具體見證：

> 鼓者工所制，諫者君所命，鼓因諫設，發為治世之音；諫以鼓來，懸作經邦之柄。納其臣於忠直，致其君於明聖。將仗內外必聞，上下交正，於是乎唐堯得以為盛者也。至矣哉！君至公而滅私，臣有犯而無欺。諷諫者於焉盡節，獻納者由是正辭。言之者無罪，擊之者有時。故謇謇匪躬，道之行也；鼕鼕不已，聲以發之。[20]
>
> 音鏘鏘以鏜鞳，響容與以徘徊。儆於帝心，四聰之耳必達；納諸人聽，七諍之臣乃來。故用於朝，朝無面從之患；行於國，國無居下之訕。洋洋盈耳，幽贊逆耳之言；坎坎動心，明啟沃心之諫。且夫鼓之為用也，或備於樂懸，或施於戎政。以諧八音節奏，以明三軍號令。未若備察朝闕，發揮庭諍。聲聞於外，以彰我主聖臣良；道在其中，以表我上忠下敬。[21]

由上述有關白居易對於辭賦文學的相關論述與具體創作，則知恢復屈〈騷〉以至漢代辭賦中的諷諭精神，一方面固然承繼《詩》學回歸政治風教的傳統旨趣，另一方面則是針對當代家國社會的「即事名篇」，而且其中實深刻映射出白居易以諫諍論述王道興亡的政治觀照及其仕宦理想。也因此，詩歌與辭賦這二種源自同一族系的文類，在白居易「兼濟天下」的文化觀照之下，既具有上溯〈風〉、〈騷〉以臻王道的文學精神，實又契合出白居易的以諫輔治的政治仕宦意識。而其具體的實踐，則淋漓盡致地集中展現在白居易創作於元和初年任左拾遺諫職期間的新樂府詩裡。

從前述白居易撰寫《策林》75篇，及其與元稹仕宦諫官的生平實際經歷來看，濃厚的諫官或諫諍意識，應相當程度地牽動著他的文學創作理念。也因此在以諷諭君王為天職的諫官思維意識之下，不僅先秦兩漢的〈風〉、〈騷〉諷諭精神，成為他對詩學與賦學的主要觀照核心。而鑒古戒今的史學精神及其意識，更是唐代開國以來論述國君納諫，臣下盡忠的傳統政治典範。尤其唐太宗與魏徵的明鏡論述，最為佳話，而唐吳兢編撰之《貞觀政要》即不乏相關載述，例如〈論求諫第四〉、〈論納諫第五〉、〈論君臣鑒戒第六〉連續三篇共同論述諫道與君王治道的重要牽繫：

> 貞觀元年，太宗謂侍臣曰：正主任邪臣，不能致理；正臣事邪主，亦不能致理。惟君臣相遇，有同魚水，則海內可安。朕雖不明，幸諸公數相匡救，冀憑直言鯁議，致天下太平。」諫議大夫王珪對曰：「臣聞，木從繩則正，後從諫則聖。是故古者聖主必有爭臣七人，言而不用，則相繼以死。陛下開聖慮，納芻蕘，愚臣處不諱之朝，實願罄其狂瞽。」太宗稱善，詔令自是宰相入內平章國計，必使諫官隨入，預聞政事。有所開說，必虛己納之。[22]

貞觀五年，太宗謂房玄齡等曰：自古帝王多任情喜怒，喜則濫賞無功，怒則濫殺無罪。是以天下喪亂，莫不由此。朕今夙夜未嘗不以此為心，恆欲公等盡情極諫。公等亦須受人諫語，豈得以人言不同己意，便即護短不納？若不能受諫，安能諫人。[23]

貞觀六年，太宗謂侍臣曰：朕聞周、秦初得天下，其事不異。然周則惟善是務，積功累德，所以能保八百之基。秦乃恣其奢淫，好行刑罰，不過二世而滅。豈非為善者福祚延長，為惡者降年不永？朕又聞桀、紂帝王也，以匹夫比之，則以為辱；顏、閔匹夫也，以帝王比之，則以為榮。此亦帝王深恥也。朕每將此事以為鑒戒，常恐不逮，為人所笑。[24]

由上述《貞觀政要》中有關唐太宗關涉諫諍與治道的載述，清楚地反映鑒古戒今的史學觀照與君臣諫諍之道，具有形影不離的一體關係，而唐太宗與作為唐代諫臣典範的魏徵之歷史美談[25]，更將諫臣、治道與史學三者合論，其間關係之密切，不言而喻：

夫以銅為鏡，可以正衣冠；以古為鏡，可以知興替；以人為鏡，可以明得失。朕常保此三鏡，以防己過。今魏徵殂逝，遂亡一鏡矣。[26]

唐初對史學的重視與發皇，一方面固然源自對南北朝以至隋代興亡的歷史反思；另一方面也基於借鑒歷史教訓，作為大唐帝國千年基業長治久安的政治意圖，在此政治文化的嶄新思維之下，以太宗與魏微君臣遇合的諫諍典範，不僅成為此下唐代君臣論述治道的重要楷模；而唐代對於前朝大量的史書編撰，更成為唐代重視歷史文化的具體見證，其中唐太宗與魏徵等名臣對於歷史的討論，以至於「將自己完全納入歷史之中，而冀望獲得卓越崇高的歷史地位，這是極為濃厚的歷史意識。」[27]據此亦可見，從唐代開國以來的君臣深刻史學意識，不僅具有濃厚的政治目的與色彩，更與其特殊蓬勃的諫諍文化之間，具有同質異構的連鎖關係。也因此在白居易具有濃厚諫諍色彩的《策林》中，即普徧存在此類以借古鑒今為主要史學意識之具體例證：

> 問：萬姓親怨之由，百王興亡之漸，將獨繫於人乎，抑亦繫於君乎？
>
> 臣觀前代邦之興，由得人也；邦之亡，由失人也。得其人，失其人，非一朝一夕之故，其所由來者漸矣。天地不能頓為寒暑，必漸於春秋；人君不能頓為興亡，必漸於善惡。善不積，不能勃焉而興；惡不積，不能忽焉而亡。善與惡，始繫於君也；興與亡，終繫於人也。[28]（〈辨興亡之由〉）
>
> 故唐堯、夏禹、漢文之代，雖薄農桑之稅，除關市之征，棄山海之饒，散鹽鐵之利，亦國足而人富安矣。何則？欲節而用省也。秦皇、漢武、隋煬之時，雖入太半之賦，徵逆折之租，建榷酤之法，出舟車之算，亦國乏用而人貧弊矣。何則？欲不節而用不省也。[29]（〈不奪人利〉）
>
> 夫以夷吾之賢，為不可召之臣，桓公所以霸齊也；孔

明之才，為非屈致之士，劉氏所以圖蜀也。夫欲霸一國，圖一方，猶審其禮、行其道焉。況開帝王之業，垂無疆之休，苟無尊賢之風，師友之佐，則安能弘其理，恢其化乎？國家有天下二百年，政無不施，德無不備。唯尊賢之禮，未與三代同風。陛下誠能行之，則盡美盡善之事畢矣。[30]（〈尊賢〉）

尤其值得注意的是《策林・達聰明致理化》，更具體地藉由唐代立國以來先朝帝王重視諫諍之道，指陳唐代歷史發展中攸關君國治道的重要文化意識：

自唐虞以降，斯道寖衰；秦、漢以還，斯道大喪。上不以聰接下，下不以明奉上，聰明之道既阻於上下，則詭偽之俗不得不流於內外也。國家承百王已弊之風，振千古未行之法。於是始立匭使，始加諫員，始命待制官，始設登聞鼓。故遺補之諫入，則朝廷之得失所由知也；匭使之職舉，則天下之壅蔽所由通也；待制之官進，則眾臣之謀猷所由展也；登聞之鼓鳴，則群下之冤濫所由達也。此皆我烈祖所創，累聖所奉，雖堯、舜之道無以出焉。故貞觀之大和，開天之至理，率由斯而馴致也。[31]（〈達聰明致理化〉）

此篇論述正與前述白氏〈敢諫鼓賦〉等所反映的賦學諷諭觀照形神相契，其次白居易既論述古代歷史上指涉諫諍意識的「聰明之道」，並視此事作為唐代開國以來歷代求治帝王的「祖宗之理」與至要關鍵。據此亦可探知作為唐代重要歷史意識與政治精神的諫諍文化，在白居易的君臣政治理念中不可取代的崇高地位與特殊意義。換言之，中國歷史發展到唐代之重要特色，即明顯地強化諫官或言官的制度，其中唐太宗貞觀之治又為唐代政治樹立重要的君臣典範。再加上科舉考試之策問科目，從而形成唐代政治文化的特殊風貌，並影響當代士人的仕宦理想與文學創作，其中白居易正是典型的例證，故當他在唐憲宗元和初年授任左拾遺時，便朝惕夕勵地以「朝廷得失無不察，天下利病無不言，此國朝置拾遺之本意也。」自勉[32]，而白居易「不避死亡之誅，事無巨細必言」的深刻諫諍意識，其至有時成為唐憲宗政治上對白居易憂喜參半，甚至感到無奈的重要根源，故唐憲宗即謂：「白居易小子，是朕拔擢名位，而無禮於朕，朕實難奈。」[33]而「多見聽納」更成為憲宗面對白居易強烈忠於諫諍職責的唯一選擇。其次，白居易這一獨特的仕宦理念以至文化意識，可謂根深柢固地存在他的思想深處。以至於當他後來擢升太子左贊善大夫，已不再擔任諫官官職時，由於仍未忘懷諫諍之志事，甚至因此被罪以逾越權責之理，從而貶為江州司馬[34]：

> （憲宗元和）十年七月，盜殺宰相武元衡，居易首上疏論其冤，急請補賊，以雪國恥。宰相以宮官非諫職，不當先諫官言事。會有素惡白居易者，掎摭居易者，言浮華無行。……執政方惡言事，奏貶為江表刺史。詔出，中書舍人王涯上疏論之，言居易所犯狀跡，不宜治郡，進詔授江州司馬。[35]

由此可見白居易之深刻而強烈的諫諍意識及其仕宦理念，並未隨其拾遺一類諫官職位的變動有所違背宿志，以至於貶謫地方的宦海浮沈，似乎轉而成為陶潛「衣霑不足惜，但使願無違。」展現傳統士人風骨的唐代新註腳。因此，亦大體可窺知白居易仕宦生涯，以至於文學創作中濃厚的政教諷諭精神，實與他深受唐代政諫諍文化的浸染，並加以力行實踐的思想緊密扣合。並進一步在文學上透過此一文學創作中心旨趣，貫穿詩學、賦學，以至史學觀照，並從而融合映現在他新樂府的具體創作中。

由上述白居易詩學、辭賦學與史學的治道觀照，並結合唐代諫諍文化及其歷史意識，乃至白居易個人仕宦歷程與政治理念來看，以諷諫精神及其目的為代表核心的諫諍意識，應是白居易詩學、辭賦學、史學三者合流的具體重要機杼之一。而白居易對於文章之道的這一特殊文化觀照及其理念，又充分映現在其以諷諭為中心旨趣的新樂府作品裡。

三、白居易新樂府詩的諫諍取向與辭賦諷諭傳統

新樂府為白居易仕職左拾遺之諫官時期所撰，從其具體的創作而言，其中濃厚的諷諫意蘊，又經常藉由辭賦的運用與融合，以凸顯詩人的諷諭意圖及其深刻的諫諍意識，從而形成從思想到文學，從理念到實踐的互為表裡。其次，就這些樂府詩所展現的詩學、辭賦學合流的書寫型態而言，則主要反映在以下諸端：

（一）屈〈騷〉論述及其花木比興

白居易的作於元和四年前後，任左拾遺期間的〈寄唐生〉[36]，詩言「言亦君之徒，鬱鬱何所為？不能發聲哭，轉作樂府詩。篇篇無空文，句句必盡規。功高〈虞人箴〉，痛甚騷人辭。……惟歌生民病，願得天子知。未得天子知，甘受時人嗤。……但自高聲哭，庶幾天聽卑。」其中白居易所謂「痛甚騷人辭」，就此詩的主要旨趣而言，固出於以其新樂府與唐生之哭並擬，但更重要的是指陳白居易以當時左拾遺官身分的自我期許，亦可見屈〈騷〉之文，在白居易的心中具有濃厚的忠諫色彩，此事也與前引太史公於〈屈賈列傳〉所論屈原之忠諫形象極為契合。

白居易與新樂府創作的另一經典組詩〈秦中吟〉，亦大體撰於元和五年任左拾遺期間[37]，據其後來撰寫的〈傷唐衢〉詩中，更歷歷指陳了〈秦中吟〉與其諫官職守的息息相關：

> 憶昨元和初，忝備諫官位。是時兵革後，生民正憔悴。但傷民病痛，不識時忌諱；遂作〈秦中吟〉，一吟悲一事。貴人皆怪怒，閑人亦非訾。天高未及聞，荊棘生滿地。唯有唐衢見，知我平生志。[38]

可見以諫官為具體指涉的諫諍意識，乃是白居易所稱「平生志」的重要精神內涵，而實源自白居易深層而強烈的諫諍意識。同時，以屈〈騷〉為代表的楚騷文學，又是白居易新樂府創作重要的古代文學學習典範。

白居易新樂府詩中具現屈〈騷〉諷諫精神的特色，主要藉由其香草美人比興的摹擬與新變書寫手法[39]。例如白居易經常闡釋屈〈騷〉以花木隱喻人事的比興精神，並進一步賦於更具當代色彩的豐富新變意涵，例如：

> 牡丹芳，牡丹芳。黃金蕊綻紅玉房，千片赤英霞爛爛。百枝絳點燈煌煌，照地初開錦繡段。當風不結蘭麝囊，仙人琪樹白無色。王母桃花小不香，宿露輕盈泛紫豔。朝陽照耀生紅光，紅紫二色間深淺。向背萬態隨低昂，映葉多情隱羞面。臥叢無力含醉妝，低嬌笑容疑掩口。凝思怨人如斷腸，穠姿貴彩信奇絕。雜卉亂花無比方，石竹金錢何細碎。芙蓉芍藥苦尋常，遂使王公與卿士。遊花冠蓋日相望，庳車軟輿貴公主。香衫細馬豪家郎，衛公宅靜閉東院。西明寺深開北廊，戲蝶雙舞看人久。殘鶯一聲春日長，共愁日照芳難駐。仍張帷幕垂陰涼，花開花落二十日。一城之人皆若狂，三代以還文勝質。人心重華不重實，重華直至牡丹芳。其來有漸非今日，元和天子憂農桑。卹下動天天降祥，去歲嘉禾生九穗。田中寂寞無人至，今年瑞麥分兩岐。君心獨喜無人知，無人知。可歎息，我願暫求造化力。減卻牡丹妖豔色，少迴卿士愛花心。且似吾君憂稼穡。[40]（〈牡丹芳〉）

> 帝城春欲暮，喧喧車馬度。共道牡丹時，相隨買花去。貴賤無常價，酬直看花數。灼灼百朵紅，戔戔五束素。上張幄幕庇，旁織巴籬護。水灑復泥封，移來色如故。家家習為俗，人人迷不悟。有一田舍翁，偶

來買花處。低頭獨長歎，此歎無人喻。一從深色花，十戶中人賦。[41]（〈買花〉）

隋堤柳，歲久年深盡衰朽。風飄飄兮雨蕭蕭，三株兩株汴河口。老枝病葉愁殺人，曾經大業年中春。大業年中煬天子，種柳成行夾流水。西自黃河東至淮，綠陰一千三百里。大業末年春暮月，柳色如煙絮如雪。南幸江都恣佚游，應將此柳系龍舟。紫髯郎將護錦纜，青娥御史直迷樓。海內財力此時竭，舟中歌笑何日休？上荒下困勢不久，宗社之危如綴旒。煬天子，自言福祚長無窮，豈知皇子封酅公。龍舟未過彭城閣，義旗已入長安宮。蕭牆禍生人事變，晏駕不得歸秦中。土墳數尺何處葬？吳公台下多悲風。二百年來汴河路，沙草和煙朝復暮。后王何以鑒前王？請看隋堤亡國樹。[42]（〈隋堤柳〉）

草茫茫，土蒼蒼。蒼蒼茫茫在何處？驪山腳下秦皇墓。墓中下涸二重泉，當時自以為深固。下流水銀象江海，上綴珠光作烏兔。別為天地於其間，擬將富貴隨身去。一朝盜掘墳陵破，龍槨神堂三月火。可憐寶玉歸人間，暫借泉中買身禍。奢者狼籍儉者安，一凶一吉在眼前。憑君回首向南望，漢文葬在灞陵原。[43]（〈草茫茫〉）

白居易包括〈秦中吟〉等新樂府詩作中，不乏大量運用花木隱喻人事，並作為政治意圖的相關指涉，固自主要源自屈〈騷〉的香草美人比興精神，但白居易在此傳統基礎之外，又變創地以〈牡丹芳〉論述當時社會風氣「人心重華不重質」

的政教流弊，因此〈買花〉中也欲「有一田舍翁」之偶逢京城牡丹盛會，隱約諷諭當時人不如花，與尚華好誇，以甚貧富懸殊的政教缺失。而〈隋堤柳〉則以隋堤柳樹隱喻君國興亡得失之義；〈草茫茫〉則藉由草木主題興發並隱喻唐代的厚葬之風。據此亦大體可以略窺白居易新樂府詩的花木書寫，上繼屈〈騷〉香草美人比興傳統，又富於當代觀照精神的具體風貌，而這些濃厚的政教諷諫意圖，又與白居易深切自許的「但歌生民病」的諷諫意識彼此緊密扣合。

（二）屈〈騷〉比興與女性諷諫

白居易也經常在借鑒屈〈騷〉的女性隱喻基礎上，融鑄對於當代政治社會的新變意蘊，映現在不少以女性為主要題材的新樂府作品裡面，其中即大力闡揚屈〈騷〉藉書寫女性等相關手法，指涉家國政治的比興精神，並進一步作為當代政教觀照及其省思的具體諷諫事例：

> 胡旋女，胡旋女，心應弦，手應鼓。弦鼓一聲雙袖舉，回雪飄搖轉蓬舞。左旋右轉不知疲，千匝萬周無已時。人間物類無可比，奔車輪緩旋風遲。曲終再拜謝天子，天子為之微啟齒。胡旋女，出康居，徒勞東來萬里餘。中原自有胡旋者，斗妙爭能爾不如。天寶季年時欲變，臣妾人人學圜轉。中有太真外祿山，二人最道能胡旋。梨花園中冊作妃，金雞障下養為兒。祿山胡旋迷君眼，兵過黃河疑未反。貴妃胡旋惑君心，死棄馬嵬念更深。從茲地軸天維轉，五十年來制

不禁。胡旋女，莫空舞，數唱此歌悟明主。[44]（〈胡旋女〉）

太行之路能摧車，若比人心是坦途。巫峽之水能覆舟，若比人心是安流。人心好惡苦不常，好生毛羽惡生瘡。與君結髮未五載，豈期牛女為參商。古稱色衰相棄背，當時美人猶怨悔。何況如今鸞鏡中，妾顏未改君心改。為君熏衣裳，君聞蘭麝不馨香。為君盛容飾，君看金翠無顏色。行路難，難重陳。人生莫作婦人身，百年苦樂由他人。行路難，難於山，險於水。不獨人間夫與妻，近代君臣亦如此。君不見：左納言，右納史。朝承恩，暮賜死。行路難，不在水，不在山，只在人情反覆間。[45]（〈太行路〉）

陵園妾，顏色如花命如葉。命如葉薄將奈何？一奉寢宮年月多。年月多，春愁秋思知何限？青絲髮落叢鬢疏，紅玉膚銷系裙縵。憶昔宮中被妒猜，因讒得罪配陵來。老母啼呼趁車別，中宮監送鎖門回。山宮一閉無開日，未死此身不令出。松門到曉月徘徊，柏城盡日風蕭瑟。松門柏城幽閉深，聞蟬聽燕感光陰。眼看菊蕊重陽淚，手把梨花寒食心。把花掩淚無人見，綠蕪牆繞青苔院。四季徒支妝粉錢，三朝不識君王面。遙想六宮奉至尊，宣徽雪夜浴堂春。雨露之恩不及者，猶聞不啻三千人。三千人，我爾軍恩何厚薄？願令輪轉直陵園，三歲一束均苦樂。[46]（〈陵園妾〉）

三者雖以女性為書寫焦點，然旨在比興諷諭。故白居易於〈胡旋女〉題下註謂「戒近習世。」而此詩篇末更以「胡旋女，莫空舞，數唱此歌悟明主。」據此則白氏旨在諷諫之志可謂昭然若揭，其中所反映的正是當時胡風盛行的社會習氣，白氏初衷不在紀其事，因此詩中於舞人裝飾未有稱述，更見其以女性比興「諷刺時習」的諷諫意圖[47]；至於〈太行路〉中所謂：「不獨人間夫與妻，近代君臣亦如此。君不見，左納言，右內史。」不僅明顯再現屈〈騷〉「香草美人」的比興風範，而且清楚表露出諷諫色彩。故白氏於題下註即指出此詩乃：「借夫婦以諷君臣之不終也。」；至於〈陵園妾〉題下註謂：「憐幽閉也。」但其意有假託幽閉諷諭被讒遭黜之深意。故陳寅恪《元白詩箋證稿》云：

> 據此篇小序云：「託幽閉喻被讒遭黜也。」則知此篇實以幽閉之女喻竄逐之朝臣。取與〈上陽白髮人〉一篇比較，其詞語雖或相同，其旨意則全有別。蓋樂天新樂府以一吟悲一事為通則，宜此篇專指遭黜之臣，而不與〈上陽白髮人〉憫怨曠之旨重複也。[48]

白居易效法屈〈騷〉香草美人的比興精神，並出之以富於時代特性的女性題材書寫風貌，實較諸屈〈騷〉更為豐富而多樣，並且又一一緊扣著他強烈的諷諫意圖，因此於〈秦中吟〉中也不乏這類創作，例如：

> 天下無正聲，悅耳即為娛；人間無正色，悅目即為姝。顏色非相遠，貧富則有殊；貧為時所棄，富為時所趨。紅樓富家女，金縷繡羅襦；見人不斂手，嬌痴二八初。母兄未開口，已嫁不須臾；綠窗貧家女，寂

> 寞二十餘。荊釵不直錢，衣上無真珠。幾何人欲聘，臨日又踟躕。主人會良媒，置酒滿玉壺。四座且勿飲，聽我歌兩途；富家女易嫁，嫁早輕其夫；貧家女難嫁，嫁晚孝於姑。聞君欲娶婦，娶婦意如何？[49]

此詩雖正視了當時社會上女性婚姻的不同際遇，實際上更重要的是寄託深刻映現出唐代社會中仍存在的門第問題，而且攸關當代政教之道，故白居易〈與元九書〉謂：「聞〈秦中吟〉，則權豪貴近者，相目而變色矣。」[50]故此詩隱諭的諷諫意涵不在女性婚姻情事，而在門第與立政之關係[51]。

（三）屈〈騷〉比興與鳥獸諷諫

〈馴犀〉、〈官牛〉雖不直接以花木或女性作為題材，然其擷取不同動物作為政教比興意涵，從而映現屈〈騷〉比興的精神風貌，實為異構同質，例如：

> 馴犀馴犀通天犀，軀貌駭人角駭雞。海蠻聞有明天子，驅犀乘傳來萬里。一朝得謁大明宮，歡呼拜舞自論功：五年馴養始堪獻，六譯語言方得通。上嘉人獸俱來遠，蠻館四方犀入苑。秣以瑤芻鎖以金，故鄉迢遞君門深。海鳥不知鐘鼓樂，池魚空結江湖心。馴犀生處南方熱，秋無白露冬無雪。一入上林三四年，又逢今歲苦寒月。飲冰臥霰苦蜷跼，角骨凍傷鱗甲縮。馴犀死，蠻兒啼，向闕再三顏色低。奏乞生歸本國去，恐身凍死似馴犀。君不見：建中初，馴象生還放

林邑？君不見：貞元末，馴犀凍死蠻兒泣？所嗟建中異貞元，象生犀死何足言。[52]（〈馴犀〉）

官牛官牛駕官車，滻水岸邊般載沙。一石沙，幾斤重？朝載暮載將何用？載向五門官道西，綠槐陰下鋪沙堤。昨來新拜右丞相，恐怕泥涂汙馬蹄。右丞相，馬蹄踏沙雖淨潔，牛領牽車欲流血。右丞相，但能濟人治國調陰陽，官牛領穿亦無妨。[53]（〈官牛〉）

前者藉由「馴象」與「馴犀」，諷諭唐德宗「建中」與「貞元」兩個時期「為政之難終」的不同[54]；而後一首新樂府詩則以官牛隱喻民、吏等卑下者，作為丞相「濟人治道調陰陽」的政治諷諭，故白氏於題下註言：「諷執政也。」

由上大體可見白居易新樂府創作，既善於借鑒屈〈騷〉香草美人的比興精神及其諷諭特色之外，又從而與其擔任左拾遺等諫官的仕宦職守，彼此深契。此外，白居易新樂府善於變創地學習屈〈騷〉香草美人比興手法的書寫特色，有時亦綰合並融鑄唐代前賢的辭賦創於一爐。例如〈上陽白髮人〉、〈有木詩八首〉、〈昆明春水滿〉等皆為其例。其中〈上陽白髮人〉即明白揭露此詩受到唐代先賢呂向〈美人賦〉的啟示而撰，而其創作旨趣則與屈〈騷〉借書寫女性政治諷諫的比興精神並無殊異：

上陽人，紅顏暗老白髮新，綠衣監使守宮門，一閉上陽多少春。玄宗末歲初選入，入時十六今六十。同時采擇百餘人，零落年深殘此身。憶昔吞悲別親族，扶入車中不教哭；皆云入內便承恩，臉似芙蓉胸似玉。

> 未容君王得見面，已被楊妃遙側目。妒令潛配上陽宮，一生遂向空房宿。秋夜長，夜長無寐天不明。耿耿殘燈背壁影，蕭蕭暗雨打窗聲。春日遲，日遲獨坐天難暮；宮鶯百囀愁厭聞，梁燕雙栖老休妬。鶯歸燕去長悄然，春往秋來不記年。唯向深宮望明月，東西四五百迴圓。今日宮中年最老，大家遙賜尚書號。小頭鞋履窄衣裳，青黛點眉眉細長；外人不見見應笑，天寶末年時世妝。上陽人，苦最多：少亦苦，老亦苦。少苦老苦兩如何？君不見昔時呂向〈美人賦〉；又不見今日〈上陽白髮人〉。[55]

此詩主要藉由上陽白髮宮人，諷諫帝王的宮闈時弊，白居易固有此諫，而其旨趣則直接受到呂向上〈美人賦〉的啟示。白居易並於「君不見昔時呂向〈美人賦〉句下註云：「天寶末，有密采豔色者，當時號花鳥史，呂向上〈美人賦〉以諷之。」按呂向上奏此賦的情形如下：

> 玄宗開元十年，召入翰林，兼集賢院校理，侍太子及諸王為文章。時帝歲遣使采擇天下姝好，內之後宮，號「花鳥使」；向因奏〈美人賦〉以諷，帝善之，擢左拾遺。天子數校獵渭川，向又獻詩規諷，進左補闕。帝自為文，勒石西嶽，詔向鐫勒使。[56]

據此呂向上奏〈美人賦〉諷諫唐玄宗，因而擢任為「左拾遺」、「左補闕」等諫官之職，據此則白居易自述撰〈上陽白髮人〉乃直接源自呂向〈美人賦〉之感召，而呂向藉此因緣擢任為「左補闕」等諫官之職，必當為時任左拾遺的白居易所熟知。然則白居易之〈白髮上人歌〉與呂向〈美人賦〉之前後輝映，又與兩人濃厚的諫官意識明顯相涉。而此亦可為白居易新樂府創作背後攸關詩人諫官意識之一具體註腳。而白居易新樂府詩之富於映現辭賦文學的深刻身影，亦由此而益形歷歷如繪。也因此出現在白居易新樂府〈秦吉了〉中的比興特色，即巧妙地借鑒屈〈騷〉的禽鳥象徵，並藉秦吉了作為諫官的具體隱喻，具體而微地映現出白居易新樂府詩、辭賦學及其諫諍意識的重要典型：

> 秦吉了，出南中，彩毛青黑花頸紅；耳聰心慧舌端巧，鳥語人言無不通。昨日長爪鳶，今朝大嘴烏；鳶捎乳燕一窠覆，烏琢母雞雙眼枯。雞號墮地燕驚去，然後拾卵攫其雛。豈無雕與鶚？嗉中肉飽不肯搏。亦有鸞鶴群，閑立颺高如不聞。秦吉了，人云爾是能言鳥，豈不見雞燕之冤苦？吾聞鳳凰百鳥主，爾竟不為鳳凰之前致一言，安用噪噪閑言語。[57]（〈秦吉了〉）

四、白居易新樂府詩的諫諍取向與史鑒色彩

白居易新樂府具有濃厚諷諭、諫諍的創作意圖，而這類詩歌又主要撰寫於白氏擔任左拾遺等諫官職務的仕宦期間，而諫官的天職之一，即須依據歷代帝王各方面得失，以古鑒

今地論述當代君王的利弊是非，因此強烈的史學知識及其意識，成為諫官不可或缺的重要素養。而這一攸關治國成敗的文化精神，更成為唐代開國以來君臣同心，開創丕業的治道典範，尤其是以唐太宗與魏徵為代表所樹立的貞觀之治，更是白居易新樂府中屢屢推崇的唐代歷史美談。

在白居易新樂府詩中反映其詩學、史學合一之諷諫意圖的書寫型態，具體表現為以下諸端：

（一）諫官與史官職守的相輔相成

白居易新樂府詩創作，雖頗出於白居易濃烈的諫官職責及其創作，然至這些作品中詩人屢屢述及史官職事，充分反映了諫官與史官相輔相成，共佐君王的重要關係。例如〈司天臺〉即以史官之失職不言，指涉其論上的違背「引古以儆今」的諷諫精神[58]：

> 司天臺，仰觀俯察天人際。羲和死來職事廢，官不求賢空取藝。昔聞西漢元成間，上陵下替謫見天。北辰微暗少光色，四星煌煌如火赤；耀芒動角射三台，上台半滅中台坼。是時非無太史官，眼見心知不敢言。明朝趨入明光殿，唯奏慶雲壽星見。天文時變兩如斯，九重天子不得知。不得知，安用臺高百尺高。[59]（〈司天臺〉）

此外，白氏在〈紫毫筆〉中更具體以「毫雖輕，功甚重」作為諫官與史官是否失職重要的比興題材，明白地揭露兩者之間相輔相成，以至於相得益彰的密切牽繫：

紫毫筆，尖如錐兮利如刀。江南石上有老兔，喫竹飲泉生紫毫。宣城之人采為筆，千萬毛中揀一毫。毫雖輕，功甚重。管勒工名充歲貢，君兮臣兮勿輕用。勿輕用，將何如。願賜東西府御史，願頒左右臺起居。搦管趨入黃金闕，抽毫立在白玉除。臣有奸邪正衙奏，君有動言直筆書。起居郎，侍御史。爾知紫毫不易致，每歲宣城進筆時。紫毫之價如金貴，慎勿空將彈失儀。慎勿空將錄制詞。60

白氏於詩中具體以「臣有奸邪正衙奏，君有動言直筆書。起居郎，侍御史。」的諫官、史官合一觀照，深刻地針對當代時政缺失，揭露諫官、史官的失職利弊。從而映現出白居易〈新樂府〉五十篇壓卷之作〈采詩官〉，即明顯可見白氏在其諫諍論述的精神與基礎上，進一步結合詩學與史學的創作取向：

采詩官，采詩聽歌導人言。言者無罪聞者誡，下流上通上下泰。周滅秦興至隋氏，十代采詩官不置。郊廟登歌讚君美，樂府艷詞悅君意。若求興諭規刺言，萬句千章無一字。不是章句無規刺，漸及朝廷絕諷議。諍臣杜口為冗員，諫鼓高懸作虛器。一人負扆常端默，百辟入門兩自媚。夕郎所賀皆德音，春官每奏唯祥瑞。君之堂兮千里遠，君之門兮九重閟；君耳唯聞堂上言，君眼不見門前事。貪吏害民無所忌，奸臣蔽

> 君無所畏。君不見：厲王胡亥之末年，群臣有利君無利？君兮君兮願聽此：欲開壅蔽達人情，先向歌詩求諷刺。[61]

故陳寅恪《元白詩箋證稿》指出「樂天〈新樂府〉五十篇，每篇皆以卒彰顯其志。此篇乃全部五十篇之殿，亦所以標明其作五十篇之旨趣理想者也。」[62]亦足以體證白居易新樂府創作中值得重視的諫諍意識取向，與其中詩學、史學，乃至辭賦學合流的深層文化意蘊。

(二)「貞觀之治」的君臣論述

以唐太宗與魏徵君臣同心勠力，所樹立的政治典範，成為唐朝歷代的治道典範，史稱「貞觀之治」，其中具有兩大文化意涵：諫諍與史鑒。而這兩者又相輔相成，彼此輝映。就其所象徵的唐代諫諍文化而言，唐太宗對於魏徵居朝甚或斷世的相關評論，皆足資佐證：

> 太宗謂侍臣曰：……貞觀之後，盡心於我，獻納忠讜，安國利民，犯顏正諫，匡朕之違者，唯魏徵而已。古之名臣，何以加也。[63]
>
> (太宗)謂侍臣曰：「當今朝臣忠謇，無踰魏徵。」……徵自陳有疾，詔答曰：「漢之太子，四皓為助，我之賴公，即其義也。」……及病篤，與駕再幸其第，撫之流涕。……及旦而奏徵薨，時年六十四。太宗親臨慟哭，廢朝五日，……諡曰文貞。……帝親製

碑文，並為書石。……嘗臨朝謂侍臣曰：「夫以銅為鏡，可以正衣冠；以古為鏡，可以知興替；以人為鏡，可以明得失。朕常保此三鏡，以防己過。今魏徵殂逝，遂亡一鏡矣。徵亡後，……其遺表如此。……公卿侍臣，可書之於笏，知而必諫也。[64]

由上述兩段關涉唐太宗與魏徵公義私情的史書記載，大體可以察見貞觀之治中，魏徵所代表的君臣諫諍風範。同時，在太宗的明鏡論述裡，除「可以正衣冠」的銅鏡外，主要即涵蓋「以古為鏡」的史鑒意涵與「以人為鏡」並主要指涉著魏徵的諫諍旨趣，可見史鑒與諫諍兩者即是「貞觀之治」的主要兩大精神基石而言。其特色又為白居易深具諷諭取向的新樂府創作中所借鑒，並進而加以闡揚。尤其是作為唐代「貞觀之治」主要代表人物的魏徵，除了以諫臣形象著稱外，又同時是唐代史學興盛的關鍵人物與重要史學專家，他不僅參與南北朝梁、陳、齊、周史書的撰修，又主編《隋書》，並親身撰寫梁、陳、齊代史書的總論與隋代史的序與論，對於唐初官修史書的貢獻極重大[65]。可見史鑒與諫諍二者間在唐代「貞觀之治」的歷史中具有不可切割的重要內在連繫。

從前述唐代吳兢編撰的《貞觀政要》裡，我們可以不一而足地察見當時君臣以古儆今具體事蹟中，史鑑與諫諍合一的大量例證，而這些特色在白居易撰於仕職諫官的新樂府中，又將之變創地融鑄於詩歌文學之中，展現出詩學與史學合流，並富於諫諍色彩的文學創作精神。因此在其新樂府中不時可見涉及貞觀之治的相關論述，例如白居易〈七德舞〉即以唐太宗與魏徵、張公謹、李勣、李思摩等君臣上下同心建樹，締造「貞觀之治」的歷史佳話，作為其結合詩學與史學，進而展現其當代（元和）政治意圖的具體例證：

> 七德舞，七德歌，傳自武德至元和。元和小臣白居易，觀舞聽歌知樂意，樂終稽首陳其事。太宗十八舉義兵，白旄黃鉞定兩京。擒充戮竇四海清，二十有四功業成。二十有九即帝位，三十有五致太平。功成理定何神速？速在推心置人腹。亡卒遺骸散帛收，飢人賣子分金贖。魏徵夢見天子泣，張謹哀聞辰日哭。怨女三千放出宮，死囚四百來歸獄。剪須燒藥賜功臣，李績嗚咽思殺身。含血吮瘡撫戰士，思摩奮呼乞效死。則知不獨善戰善乘時，以心感人人心歸。爾來一百九十載，天下至今歌舞之。歌七德，舞七德，聖人有作垂無極。豈徒耀神武，豈徒夸聖文；太宗意在陳王業。王業艱難示子孫。[66]（〈七德舞〉）

此外，如〈二王後〉即以「周亡天下傳於隋，隋人失之唐得之。」的歷史經驗，指陳「高祖太宗之遺制」，乃在「不獨興滅國，不獨繼絕世。」作為「欲令嗣位守文君，亡國子孫取為戒。」的諷諫目的[67]，據此對照《貞觀政要・慎所好》，則白居易所欲諷諫者應即是前代隋煬帝的為政缺失[68]；又如〈捕蝗〉主要亦從「貞觀之治」出發，指陳唐德宗興元、貞元時期的蝗災，作為當代時政的相關諷諫實例，其中寓有濃厚的史鑑意涵，故詩中乃謂：

> 我聞古之良史有善政，以政驅蝗蝗出境。又聞貞觀之

初道欲昌，文皇（太宗）仰天吞一蝗。一人有慶兆民賴，是歲雖蝗不為害。[69]

又如〈百鍊鏡〉「辨皇王鑒也。」的主要諷諫旨趣[70]，更如一篇白居易變創太宗明鏡論述的詩化版本，而詩中即具體指涉太宗「以人為鏡」的諷諫意涵，從而具體而微成為白居易新樂府借鑒貞觀之治，並融合詩學、史學及其諫意識的重要註腳[71]：

百鍊鏡，熔範非常規，日辰處所靈且祇；江心波上舟中鑄，五月五日日午時。瓊粉金膏磨瑩已，化為一片秋潭水。鏡成將獻蓬萊宮，揚州長吏手自封。人間臣妾不合照，背有九五飛天龍。人人呼為天子鏡，我有一言聞太宗。太宗常以人為鏡，鑒古鑒今不鑒容。四海安危居掌內，百王治亂懸心中。乃知天子別有鏡，不是揚州百鍊銅。[72]（〈百鍊鏡〉）

白居易深刻強烈的諫諍意識，從其樂府詩中不時引述唐太宗與魏徵君臣並締的「貞觀之治」典範，亦可略窺其諫思想的主要依據，以至於白居易於新樂府〈杏為梁〉中「刺居處奢也。」的諷諭意圖，更具體地對照了魏徵等人舊宅與當時長安權貴的「窮奢極麗」[73]，更可見以太宗與魏徵為代表的貞觀之治，對於白居易新樂府詩中濃厚史鑒與諷諫精神及其色彩的創作特徵，深具重要的啟示意義。

（三）融合詠史與詠懷精神的史鑒特色

白居易新樂府詩展現其史鑒精神與諫諍意圖的另一基本書寫型態，即藉以古儆今的方式指陳當代攸關時政的諸種弊端。而就所引述史事的時代而言，又主要表現為兩類：古代的秦漢史事與近現代的隋唐史事。

白氏新樂府有時藉由古代人物行跡，映現其重要的史鑒與諫諍意圖。其中最主要的歷史素材，即為秦漢史事，包括〈秦中吟・不致仕〉與新樂府之〈海漫漫〉、〈司天臺〉、〈昆明春水滿〉、〈八駿圖〉、〈澗底松〉、〈李夫人〉、〈桑弘羊〉、〈草茫茫〉等詩作。其中強烈地具有以秦漢儆時政的史鑒與諫諍取向，例如〈草茫茫〉乃藉書寫秦始皇與漢文帝陵墓，指陳當代的厚葬風氣：

> 草茫茫，土蒼蒼。蒼蒼茫茫在何處？驪山腳下秦皇墓。墓中下涸二重泉，當時自以為深固。下流水銀象江海，上綴珠光作烏兔。別為天地於其間，擬將富貴隨身去。一朝盜掘墳陵破，龍槨神堂三月火。可憐寶玉歸人間，暫借泉中買身禍。奢者狼藉儉者安，一凶一吉在眼前。憑君回首向南望，漢文葬在灞陵原。[74]
> （〈草茫茫〉）

又如〈海漫漫〉則又以秦始皇與漢武帝貿訪神仙的歷史往事，諷諭唐代君王當引以自戒：

海漫漫，直下無底旁無邊。云濤煙浪最深處，人傳中有三神山。山上多生不死藥，服之羽化為天仙。秦皇漢武信此語，方士年年采藥去。蓬萊今古但聞名，煙水茫茫無覓處。海漫漫，風浩浩，眼穿不見蓬萊島。不見蓬萊不敢歸，童男丱女舟中老。徐福文成多誑誕，上元太一虛祈禱。君看驪山頂上茂陵頭，畢竟悲風吹蔓草。何況玄元聖祖五千言，不言藥，不言仙，不言白日昇青天。[75]（〈海漫漫〉）

按白氏此詩應又與《貞觀政要‧慎所好》所載唐太宗曾有「神仙本是虛妄，空有其名。」之論相涉：

貞觀二年太宗謂侍臣曰：神仙本是虛妄，空有其名。秦始皇非分愛好，為方士所詐，乃遣童男童女數千人，隨其入海求神仙。方士避秦苛虐，因留不歸，始皇猶海側踟躕以待之，還至沙丘而死。漢武帝為求神仙，乃將女嫁道術之人，事既無驗，便行誅戮。據此二事，神仙不煩妄求也。[76]

由上述詩例大體可見白居易新樂府中不乏喜好運用秦漢帝王名臣等不同人物的歷史舊事，作為當代諷諫的立論依據；然而白居易新樂府結合詠史、詠懷的歷史論述，更多時候又具有略古詳今的創作取向，這主要具現為隋唐近、現代史的徵引與評述。例如〈隋堤柳〉藉由隋代建築集中地論述隋亡唐興的歷史教訓：

隋堤柳，歲久年深盡衰朽。風飄飄兮雨蕭蕭，三株兩株汴河口。老枝病葉愁殺人，曾經大業年中春。大業年中煬天子，種柳成行夾流水。西自黃河東至淮，綠陰一千三百里。大業末年春暮月，柳色如煙絮如雪。南幸江都恣佚游，應將此柳系龍舟。紫髯郎將護錦纜，青娥御史直迷樓。海內財力此時竭，舟中歌笑何日休？上荒下困勢不久，宗社之危如綴旒。煬天子，自言福祚長無窮，豈知皇子封酅公。龍舟未過彭城閣，義旗已入長安宮。蕭牆禍生人事變，晏駕不得歸秦中。土墳數尺何處葬？吳公台下多悲風。二百年來汴河路，沙草和煙朝復暮。後王何以鑒前王？請看隋堤亡國樹。[77]

詩末歸旨於「後王何以鑒前王，請看隋堤亡國樹。」正是針對隋煬帝驕奢以致宗社之危的亡國情事作為諷諭唐代帝王的史鑒依據。

白居易新樂府更多的例子，乃是引述唐朝歷代先王的施政史事，作為殷鑒。前文所論貞觀之治種種即為其中明顯的主要特色。此外，亦不乏盛唐前後，尤其是唐玄宗朝歷史情事的相關論述，例如〈法曲歌〉中致意於開元、天寶法曲與夷歌合流，凸顯胡風亂華的諷諭旨趣：

法曲法曲歌大定，積德重熙有余慶，永徽之人舞而詠。法曲法曲舞霓裳，政和世理音洋洋，開元之人樂且康。法曲法曲歌堂堂，堂堂之慶垂無疆。中宗肅宗復鴻業，唐祚中興萬萬葉。法曲法曲合夷歌，夷聲邪亂華聲和。以亂干和天寶末，胡塵犯宮闕。乃知法曲本華風，苟能審音與政通。一從胡曲相參錯，不辨興衰與哀樂。願求牙曠正華音，不令夷夏相交侵。[78]

白居易對於開元、天寶正值唐代極盛而衰的歷史階段，似乎極為深切，其中應不乏映現其對於盛唐歷史的緬懷與追憶。而在這類樂府中，尤其經常藉由貴妃、安祿山等開元、天寶相關歷史情事，指陳玄宗朝所反映出唐代國勢由盛而衰的歷史殷鑒，其中包括〈胡旋女〉、〈上陽白髮人〉、〈李夫人〉、〈新豐折臂翁〉、〈驪宮高〉等詩：

胡旋女，胡旋女，心應弦，手應鼓。弦鼓一聲雙袖舉，回雪飄搖轉蓬舞。左旋右轉不知疲，千匝萬周無已時。人間物類無可比，奔車輪緩旋風遲。曲終再拜謝天子，天子為之微啟齒。胡旋女，出康居，徒勞東來萬里餘。中原自有胡旋者，斗妙爭能爾不如。天寶季年時欲變，臣妾人人學圜轉。中有太真外祿山，二人最道能胡旋。梨花園中冊作妃，金雞障下養為兒。祿山胡旋迷君眼，兵過黃河疑未反。貴妃胡旋惑君心，死棄馬嵬念更深。從茲地軸天維轉，五十年來制不禁。胡旋女，莫空舞，數唱此歌悟明主。[79]（〈胡旋女〉）

〈胡旋女〉以楊貴妃與安祿山之事作為「胡旋惑君心」的諷諫旨趣；而〈新豐折臂翁〉更以玄宗大肆徵兵的折臂翁事件，論述開元、天寶年間從「不賞邊功防黷武」到「欲求恩幸立邊功」，以至「邊功未立生人怨」，作為當代深戒窮兵黷武的政治諷諭；〈驪宮高〉則追思玄宗大興華清宮與長生殿之耗時費財，從而對照並稱頌唐憲宗之「不傷財兮不傷力」與「君亡不來兮為萬人。」的諷諭意涵。而〈李夫人〉則更將玄宗、貴妃之生死長恨，綰合漢武帝與李夫人的恩愛不渝，以漢、唐古今相互輝映的江山美人情事，寄寓女色禍國的諷諫意涵：

> 漢武帝，初喪李夫人。夫人病時不肯別，死後留得生前恩。君恩不盡念不已，甘泉殿里令寫真。丹青畫出竟何益？不言不笑愁殺人。又令方士合靈藥，玉釜煎鏈金爐焚。九華帳深夜悄悄，反魂香降夫人魂。夫人之魂在何許？香煙引到焚香處。既來何苦不須臾？縹緲悠揚還滅去。去何速兮來何遲？是耶非耶兩不知。翠蛾彷彿平生貌，不似昭陽寢疾時。魂之不來君心苦，魂之來兮君亦悲。背燈隔帳不得語，安用暫來還見違。傷心不獨漢武帝，自古及今皆若斯。君不見穆王三日哭，重壁台前傷盛姬。又不見泰陵一掬淚，馬嵬坡下念貴妃。縱令妍姿艷質化為土，此恨長在無銷期。生亦惑，死亦惑，尤物惑人忘不得。人非木石皆有情，不如不遇傾城色。[80]（〈李夫人〉）

由上舉白居易新樂府中屢屢以玄宗開元、天寶史事作為當代史鑒的例證，亦可察見白居易融合詩學、史學及其諷諫旨趣的創作意蘊。當然除了玄宗開元、天寶之外，白居易新樂府中也不乏唐朝代宗、德宗的現代史事論評；換言之，這一時期約值詩人三十歲以前的階段，相對於撰寫新樂府時的唐憲宗元和年間，這些歷史事跡，儼然成為白居易史鑒觀照下的當代史料與今典新事，〈馴犀〉、〈蠻子朝〉、〈驃國樂〉、〈縛戎人〉、〈兩朱閣〉、〈西涼伎〉、〈紅線毯〉、〈陰山道〉等等皆為其例。這些樂府詩主要藉由代宗、德宗二朝的史事，諷諭憲宗元和時政，例如：

> 蠻子朝，泛皮船兮渡繩橋，來自巂州道路遙。入界先經蜀川過，蜀將收功先表賀。臣聞云南六詔蠻，東連牛羊西連蕃。六詔星居初瑣碎，合為一詔漸強大。開元皇帝雖聖神，唯蠻倔強不來賓。鮮于仲通六萬卒，征蠻一陣全軍沒。至今西洱河岸邊，箭孔刀痕滿枯骨。誰知今日慕華風，不勞一人蠻自通。誠由陛下休明德，亦賴微臣誘諭功。德宗省表知如此，笑令中使迎蠻子。蠻子導從者誰何？摩挲俗羽雙隈伽。清平官持赤藤杖，大將軍系金呿嗟。異牟尋男尋閣勸，特敕召對延英殿。上心貴在懷遠蠻，引臨玉座近天顏。冕旒不垂親勞徠，賜衣賜食移時對。移時對，不可得，大臣相看有羨色。可憐宰相拖紫佩金章，朝日唯聞對一刻。[81]

此詩藉由蠻子朝唐的歷史相關情事，指陳藩臣驕恣，而宰相卻似備位的時政弊端，從而論述唐室不振之一因素，並暗諷當代太尉韋皋[82]；又如〈驃國樂〉，即以德宗貞元十八年「驃國王遣使悉利移來朝貢，並獻其國樂十二曲與樂工三十五人」的史事[83]，諷諭王道教化之應先邇後遠，故白居易於詩中謂：

> 伏見驃人獻新樂，請書國史傳子孫。時有擊壤老農父，暗測君心閑獨語。聞君政化甚聖明，欲感人心致太平。感人在近不在遠，太平由實非由聲。觀身理國國可濟，君如心兮民如體。體生疾苦心憯淒，民得和平君愷悌。貞元之民若未安，驃樂雖聞君不歡。貞元之民苟無病，驃樂不來君亦聖。驃樂驃樂徒喧喧，不如聞此芻蕘言。[84]

由此亦可見他以德宗貞元史事為鑒，進而展現其諷諫意圖的創作底蘊；又如〈兩朱閣〉，大體透過德宗兩公主逝世後，其門第改為佛寺事，以「刺佛寺寖多也」[85]：

> 兩朱閣，南北相對起。借問何人家？貞元雙帝子。帝子吹簫雙得仙，五云飄搖飛上天。第宅亭台不將去，化為佛寺在人間。妝閣妓樓何寂靜，柳似舞腰池似鏡。花落黃昏悄悄時，不聞歌吹聞鐘磬。寺門敕榜金字書，尼院佛庭寬有余。青苔明月多閑地，比屋疲人無處居。憶昨平陽宅初置，吞並平人几家地？仙去雙雙作梵宮。漸恐人間盡為寺。[86]

白居易此詩實亦針對中唐佛教勢力滋盛，影響社會深巨之諷諫，與當時韓愈〈論佛骨表〉之闢佛立場，可謂同質異構，旨趣相契。這些類似例子反映出白居易新樂府取材今典以為史鑒的具體風貌。

由上述新樂府中不乏秦漢舊史與唐代貞觀之治、玄宗開元、天寶以至代宗、德宗不同階段史事的運用，從而寄寓當代政治諷諫的創作意圖，即歷歷如繪地映照出白居易融合詩學、史學與諷諫意圖的創作精神取向。

五、結　論

由上述白居易新樂府的創作背景、仕宦歷程及其具體詩歌作品的不同面向相關考察，可見撰寫於憲宗元和初年仕職諫官期間的新樂府詩歌，並在唐太宗貞觀之治的歷史精神召喚下，展現其濃厚的諫諍色彩，而這一特色實與白居易早年深具諫官意識之仕宦理念深切相關；其次在其諷諭的基本創作旨趣上，又巧妙地映現出白居易對於詩學、辭賦學與史學的獨特觀照，從而於諫諍意識的基礎上，具體而微地使其新樂府創作展現唐代詩學、辭賦學、史學合流的豐富創作意蘊。同時，白居易新樂府以諷諫精神為主的基本創作理念，從而展現詩學、辭賦學、史學合流的重要特色，一方面既反映唐代文化多元融合的時代氣象；另一方面卻也透露出唐代由太宗貞觀、玄宗開元天寶，臻至中唐盛極而衰的時勢下，傳統士人藉由文學書寫，面對歷史與當代，從而由心靈所發出的內在聲音。

註釋

1 參見趙文潤主編《隋唐文化史》(西安：陝西師大出版社，1992)，頁1～21。
2 相關論述請參見向達《唐代長安與西域文明》(北京：三聯書局，1987)；(美)謝弗著、吳玉貴譯《唐代的外來文明》(北京：中國社會科學出版社，1995)；葛曉音〈論唐前期文明華化的主導傾向：從各族文化的交流對初盛唐詩的影響談起〉，《中國社會科學》，1997年3月，頁131～146。
3 參見朱金城箋校《白居易集》(上海：古籍出版社，1998)，頁136。又其「諷諭」詩〈寄唐生〉亦謂：「非求宮律高，不務文字奇。惟歌生民病，願得天子知。」，頁43。
4 白居易新樂府詩之完成，則又歷經元和四年以後數年間陸續之修改與增補。參見陳寅恪《元白詩箋證稿》(上海：古籍出版社，1982)，第五章〈新樂府〉，頁128～130。
5 同註3，頁3436。
6 參見白居易〈代書詩——百韻寄微之詩〉原註(同註3)，頁704～705。白居易於原詩「運偶千年聖，天成萬物宜。皆當少壯日，同惜盛明時。遊處遂參差。」一段下有白氏原註云：「元和元年，同制登科，微之拜拾遺，予授盩厔尉。」「(元和)四年，微之復拜監察，予為拾遺、學士也。」
7 參見清康熙御定《全唐文》(北京：中華書局，1982)，頁8145～8147。
8 同註3，頁20。
9 同註3，頁3323～3324。
10 同註3，頁3552。
11 同註3，頁3353。
12 同註3，頁3354～3355。
13 參見白居易《策林．去諂佞從讜直》(同註3)，頁3354～3355。
14 同註3，頁3550～3551。
15 同註3，頁3547～3548。
16 參見余英時〈道統與政統之間——中國知識分子的原始型態〉，《士與中國文化》(上海：人民出版社，1987)，頁84～112。
17 漢．司馬遷《史記．屈原列傳》謂：「屈原既死之後，楚有宋玉、唐勒、景差之徒者，皆好辭而以賦見稱。然皆祖屈原之從容辭令，終莫敢直諫。」可見屈原之勇於諫諍，正是漢代士人的重要典範。
18 參見簡宗梧《漢賦源流及其價值之商榷》(台北：文史哲出版社，

1980），頁136～139。
19 同註3，頁3622。
20 白氏〈敢諫鼓賦〉（同註3），頁2617～2618。
21 同前註，頁2618。
22 參見唐．吳兢撰，王貴標點《貞觀政要》（長沙：岳麓書社，2000），頁53。
23 同註19，頁57。
24 同註19，頁89。
25 參見後晉．劉昫等撰《舊唐書．太宗本紀》謂：「用人如貞觀之初，納諫比魏徵之日。」（北京：中華書局，1986），卷3，頁63。
26 參見《舊唐書．魏徵傳》（同前註），卷71，頁2561。
27 參見杜維運《中國史學史》（台北：三民書局，1998），頁173，第十一章〈盛唐史學的特色與成就〉。
28 同註12，頁3455。
29 同註12，頁3475。
30 同註12，頁3486～3487。
31 同註12，頁3499～3500。
32 參見《舊唐書．白居易傳》（同註22），卷166，頁4340～4357。
33 同註28，頁4344。
34 有關白居易仕宦經歷，請參見褚斌杰《白居易評傳》（北京：北京大學出版社，1994），頁153～175。
35 同註28，頁4344～4345。
36 同註3，頁44。
37 同註3，頁81。
38 同註3，頁46～47。
39 參見拙作〈白詩與香草美人：白居易女性、草木諷詩中的楚〈騷〉身影與新變風貌〉，《中正大學中文學術年刊》（嘉義：國立中正大學，2001），頁97～142。
40 同註3，頁218～219。
41 同註3，頁96。
42 同註3，頁251～252。
43 同註3，頁254。
44 同註3，頁161。
45 同註3，頁171。
46 同註3，頁238。
47 參見朱金城有關〈胡旋女〉箋註（同註3），頁162～163。
48 參見陳寅恪《元白詩箋證稿》（同註4），頁267。
49 同註3，頁80。
50 同註3，頁2789～2805。
51 清．何焯《義門讀書記》謂：「此篇首論不當承魏、晉以來之弊，以門第用人，乃立政之本也。」（上海：古籍出版社，1992）。參見朱金城《白居易集箋校》（同註3），頁81。
52 同註3，頁185。
53 同註3，頁247。
54 同註3，頁185。白居易於〈馴犀〉題下註云：「感為政之難終也。」又其下小注言：「貞元丙戌歲，南海進馴犀，詔納苑中。至十三年冬，大寒，馴犀死矣。」
55 同註3，頁156。
56 參見宋．歐陽修、宋祁撰《新唐書．呂向傳》（北京：中華書局，1986），卷202，頁5758。
57 同註3，頁259～260。
58 此為白居易於〈司天臺〉題下注文。（同註3），頁172。
59 同註3，頁173。
60 同註3，頁249。
61 同註3，頁263。
62 同註3，頁297～299。
63 參見後晉劉昫等撰《舊唐書．魏徵傳》（同註3），頁2559。
64 同前註，頁560～2561。
65 參見李桂海〈魏徵評傳〉，收於陳清泉等編撰《中國史學家評傳》（鄭州：中州古籍出版社，1985），頁351～366。
66 同註3，頁140～141。
67 參見白居易新樂府〈二王後〉題下註謂：「明祖宗之意」，（同註3），頁148。
68 參見《貞觀政要：慎所好》（同註22），頁205～207。
69 同註3，頁174。。
70 參見白居易〈百鍊鏡〉之題下註文（同註3），頁204。
71 陳寅恪《元白詩箋證稿》謂：「此篇疑是樂天繙檢《貞觀政要》及《太宗實錄》以作〈七德舞〉時，採摭其餘義而成者也。」（同註4），頁219。
72 同註3，頁204～205。
73 按〈杏為梁〉篇末云：「君不見，魏家宅，屬他人，詔贖賜還五代孫。儉存奢失今在目，安用高牆圍大屋。」（同註3），頁243～244。至於有關魏徵之儉素，據《舊唐書．魏徵傳》云：「及旦而奏徵薨，時年六十四。太宗……贈司空、相州都督，諡曰文貞，給羽葆鼓吹、班劍四十人，賻絹布千段、米粟千石，陪葬昭陵。及將祖載，徵妻裴氏曰：「徵平生儉素，今以一品禮葬，羽儀甚盛，非亡者之志。」悉辭不受，竟以布車載柩，無文采之飾。（同註22），頁2561。
74 同註3，頁254。
75 同註3，頁149。
76 同註68，卷21〈慎所好篇〉，頁205。又朱金城《白居易集校箋》疑此即為白居易〈海漫漫〉之所本。

77 同註3，頁251。

78 同註3，頁145。

79 同註3，頁161。

80 同註3，頁75。

81 同註3，頁190。

82 參見朱金城〈蠻子朝〉箋注（同註3），頁190。

83 參見《舊唐書·德宗紀》（同註22），卷13，頁369。

84 同註3，頁194。

85 白居易〈兩朱閣〉題下注文，（同註3），頁208。

86 同註3，頁208～209。

柒、諷諭的召喚與競合

唐賦牽動白居易諷諭詩創作初探

一、前　言

以白居易、元稹為代表的「元白」詩風，由於在當時形成無與倫比的傳播旋風，儼然登上中唐詩壇的主流地位，這一點似乎應該是值得白居易本人引以為傲的，然而他卻不免有所遺憾地指出：「人所愛者，患不過『雜律詩』與〈長恨歌〉以耳。時之所重，僕之所輕。至於諷諭者，意激而言質；閒適者，思澹而辭迂。以質合迂，宜人之不愛也。」[1]可見諷諭詩在白居易本人的心中，具有極為重要的份量，其中主要原因當如他在〈與元九書〉所述：「謂之諷諭詩，兼濟之志也。謂之閒適詩，獨善之義也。」[2]由此亦可知白居易對於「諷諭」與「閒適」詩的重視，其中明顯具現出傳統儒家達則兼善天下，窮則獨善其身的思想烙印，因此「諷諭詩」正是白居易詩歌展現傳統士人家國關懷及其思想的重要面向；其次就文學的發展、流變的角度而言，白居易這類諷諭詩，包括不少新樂府詩，如〈秦中吟〉等，實有其源自樂府文學的歷史因素，就其遠因而言，兩漢樂府本具備大量濃厚的家國、社會等關懷面向及深刻的省思意識；而時代較近的則是他最能反映社會寫實精神的諷諭詩，繼承杜甫的新樂府精神，從而得以在「思深語近」的詩體中，承傳杜甫「廣博、平易、嚴肅、知性的一面」，[3]這一源自中國樂府文學的傳統書寫歷史及其精神，確實成為白居易諷諭詩的主要內在創作依據。然而白居易的諷諭詩，儘管其中不乏大量且著名的新樂府作品，成為唐代文壇新樂府詩運動的重要具體標誌，並進而形成所謂新樂府詩派[4]，但白居易這類詩作，並非全為樂府之作，主要標榜的是「諷諭」的創作意識，而從詩集編纂背景而言，類別的命名更應是白居易本身贊成或首肯的，甚至可能出自白居易本人的意願[5]。據此可知諷諭意識，固然可以成為這類詩歌創作的精神依據，但「諷諭」二字向為中國辭賦文學的重要創作精神，尤其是早在漢賦的書寫世界中，「諷諭」二字向為此一文類的重要特色，從漢代帝王以至漢賦作家，即經常流露此一創作思維，從而成為漢賦文學思想具代表性的重要特色[6]。其中諷諭精神的背後，實即反映出賦家濃厚而深刻的儒家思想意識，故在漢代儒家及其經學政教思想的文化氛圍下，即使貴為帝王身分的漢宣帝不免也要說出：「辭賦大者與古詩同義，小者辯麗可喜。」「尚有仁義諷諭，鳥獸草木多聞之觀，賢於倡優博奕遠矣。」[7]因此就「諷諭」精神而言，一方面固然與漢代儒教精神的強化與普及息息相關，另一方面則又同時緊扣漢代辭賦文學的創作思想與精神脈動，據此則白居易諷諭詩與源自「古詩之流」的辭賦彼此之間，是否有其牽動的關係？誠為值得注視與探討的一個面向，而這一命題又向來受到忽略。因此探討白居易諷諭詩的創作背後，是否也不免受到辭賦的牽動或影響，正是本文關注、探討的主要重點。其次，自南朝昭明太子蕭統《文選・賦》編撰之後，又對唐代詩歌的創作發生深遠的影響，其中傳世作品最多，同時也是唐代著名賦家的白居易自然也不例外[8]，因此本文在此一先前探討基礎之上，嘗試從另一個唐代辭賦的角度考察，白居易諷諭詩的完成，其中部分創作確實也曾受到唐賦一定程度的牽動或影響，從而指陳辭賦文學與白居易詩歌彼此間，原本似乎看似毫不相干的兩種文類，實際上存在著不可忽視的牽連狀態；亦庶幾透過這一觀照面向的探索，能夠有補於過去對於白居易諷諭詩形成質素的一個闕憾。以下各節，即主要依循白居易諷諭詩中或顯或隱的相關線索，逐一加以考察、論述，進一步勾勒唐賦與白居易諷諭詩間的外圍牽連與內涵對應的實際情形，讓白居易諷諭詩中潛藏辭賦質素的此一部分得以漸次清晰浮現。從而也得以藉此略窺唐賦與唐詩二者間微妙牽動的某些面向，及其在唐代文學上各擅風華的競合關係。

二、白居易的仕宦經歷與賦學世界中的諷諭論述

白居易重視文學創作的諷諭目的，與其實際的仕宦經歷，其中如以諫諍為責且為人熟悉的左拾遺、監察御史等一類官職關係密切外[9]，其實也與他元和二年任左拾遺前的翰林學士一職有關。尤其白居易於元和三年見授左拾遺時與元和五年以後因諫官秩滿，改授京兆府戶曹參軍時，仍兼充翰

林學士[10]。據此可見白居易充任翰林學士一職的時間，前後至少持續四、五年，實際上已超過他為人熟知的左拾遺、監察御史等諫職。但翰林學士雖非以諍諫為其代表職守，但或由於翰林學士一職，因草詔之職責，充當皇帝秘書，常有機會接觸軍國大事的討論、決策，因此實際上也具備顧問侍從之職能[11]，例如白居易之〈論王鍔欲除宦官事宜狀〉、〈論于頔所進歌舞人事宜狀〉等，即以翰林學士身分提出，而白居易於這類奏狀中坦言：

> 臣側聽時議，內酌事情，為陛下謀，恐非穩便。晝夜思慮，不敢不言。……伏望秘藏此狀，不令左右得知。況臣以疏議親，以賤論貴，語無方便，動有侮尤。言出身危，非不知耳。但以職居近密，身被恩榮，苟有聞知，即合陳露。[12]

由此亦可見白居易之重視諷諭詩，從其參加科考及其後仕宦經歷的角度而言，除了左拾遺、監察御史等具備濃厚諫官色彩的官職外，其實還應與他有幾年充任翰林學士，因而成為皇帝身旁顧問侍從的身分有關。

白居易重視文章的諷諭精神，除了見諸他諷諭詩中直接揭櫫的〈新樂府詩序〉；或平日書信文章如〈與元九書〉等自我告白；或為應科舉而作的《策林》等撰述之外[13]，其實也不妨可由上面所述白居易個人的科舉、仕宦經歷中獲得參證。而其中有一點頗值得注意，又更直接關涉本論文主題者，則為白居易本人對於辭賦的觀念與主張，及其在具體創作賦篇中的相關展現。

最能代表白居易本人辭賦觀的代表撰述有二：《策林》與〈賦賦〉。《策林》之撰關係白氏科舉、仕宦背景與歷程，成為以文學融合並觀照時政的重要宣告，據他在《策林・序》的說明：

> 元和初，予罷校書郎，與元微之將應制舉。退居於上都華陽觀，閉戶累月，揣摩當代之事，構成策目七十五門。及微之首登科，予次焉。凡所應對者，百不用其一二，其餘自以精力所致，不能棄捐，次而集之，分為四卷，命曰《策林》云耳。[14]

白居易於第六十九「採詩」條下小注謂：「以補察時政」，其中又說：「俾乎歌詠之聲，諷刺之興，日彩於下，歲獻於上者也。所謂言之者無罪，聞之者足以自誡。故國風之盛衰，由斯而見也；王政之得失，由斯而聞也。人情之衰樂，由斯而知也。」[15]白氏對於詩歌創作的如是觀照，與他旨在闡揚「兼濟之志」的諷諭詩精神中，可謂旨趣深契。而他對於辭賦一類的文章，其實也抱持相近的看法與主張。這一方面固然因他延續漢代班固「賦者，古詩之流」的看法，而有相同的辭賦主張[16]。而他在《策林》第六十八「議文章」條下注曰：「碑碣詞賦」，並以問答的方式，申明他對於當代科舉詩賦之考的看法與主張：

> 問：國家化天下以文明，獎多士以文學，二百餘載，文章煥焉。然則述作之間，久而生弊。書事者罕聞於直筆，褒美者多覩其虛辭。今欲去偽抑淫，芟蕪剗

穢。黜華於枝葉，反實於根源。引而救之，其道安在？

臣謹按：《易》曰：「觀乎人文以化成天下。」《記》曰：「文王以文理。」則文之用大矣哉。自三代以還，斯文不振。故天以將喪之弊，授我國家。國家以文德應天，以文教牧人，以文行選賢，以文學取士。二百餘載，煥乎文章。故士無賢不肖，率注意於文矣。……且古之為文者，上以紉王教，繫國風；下以存炯戒，通諷諭。故懲勸善惡之柄，執於文王褒貶之際焉；補察得失之端，操於詩人美刺之間焉。……伏惟陛下詔主文司，諭養文之旨。俾辭賦合炯戒諷諭者，雖質雖野，採而獎之。……若然，則為文者必當尚質抑淫，著誠去偽。小疵小弊，蕩然無遺矣。則何慮乎皇家之文章不與三代同風者歟。[17]

由此亦可見白居易對於到唐代詩與賦兩種文類的創作精神，有其持共同的觀照，而其實質旨趣，即可以「諷諭」為中心。因此若轉而考察白居易以辭賦為主題的〈賦賦〉，便可見近似的論述：

賦者，古詩之流也。始草創於荀宋，漸恢張於賈馬。冰生乎水，初變本於典墳；青出於藍，復增華於風雅。而後諧四聲，祛八病，信斯文之美者。我國家恐文道寖衰，頌聲淩遲。乃舉多士，命有司。酌遺風於三代，明變雅於一時。全取其名，則號之為賦；雜用其體，亦不出乎詩。四始盡在，六義無遺。是謂藝文之徵策，述作之元龜。觀夫義類錯綜，詞采舒布。文諧宮律，言中章句。華而不豔，美而有度。雅音瀏亮，必先體物以成章；逸思飄颻，不獨登高而能賦。其工者，究筆精，窮指趣，何慚於〈兩京〉於班固？其妙者，抽秘思，騁妍詞，豈謝〈三都〉於左思？掩黃絹之麗藻，吐白鳳之奇姿。振金聲於寰海，增紙價於京師。則長揚、羽獵之徒，胡為比也；景福、靈光之作，未足多之。所謂立意為先，能文為主。炳如績素，鏗若鐘鼓。郁郁哉！溢目之黼黻。洋洋乎！盈耳之韶、頀。信可以凌礫〈風〉、〈騷〉，超軼今古者也。今吾君網羅六藝，淘汰九流，微才無忽，片善是求。況賦者〈雅〉之列，〈頌〉之儔。可以潤色鴻業，可以發揮皇猷。客有自謂握靈蛇之珠者，豈可棄之而不收。

文中白居易以詩、賦同源，故謂「全取其名，則號之為賦；雜用其體，亦不出乎詩。」而歸旨於「賦者〈雅〉之列，〈頌〉之傳。可以潤色鴻葉，可以發揮皇猷。」正是具體而微地指陳詩、賦同以諷諭為重的創作旨趣，例如〈君子不器賦〉之「語其小，能立誠以修辭；論其大，能救物而濟時。以之理心，則一身獨善；以之從政，則庶績咸熙。既居家而必達，亦在邦而允釐。……施之乃伊、呂事業，蓄之則莊、老道德。」[18]；〈敢諫鼓賦〉始以「鼓者工所制，諫者君所命。鼓因諫設，發為治世之音；諫以古來，懸作經邦之柄。」終又歸旨時政之諷諭：

故用於朝，朝無面從之患；行於國，國無居下之訕。洋洋盈耳，幽贊逆耳之言；坎坎動心，明啟沃心之諫。且夫鼓之為用也，或備於樂懸，或施於戎政。以諧八音節奏，以明三軍號令。未若備察朝闕，發揮庭諍。聲聞於外，以彰我主聖臣良；道在其中，以表我上忠下敬。[19]

白居易基本上展現他在〈賦賦〉所述關涉時政教化的諷諭旨趣，如〈動靜交相養賦〉之「躁者本於靜也，斯則躁為民，靜為君。以民養君，教化之根，則動養靜之道斯存。」〈汎渭賦〉之「我樂兮聖代，必融融兮神泄泄。伊萬物各樂其樂者，由聖賢之相契。賢致聖於無為，聖致賢於既濟。……我為人兮最靈，所以媿賢相而荷聖帝。樂乎樂乎，汎於渭兮詠而歸，聊逍遙以卒歲。」；〈求玄珠賦〉之「是以聖人求玄珠也，損明聖，薄仁義。索之惟艱，失之孔異。莫不以心忘心，以智去智。……則知珠者，無形之形，玄者無色之色。亦何必遊赤水之上。造崑丘之側。苟悟漆園之言，可臻玄珠之極。」；〈漢高皇帝親斬白蛇賦〉之歸旨於「是知人在盛，不在眾，我王也萬夫之防；器在利，不在大，斯劍也三尺之長。於以讋萬物，於以威八方。」〈大巧若拙賦〉之「巧之小有為，可得而闚；巧之大者，無跡，不可得而知。……然後任道弘用，隨形制器。信無為而為，因所利而利。……亦猶善從政者，物得其宜；能官人者，才適其位。」〈雞距筆賦〉之「察所以，稽其故。雖云任物以用長，亦在假名而善喻，向使但隨物棄，不與人遇。……又安得取名於彼，移用在茲。……夫然則董狐操，可以勃為良史；宣尼握，可以刪定春秋。……儒有學書臨水，負笈登山。……願爭雄於爪趾之下，冀得攜於筆硯之間。」上述所引等撰白居易貞元十年以後至元和長慶時期，大體已涵括白氏二十多歲至五十餘歲三十年間的賦作，無論是詠物之賦、哲理賦或是詠史賦、敘事賦等等不同性質的創作，其中皆具備攸關時政教化的顯著諷諭旨趣。故據白居易賦篇中論述的賦學觀，抑或他在實際賦篇中的具體寓含的旨趣，大體亦可窺知諷諭在白居易辭賦創作世界中所占有的無可取代的重要精神與指標地位。然則辭賦與白居易諷諭詩的密切相關，亦據此可略窺其豹。

三、蕭穎士〈伐櫻桃樹賦〉與白居易〈有木詩八首〉等花木諷諭詩

元和初年白居易於長安撰成〈有木詩八首〉，據其中〈有木詩・其二〉的原詩末尾，曾提及時代較早的唐代文壇先賢蕭穎士之〈伐櫻桃樹賦〉：

> 有木名櫻桃，得地早滋茂。葉密獨承日，花繁偏受露。迎風闇搖動，引鳥潛（一作自）來去。鳥啄子難成，風來枝莫住。低軟易攀玩，佳人屢迴顧。色求桃李饒，心向松筠妒。好是映牆花，本非當軒樹。所以姓蕭人，曾為伐櫻賦。[20]

按蕭穎士為唐代早期著名古文家，主要活動於聖唐前後，當

時有「蕭夫子」之稱，並與另一古文名家李華齊名，世稱蕭、李[21]。由於兩人的盛名[22]，對於唐代古文運動的發展具有一定程度的前驅作用，尤其像蕭穎士的盛唐階段，在此一方面仍大體承襲初唐王通、王勃等人詩文載道觀念而加以發揚，因此頗以經術、名教為己任，並揭示著書立說，當具勸戒、諷諭的作用[23]，例如他在〈贈韋司業書〉就有頗為明白的表述：

> 大丈夫生遇昇平時，自為文儒士，縱不能公卿作取，助人主視聽。致俗雍熙，遺名竹帛。尚應優遊道術，以名教為己任，著一家之言，垂沮勸之益。此其道也。……僕從來宦情，素自落薄，撫躬量力，棲心有限。假使因緣會遇，躬力康衢。正應陪侍從近臣之列，以箴規諷諭為事。進足以獻替明君，退足以潤色鴻業，決不能作擒姦摘伏，以吏能自達耳。……僕有識以來，寡於嗜好，經術之外，略不嬰心。[24]

據此亦可見蕭穎士在著述上的重要主張，也與獨孤及等家要求文章「宏道」的思想與態度相符[25]。從而具現蕭穎士、李華等等這些唐代早期古文家在文、道關係上的重要思想。也因此反映出蕭氏重道的古文創作態度與傾向。

蕭穎士雖重視文章的諷諭、教化功用及其主導精神，但這並不表示他對於文章麗采的完全偏廢，甚至不屑。因此雖然他曾提出：「文也者，非云尚形似，牽比類，以局夫儷偶，放於奇靡。其於言也，必淺而乖矣。所務乎激揚雅訓，彰宣事實而已。」[26]但其中旨趣主要在指陳一味追求儷偶奇靡文采之不可，但若能以雅正教化之道作為文章之本，則文章之麗采美文，並非為蕭穎士所完全鄙棄，因此從創作上對於道／文問題，我們只能說他具有重道輕文的傾向與態度，但實際上並不完全揚棄文采能事，關於這一情況正可由他對於先秦兩漢以下辭賦及詩文代表名家的相關評述中，獲得印證：

> 君以為六家之後，有屈原、宋玉，文甚雄壯，而不能經。厥後有賈誼，文詞最正，近於理體。枚乘、司馬相如亦瓌麗才士，然而不近風雅。揚雄用意頗深；班彪識理；張衡宏曠；曹植豐贍；王粲超逸；稽康標舉。此外皆全相玉質，所尚或殊，不能備舉。左思詩賦有雅頌遺風，干寶著論近王化根源。此後夐絕無聞焉。近日陳拾遺子昂文體最正。[27]

此處李華引述好友蕭穎士的創作觀念及其言論，固然信而可徵，而其中值得注意的是，蕭氏固然秉持其宗經術、尊風雅的一貫文學主張，但對於屈、宋、枚、馬等辭賦文宗，仍然不免發出「文甚雄壯」、「瓌麗才士」的歎賞之詞。據此亦可見蕭穎士固然以為文章創作之中心旨趣，重視文學諷諭教化的精神與效用，因此形成重道輕文的傾向。但對於先秦兩漢由辭賦文學所引領的文學麗質審美追求，尤其是展現於中國語言藝術的講究上，更經常成為驅動文壇風潮的前導[28]。可見他對於歷史上的辭賦名家及其作品，並未刻意加以排斥或摒棄，只不過在輕重本末的取捨上，認為以道為本，以文為末而已，所以據前引李華〈揚州功曹蕭穎士文集序〉所述，蕭氏心中的理想創作典範，既未排斥崇尚美文特質的辭賦作品，相對的在強調教化、諷諭等崇經尚雅的指導精神或前提之下，畢竟並不揚棄文質彬彬，道文兼綜的「金相玉質」之作[29]。揚雄為其稱賞即可為例證，此外我們又可從蕭穎士本身，不乏辭賦創作的實際情形，獲得印證，尤其是像〈伐櫻賦桃樹〉這類的例子，更具體展現蕭氏以經為本，以諷為用的，另一方面又不盡排斥文采的附麗，符合他所謂「金相玉質」的創作風貌。

今存蕭穎士的辭賦作品共計十篇，包括〈至日圜丘祀昊天上帝賦〉、〈愛而不見賦〉、〈滯舟賦〉、〈登臨河城賦〉、〈庭莎賦〉、〈蓮槃散賦〉、〈登故宜城賦〉、〈白鷳賦〉、〈伐櫻桃樹賦〉、〈聽早蟬賦〉等，這些賦篇不乏展現蕭氏較不為人熟悉的麗采面向，例如：

> 於時丙丁宋位，恢台肇節。朱雲四騰，瑤草半歇。景沖沖而熾旱，風翳翳以敲熱。赫中潬之平沙，滲通用而殆竭；則有危檣巨舸，長艤廣艘。龍翼錦軸，雀顱方艚。材木蘭兮竹箭，紉齒革與羽毛。頓修笮於迴塘，駢曲岸以戢篙；於是訊挐輕槳，河舠漢艇，乘時泝洄，赴利馳騁。[30]
>
> 偉夫峴首之為鎮也。峻隅百雉，危甍萬井。森松篁之薈蔚，劃鄽衖以周整。前山縈依而秀拔，斜漢杳映以清迴。杭稌蔗橘，雜荊衡之蓄；桑麻黍粟，侔冀魏之境。[31]

然而在蕭穎士賦篇中固然不乏文采之美，畢竟更重視諷諭教化的宏道思想與創作旨趣。尤其是以詠物為題的賦篇，更普遍反映這一特徵，例如〈庭莎賦〉〈白鷴賦〉、〈聽早蟬賦〉等詠物賦中都表現得極為顯著：

> 白鷴，羽族之幽奇也。素質黑章，爪觜純丹，體備冠距，頗類夫雞翟。神貌清閑，不雜於眾禽，棲止遐深，與人境罕接，固莫得而馴狎也。上聞而徵焉，處以雕籠，致以驛騎。將集長揚游太液，行有日矣。天寶辛卯歲予旅泊江會，流宕逾時。秋八月自山陰前次東陽方議夫南登西泛，極聞見之義。諒褊懷所素蓄，而未之從也。會有命自天，召赴京闕，適與玆鳥諧至於會稽之傳舍，觀其宛頸旁睨，徊徨掩抑。往往孤鳴，音韻淒涼，如慕侶而不獲，因感而賦之。[32]
>
> 詩人詠夫章句，味編本草之錄，聲徹上林之賦。歌郕宰之化，偶范綏而見稱。飾趙王之冠，與貂尾而胥附。莊篇載痀僂之志，孔氏感螳螂之捕。苟動靜不爽，飛鳴有度。因依密葉，蕭散凝露。韜餘陰於歲晚，等群蟄於時暮。玆括囊而用吉，又曾何鳥雀之能喻。[33]

蕭氏這兩篇詠物賦皆以禽蟲類動物為創作題材，例如上引〈白鷴賦〉的序文，賦序中的因感而賦之，實際上正見其藉詠物為名，以行君王諷諭之實，故賦篇末尾，即曲終奏雅地揭櫫此一重要旨趣：

> 越水清兮鏡色，吳山遠兮天逼。窺淺深以揚影，逗杳

> 冥兮一息。謂杉松可得永日而噪聚，蓴荇足以窮年而啄食。一與心賞兮睽違，念歸飛兮何極。鸚能言而入座，鶴善舞而乘軒。殊二者之俗態，諒慚惶於主恩。是以雖信美而非其志，獨屏營而競魂者焉。[34]

而蕭穎士詠物賦中的宏道思想與教化諷諭精神，在以草木植物為題材的賦篇中，展現得更為昭著，尤其是賦序中的闡釋。例如〈庭莎賦序〉除申明撰寫此賦的背景、動機外，同時也將詠〈白鷴賦〉中的作者情志加以闡發：

> 天寶十載，予以史臣推擇，待詔闕下，僻直多忤，連歲不偶。未選敘，求參何南府軍事，府尹裴公以予浮名，枉顧遇焉，而尹之外姻，或綰紀綱之局，怙勢矜權，求府僚降禮於己。予清慎自守，不能附會，爰逝我陳，嫌怒遂搆。又同官多貴遊右戚，酒食之會，絲竹之娛，無間旬朔。予人質鄙野，雅不之好，常願鷗鳥儔，江海是處。往歲久遊剡中，將遂終焉。朝旨迫召，故不獲展，著〈白鷴賦〉以寄斯意。至是鬱悒，彌用增想，廳階之下，蹊有莎草，故參軍宋之問徙於伊川而植焉。結根五紀，繇冪庭際，廣不累步。高樹十餘，間以雜果，陰蔽其上。俗吏往來，必凌踐之。歎其稟山野之姿，而託非其所，以就窘迫。[35]

此篇序文成為蕭氏賦篇「體物寫志」的體現。其中固然不乏他本身以庭莎自我隱喻的士不遇主題意識，但畢竟更富於揭示君王為政之道及其近賢能、遠小人的諷諭旨趣，於是我們看見〈庭莎賦〉篇末的如下旨歸：

> 何推遷而運會，繆產蒔於庭隅。憂好尚之傾奪，見芟於難除。既無心於寵辱，又奚誘於親疏。承瑩瀝之甘潤，蔽衣衿之曳婁。雖為幸於斯日，諒稟性之云殊。聞哲王之布澤，迨蕭葦而霑鋪。苟一類而失所，猶納隍之在予。矧皇穹之播氣，陶庶彙於靈樞。曷茲卉之攸託，慘終年而莫舒。吾將徵宰物之至理，聿歸問於元虛者焉。[36]

類似的書寫特色，也出現在蕭穎士同以吟詠草木植物為題的〈伐櫻桃樹賦〉中；而其中最引人注目的是，對照於〈庭莎賦〉中庭莎與作者的自我隱喻關係，〈伐櫻桃樹賦〉的櫻桃樹的隱喻與指涉顯然已經發生重大的翻轉更動。作為賦篇主題的草木，不再是與作者一而二，二而一的交疊與互涉狀態，相反地在〈伐櫻桃樹賦〉中，草木與作者形成彼此之敵對、緊張的定位狀態，從而亦可見蕭穎士的詠物賦中，背後既有著共同的宏道或諷諭、教化的創作精神，卻自有其同中有異，富於變化的書寫特質。

根據上述有關蕭穎士辭賦，尤其是份量約占半數的詠物賦之相關考察，約略可見作為唐代古文運動重要前驅的蕭穎士，其詠物賦中仍充分體現了他的文學觀念與重要主張。而〈伐櫻桃樹賦〉更成其中的代表典範，尤其展現政治諷諭的企圖與目的，更明白地申明於此賦序文中：

> 天寶八載，予以前校理罷免，降資參廣陵大府軍事。

任在限外，無官舍是處，寓居於紫極宮之道學館，因領其教職焉。廟庭之右，有大櫻桃樹。厥高數尋，條暢薈蔚，攢柯比葉，擁蔽風景。腹背微禽，是焉棲託。頡頏上下，喧呼甚適。登其喬枝，則俯逼軒屏。中外斯隔，余實惡之。懼寇盜窺窬，因是為資，遂命伐焉。聊託興茲賦，以儆夫在位者爾。[37]

其中對於全賦的書寫重心櫻桃樹，以「余實惡之」表態，進而又云「遂命伐焉」，頗有除而後快之意，最後乃強調「聊託興茲賦，以儆夫在位者爾。」於是以櫻桃樹隱喻「在位者」之意，昭然若揭，可見蕭氏賦篇中的吟詠草木，實具有濃郁的政治諷諭意識。從此一角度而言，也與他的〈庭莎賦．序〉旨趣近似；並且二賦草木書寫的本質上，又經常彰顯出屈〈騷〉香草美人傳統的比興色彩，尤其是〈伐櫻桃樹賦〉藉由櫻桃樹的相關字裡行間經常流露出此一屈〈騷〉創作特色，尤其是賦裡賢佞忠邪隱喻的開首部分，表現最為顯著：

古人有言，芳蘭當門，不得不鉏。眷茲櫻之攸止，亦在物之宜除。觀其體異修直，材非棟幹。外陰森以茂密，中紛錯而交亂。先群卉以效謟，望嚴霜而彫換。綴繁英兮霰集，駢朱實兮星燦。故當小鳥之啄食，妖姬之所攀翫也。赫赫閟宇，元之又元。長廊霞截，高殿雲褰實吾君聿修祖德。論道設教之筵。宜乎蒔以芬馥，樹以貞堅。莫匪夫松篠桂檜，茝若蘭荃。猗具美而在茲，爾何德而居焉。[38]

其中悠閱花草禽鳥，以至於女性的指涉，回頭對照王逸《楚辭章句》的屈〈騷〉論述：

> 〈離騷〉之文，依《詩》取興，引類譬諭，故善鳥香草，以配忠貞；惡禽臭物，以比讒佞；靈脩美人，以媲於君；宓妃佚女，以譬賢臣；虯龍鸞鳳，以託君子；飄風雲霓，以為小人。其詞溫而雅，義皎而朗。[39]

兩者的比興寓志手法及其旨趣，可謂彼此相契，也從而反映出蕭氏〈伐櫻桃樹賦〉其實不乏取法屈〈騷〉以香草美人的比興手法，而其主要精神實還回歸其中所寓涵的「經術」旨趣，這一點若按諸《文心雕龍・辨騷》所論〈離騷〉「同於風雅」，契合經典的重要面向，也就不言而喻[40]，亦可見蕭穎士重視經術、務求諷諭的文學主張。正如此賦篇末歸結並闡明撰寫旨趣的「譬諸人事」一段：

> 嗟乎，草無滋蔓，瓶不假器，苟恃勢而將偪，雖見親而益忌。譬諸人事也，則翼吞並於潛沃，魯出逐於強季。緋峻擅而吳削，倫冏專而晉墜。其大者虎遷趙嗣，鸞竊齊位。由履霜而莫戒，聿堅冰而洊至。嗚呼！乃終古覆車之軌，豈尋常散木之足議。[41]

蕭穎士〈伐櫻桃樹賦〉的「體物寫志」及其政教諷諭的主要旨趣，實為白居易諷諭詩中〈有木詩八首・櫻桃〉的重要典範。兩者之間的密切相關，除由白居易詩末中明的說「所以姓蕭人，曾為〈伐櫻賦〉。」外，主要的根據尚有兩點：

（一）白居易〈有木詩八首．序〉與蕭穎士〈伐櫻桃樹賦〉一致的〈風〉、〈騷〉比興與史鑑意識：

> 余嘗讀《漢書》列傳，見佞順婞婀，圖身忘國如張禹輩者。見惑上蠱下，交亂君親如江充輩者。見暴狠跋扈，雍君樹黨如梁冀輩者。見色仁行違，先德後賊如王莽輩者。又見外狀恢弘，中無實用者。又見附離權勢，隨之覆亡者。其初皆有動人之才，足以惑眾媚主，莫不合於始而敗於終也。因引風人、騷人之興，賦〈有木〉八章，不獨諷前人，亦儆後代爾。[42]

此既與上述〈伐櫻桃樹賦〉中的花木比興譬諸人事的諷諭精神一致，尤其是標榜以歷史人物為鑑的特徵，即其序文所謂「不獨諷前人，亦儆後代爾」的撰寫意圖，亦與蕭氏〈伐櫻桃樹賦〉末，在歷史與衰興人事變遷的鋪陳後，最末歸旨於「乃終古覆車之軌轍，豈尋常散木之足議。」從而完成其藉以諷諭的創作精神，如出一轍。

（二）〈有木詩八首．櫻桃〉的主要內容與〈伐櫻桃樹賦〉的雷同。試就兩者之間的書寫內容對比如下，即可一見真章：

1、寫櫻桃之滋茂情態：

> 厥高累數尋，條暢醬蔚，攢柯比葉，擁蔽風景。[43]（〈伐櫻桃樹賦序〉）
>
> 外陰森以茂密，中紛錯而交亂。……綴繁英兮霰集，駢朱實兮星燦。[44]（〈伐櫻桃樹賦〉）

有木名櫻桃，得地早滋茂。葉密獨承日，花繁偏受露。[45]（〈有木詩八首・櫻桃〉）

2、寫櫻桃之招引禽鳥、美人

腹背微禽，是焉棲託，頡頏上下，喧乎甚適。[46]（〈伐櫻桃樹賦序〉）

故當小鳥之所啄食，妖姬之所攀翫也。[47]（〈伐櫻桃樹賦〉）

迎風暗搖動，引鳥潛來去，鳥啄子難成，風來枝未住。低軟易攀玩，佳人屢迴顧。[48]（〈有木詩八首・櫻桃〉）

3、寫櫻桃樹之有華無實，不堪材用。

觀其體異修直，材非棟樑。……先群卉以效諂，望嚴霜而彫換。……莫匪夫松篠桂檜，……猗具美而在茲，爾何德而居焉。擢無用之瓌質，蒙本枝而自庇。……每俯臨乎蕭牆。[49]（〈伐櫻桃樹賦〉）

色求桃李饒，心向松筠妬。好是映牆花，本非當軒樹。[50]（〈有木詩八首・櫻桃〉）

4、寫櫻桃樹之邪佞失正，理務砍伐。

雖先寢而式薦，豈和羹之正味。每臨乎蕭牆，姦回得而窺覘。……於是命尋斧，伐盤根。密葉剃，攢柯焚。朝光無陰，夕鳥不喧。肅肅明明，蕩乎階軒。[51]（〈伐櫻桃樹賦〉）

好是映牆花，本非當軒樹。所以姓蕭人，曾為〈伐櫻

賦〉。[52]（〈有木詩·櫻桃〉）

經由上述白居易〈有木詩八首·櫻桃〉與蕭穎士〈伐櫻桃樹賦〉從序文到正文的彼此契合的具體情形看來，白居易諷諭詩〈有木詩八首·櫻桃〉深受蕭穎士〈伐櫻桃樹賦〉的啟發與影響，歷歷可見。

不僅如此，即使白居易〈有木詩八首〉，雖然無法像〈櫻桃〉一篇從題材到旨趣，可以具體對照出兩者如出一轍的書寫範式與特質。但〈有木詩八首〉的總序，本亦籠罩〈櫻桃〉之外的〈弱柳〉、〈橘〉、〈杜梨〉、〈野葛〉、〈水檉〉、〈凌霄〉、〈丹桂〉等七篇，其中固然有其遠承〈風〉、〈騷〉比興的創作傳統[53]，但另一方面從時代更近的〈伐櫻桃樹賦〉與〈有木詩八首序〉的彼此相契，也反映出〈有木詩八首〉它們的共同旨趣上，都與蕭穎士賦基本契合；其次，若再檢視〈櫻桃〉外的七篇花木諷諭詩的文本內容，亦經常閃現出上述蕭氏〈伐櫻桃樹賦〉中或彼或此的類似書寫身影，例如：

1、華無不實的本質

風煙借顏色，雨露助華茲。峩峩白雪花，嫋嫋青絲枝。漸密陰自庇，轉高梢四垂。截枝扶為杖，輭弱不自持。[54]（〈弱柳〉）

心蠹已空朽，根深尚盤薄。……四傍五六本，枝葉相交錯。借問因何生，秋風吹子落。[55]（〈杜梨〉）

有木名水檉，遠望青童童，……早落先梧桐。[56]（〈水檉〉）

有木名凌霄，……勿學柔弱苗。[57]（〈凌霄〉）

2、害物無用之憂患

為樹信可玩，論材何所施。可惜金堤地，栽之徒爾為。[58]（〈弱柳〉）

實成乃是枳，臭苦不堪食。……中含害物意，外矯凌霜色。仍向枝葉間，潛生刺如棘。[59]（〈橘〉）

愛其有芳味，因以調麴蘖。前後曾飲者，十人無一活。豈徒悔封植，兼亦誤采掇。[60]（〈野葛〉）

3、託勢自庇之姿態

漸密陰自庇，轉高梢四垂。[61]（〈弱柳〉）

憑此為巢穴，往來互棲託。四傍五六木，枝葉相交錯。[62]（〈杜梨〉）

偶依一株樹，遂抽百尺條。託根附樹深，開花寄樹梢。自謂得其勢，無因有動搖。[63]（〈凌霄〉）

4、斬伐邪佞之省思

為長社檀下，無人敢芟斫。幾度野火來，風迴燒不著。[64]（〈杜梨〉）

年深已滋蔓，刀斧不可伐。何時猛風來，為我連根拔。[65]（〈野葛〉）

疾風從東起，吹折不終朝。朝為拂雲花，暮為委地樵。[66]（〈凌霄〉）

由上述白居易對這類花木諷諭詩的相關考察，亦可見〈伐櫻桃樹賦〉的重要書寫特徵，仍然經常此起彼落地再現其中，故宋葛立方也提出：「白樂天賦〈有木〉八章，其六章託弱柳、櫻桃、枳橘、杜梨、野葛、水檉，以諷在位者。至第七章……專又以諷附權勢者。」[67]也凸顯出〈有木詩〉受到〈伐櫻桃樹賦〉牽動的具體關鍵。而這些詩篇雖然不比〈櫻桃〉與〈伐櫻桃樹賦〉那樣形、神相契程度，但其間的牽動關係仍然清晰可見。

其次，白居易諷諭詩中，除〈有木詩八首〉可以明顯見到蕭穎士〈伐櫻桃樹賦〉的影響或牽動外，其他花木諷諭詩中亦不乏閃現類似的書寫特徵，例如〈紫藤〉、〈杏園中棗樹〉、〈寓意詩·其五〉、〈和松樹〉、〈和古社〉等等。其中〈紫藤〉最具典型：

> 藤花紫蒙茸，藤葉青扶疏。誰謂好顏色，而為害有餘。下如蛇屈盤，上若繩縈紆。可憐中間樹，束縛成枯株。柔蔓不自勝，嫋嫋掛空虛。豈知纏樹木，千夫力不如。先柔後為害，有似諛佞徒。附著君權勢，君迷不肯誅。又如妖婦人，綢繆蠱其夫。奇邪壞人室，夫惑不能除。寄言邦與家，所慎在其初。毫末不早辨，滋蔓信難圖。願以藤為戒，銘之於座隅。[68]

詩中紫藤涵括了上述華而不實、有色無材、託勢自庇、邪佞為患、除惡時機等等具備家國、政治意義的諷諭旨趣。

當然，白居易在〈櫻桃〉之外，如〈弱柳〉等花木諷諭詩，除了經常映現〈伐櫻桃樹賦〉的類似書寫身影外，也展現白居易善於變創的一面。換言之，如果說〈櫻桃〉一詩，基本上可以視為承襲蕭穎士〈伐櫻桃樹賦〉的詩化書寫，則〈弱柳〉與〈紫藤〉等花木諷諭詩篇，則不妨看作是白居易富於變創的另一詩化型態，亦從而展現出唐賦牽動白居易諷諭詩歌創作的重要代表典型。而且由蕭穎士〈伐櫻桃樹賦〉所體現的以文宏道的古文家文學思想，則巧妙地成為牽動白居易花木諷諭詩的另一內在精神。

四、呂向〈美人賦〉與白居易〈上陽白髮人〉、〈陵園妾〉等女性諷諭詩

白居易以婦女為主要題材的女性諷諭詩，其中可以〈新樂府〉這類深具諷諭意義的詩歌，其主要特色誠如白氏於〈新樂府序〉所言：

> 凡九千二百五十二言，斷為五十篇。篇無定句，句無定字，繫於意不繫於文。首句標其目，卒章顯其志，詩三百之義也。其辭質而徑，欲見之者易諭也。其言直而切，欲聞之者深誡也。其事覈而實，使采之者傳信也。其體順而肆，可以播於樂章歌曲也。總而言之，為君、為臣、為民、為物、為事而作，不為文而作也。[69]

其中頗不乏運用女性題材的諷諭詩作，包括〈上陽白髮人〉、〈胡旋女〉、〈太行行〉、〈繚綾〉、〈母別子〉、〈時世妝〉、〈李夫人〉、〈陵園妾〉、〈鹽商婦〉、〈井底引銀

瓶〉、〈古塚狐〉等。在這些作品中，有些新樂府題並非出自白居易本人的創思，例如〈上陽白髮人〉、〈胡旋女〉等，這些作品主要出自白居易與友人李紳、元稹的唱和酬酢所作，而且主要的創作旨趣即在諷諭一事[70]，其中可以〈上陽白髮人〉為代表，以下即由李紳、白居易、元稹唱和新樂府詩〈上陽白髮人〉，說明其中諷諭意圖與實踐的具體情形，及其關涉呂向〈美人賦〉的創作關係。

〈上陽白髮人〉本為李紳〈新題樂府十二首〉中的一篇，其後白居易、元稹二人又分別和作。其中李紳之作已不可見，殊為可惜。所幸元、白二人仍得留在集子中。又據元稹〈序〉文所說，此類樂府乃「雅有所謂，不虛為文。予取其病時之尤急者，列而和之。……予遭理世而君盛聖，故直其詞以示後，使二後之人，謂今日為不忌之時焉。」[71]可見李紳、元稹的主要創作旨趣，即與白居易「歌詩合為事而作」的文學主旨相契，又白居易將之編入「諷諭」詩類，則二人同題唱和的〈上陽白髮人〉基本上俱出於「雅有所謂」的時事「諷諭」精神可以無疑。

三篇〈上陽白髮人〉固然皆為深出於時事諷諭而作。然而李紳創作此新題樂府詩的時間，大體正是元稹、白居易和作時間。據陳寅恪之考證，白居易之和作當在唐憲宗元和四年，陳氏並據《資治通鑑》中唐憲宗時所載李絳與白居易同言此事相同[72]，又據今人兼綜白居易不同版本之考證，在所謂「神田本」、「紹興本」、「那波本」等版本中，亦出現「元和四年為左拾遺」作的署文[73]。此事又關涉到呂向〈美人賦〉與白居易〈上陽白髮人〉的重要創作關係，故不能不針對三人的生平行跡，尤其是官職特性，加以論述。

〈上陽白髮人〉本出自李紳創擬的新樂府，因此從白居易的和作時間來看，李紳大體即作於此年。但由此引發的另一值得注意問題則是：白居易的〈上陽白髮人〉的卒章顯志的篇末，特別強調呂向〈美人賦〉與此一新題樂府詩密不可分的重要對應關係。其中白氏所撰如下：

> 上陽人，紅顏闇老白髮新。綠衣監使守宮門，一閉上陽多少春。玄宗末歲初選入，入時十六今六十。同時采擇百餘人，零落年深殘此身。憶昔吞悲別親族，扶入車中不教哭。皆云入內便承恩，臉似芙蓉胸似玉。未容君王得見面，已被楊妃遙側目。妒令潛配上陽宮，一生遂向空房宿。宿空房（一作床），秋夜長，夜長無寐天不明。耿耿殘燈背壁（一作照背）影，蕭蕭暗雨打窗聲。春日遲，日遲獨坐天難暮，宮鶯百囀愁厭聞。梁燕雙棲老休妒，鶯歸燕去長悄然。春往秋來不記年，唯向深宮望明月。東西四五百迴圓，今日宮中年最老，大家遙賜尚書號。小頭鞋履窄衣裳，青黛點眉眉細長，外人不見見應笑，天寶末年時世妝。上陽人，苦最多。少亦苦，老亦苦，少苦老苦兩如何。君不見昔時呂向（一作尚）美人賦，（天寶末，有密采豔色者，當時號花鳥使。呂向獻美人賦以諷之。）又不見今日上陽（一本此下有宮人字）白髮歌。[74]（〈上陽白髮人〉）

據此可見呂向〈美人賦〉誠為白居易撰寫〈上陽白髮人〉依據的重要旨趣；至於呂向〈美人賦〉的具體內容，暫且容後再論，但此事涉及白居易撰寫此一新題樂府詩的同時，確實也有類似呂向進獻〈美人賦〉以諷諭國君，並且奏效的具體結果。按呂向之本傳所載：

> 玄宗開元十年，召入翰林，兼集賢院校理，侍太子及諸王為文章。時帝歲遣使采擇天下姝好，內之後宮，號「花鳥使」，向因奏〈美人賦〉以諷，帝善之，擢左拾遺。天子數校獵渭川，向又獻詩規諷，進左補闕。帝自為文，勒石西嶽，詔向為鐫勒使。[75]

而呂向因進諷「花鳥使」之事，而得唐玄宗之器重，由「召入翰林，兼集賢院校理，侍太子及諸王為文章」擢升為「左拾遺」、「左補闕」等職，而這些官職，本屬唐代肩負評諫之責的重要官職。由是反觀白居易於元和四年，曾居朝擔任「左拾遺」、「翰林學士」等官[76]。而據白居易本傳所載，此一時期經常針對時政進陳諫言，不僅如此早在元和四年以前，他的諷諭歌詩似已為憲宗所聞知，並因而召入翰林學士，因此在元和三年他擢任左拾遺的「拜命之日」，即已「獻疏言事」，並申述「拾遺」職責之關乎王政：

> 蒙恩授臣左拾遺，依前翰林學士，已與崔群同狀陳謝。但言忝冒，未吐衷誠。今再瀆宸嚴，伏惟重賜詳覽。臣謹按六典，左右拾遺，掌供奉諷諫，凡發令舉事，有不便於時、不合於道者，小則上封，大則廷諍。其選甚重，其秩甚卑，所以然者，抑有由也。大凡人之情，位高則惜其位，身貴則愛其身；惜位則偷

> 合而不言，愛身則苟容而不諫，此必然之理也。故拾遺之置，所以卑其秩者，使位未足惜，身未足愛也；所以重其選者，使下不忍負心，上不忍負恩也。夫位不足惜，恩不忍負，然後能有闕必規，有違必諫。朝廷得失無不察，天下利病無不言。此國朝置拾遺之本意也。由是而言，豈小臣愚劣暗懦所宜居之哉？……今陛下肇臨皇極，初受鴻名，夙夜憂勤，以求致理。每施一政、舉一事，無不合於道、便於時者。萬一事有不便於時者，陛下豈不欲聞之乎？萬一政有不合於道者，陛下豈不欲知之乎？倘陛下言動之際，詔令之間，小有闕遺，稍關損益，臣必密陳所見，潛獻所聞，但在聖心裁斷而已。臣又職在禁中，不同外司，欲竭愚誠，合先陳露．伏希天鑒，深察赤誠。[77]

由此可見白居易著為歌詩，以諷諭時政而聞名，實早於擔任左拾遺職之前，甚至於早在貞元十四年，他進士及第，授秘書省校書郎以後，至元和元年「授盩厔縣尉、集賢校理」時，即不乏諷諭之作，故本傳言及白氏「自讎校至結綬畿甸，所著歌詩數十百篇，皆意存諷賦，箴時之病，補政之缺，而士君子多之，而往往流聞禁中。」[78]換言之，早在白氏擔任左拾遺之職，並正式掌供奉諷諫之前，亦即在其還任職校書、校理、翰林學士期間，就不乏指陳時政之弊的諷諭篇章，尤其前引白氏本傳所載「章武皇帝納諫思理，渴聞讜言，召入翰林為學士。」正可見白居易之進諫時政篇章，自不必又待於左拾遺之職。而白居易諷諫為章之為憲宗所重，當早於元和四年官拜左拾遺之前，亦由此可見；反之，白居易於元和三年，由翰林學士擢任左拾遺，即可能因其諷諭篇章之斐然有成，才深得憲宗勖勉並擢升之恩。

白居易經由諷諫著述之不凡表現，擢為左拾遺，這又由於前代玄宗朝呂向因進〈美人賦〉，從而擢任為左拾遺的情形相類；加上白居易一向嫻熟辭賦，因此呂向〈美人賦〉一事，引發白居易撰寫〈上陽白髮人〉時的創作共鳴與深刻感懷，就其中情理而論，也就毫不意外。

其次，據前述元稹〈序〉文，〈上陽白髮人〉之原始構思乃出自李紳。然則李紳之撰寫此一新題樂府詩，是否亦如白居易一般深受呂向〈美人賦〉的牽動？則因李紳這幾篇新樂府已佚，無以詳考。雖據詩題本身及元、白二人和作之部分內容類似，仍然難以論定其可能性，不過據史傳所載李紳本人亦為好諫之士，但進士及第的時間，則遲至元和元年，較元、白二人為晚。元和元年任浙西觀察使李錡書記，曾一度擔任國子助教，到元和十四年才官拜左拾遺[79]。而據〈上陽白髮人〉大體作於元和四年，李紳任校書郎時期，故元稹〈序〉稱〈和李校書新題樂府十二首〉，距離元和十四年他任左拾遺的時間，尚提早十年之久。由此至少我們只能推論李紳之撰〈上陽白髮人〉，固為其好諫性情之流露，正如本傳所載，李紳雖曾任國子助教一職，卻「非其好」也[80]。並不直接牽涉他任職左拾遺之事。這一方面又與呂向、白居易之間的創作因緣迥然相異。因此李紳於元和四年所撰寫〈上陽白髮人〉就宮中女性書寫及其諷諭面向而論，固然與呂向〈美人賦〉間有相通之處，但卻未必有較進一步的具體牽動關係。

至於元稹撰寫〈上陽白髮人〉之前，於元和元年既已任職左拾遺[81]，其間曾一度中輟，直到元和四年則又得宰相裴度提拔，擢任監察御史，致力諷諫時政。其間宦海浮沉，亦非一帆風順，故其〈自敘〉謂：

> 年二十八，蒙制舉首選，授左拾遺。始自為學，至於升朝，無朋友為臣吹噓，無親戚為臣援庇。莫非苦己，實不因人，獨立性成，遂無交結。任拾遺日，屢陳時政，蒙先皇帝召問於延英。旋為宰相所憎，出臣河南縣尉。及為監察御史，又不規避，專心糾繩，復為宰相怒臣不庇親黨，因以他事貶臣江陵判司。廢棄十年，分死溝瀆。[82]

據此則元稹撰寫〈上陽白髮人〉大體應撰於他官居監察御史「專心糾繩」之時，因此雖非如白居易正居拾遺之職，但進諫之職蓋不無相同，觀其〈序〉文所言「予遭理世而君盛聖，故直其詞以示後。」亦頗與監察御史之職責相契，此又與白居易撰〈上陽白髮人〉時背景同中有異，異中有同。而元、白同題的〈上陽白髮人〉，就其揭露宮女辛酸血淚，並倡言排解怨曠之旨而言，頗為相契。元稹之詩如下：

> 天寶年中花鳥使（天寶中。密號采取豔異者為花鳥使），撩花狎鳥含春思。滿懷墨詔求嬪御，走上高樓半酣醉。醉酣直入卿士家，閨闈不得偷迴避。良人顧妾（一作望）心死別，小女呼爺血垂淚。十中有一得（一作一得預）更衣，永（一作九）配深宮作宮婢。御馬南奔胡馬蹙，宮女三千合宮棄。宮門一閉不復

開，上陽花草青苔地。月夜閑聞洛水聲，秋池暗度風荷氣。日日長看提眾（一作象）門，終身不見門前事。近年又送數人來，自言興慶南宮至。我悲此曲將徹骨，更想深冤復酸鼻。此輩賤嬪何足言，帝子天孫古稱貴。諸王在閣四十年，七宅六宮門戶閟。隋煬枝條襲封邑（近古封前代子孫為二王三恪），肅宗血胤無官位（肅宗已後，諸王並未出閣）。王無妃媵主無婿（一作夫），陽亢陰淫結災累。何如決壅順眾流，女遣從夫男作吏。[83]

而白居易〈上陽白髮人〉題下小注亦言：「託怨曠也。天寶五載已後，楊貴妃專寵，後宮人無復進幸矣。六宮有美色者輒置別所，上陽是其一也。貞元中尚存焉。」[84]兼綜前引元、白同題的〈上陽白髮人〉以觀，兩人寓託怨曠，庶幾明君揀放宮女的旨趣，極為契合。其中元稹早於元和元年初任左拾遺時，即已在〈獻事表〉中出現類似的諷諫旨趣：

若臣稹者，稟性駑鈍，昧然無識。然以當陛下臨御之始，首陛下策賢之科，擢授諫司，恩萬常品，若復默默與在位者處，則臣莫大之罪，亦萬於常品矣。輒敢冒昧殊死，件奏十事於後：

一曰、教太子以崇邦本；二曰、任諸王以固磐石；三曰、出宮人以消水旱；四曰、嫁諸女以遂人倫；五曰、無時召宰相以講庶政；六曰、序次對百辟以廣聰明；七曰、復正衙奏事以示躬親；八曰、許方幅糾彈以懾奸佞；九曰、禁非時貢獻以絕誅求；十曰、省出

> 入畋遊以防銜橛。凡此十者，設使言之而是，是而見用，非臣之福也。天下之福也。苟或言之而非，非而見罪，乃臣之分也，亦臣之願也。[85]

其中「三曰出宮人以消水旱」正與他〈上陽白髮人〉中的篇末旨趣相契。而此詩則藉玄宗朝的花鳥使舊事，更具體而微地鋪陳宮女怨曠情事；至於白居易於〈上陽白髮人〉中，雖較偏重怨曠之情的主題鋪陳，但其曲終奏雅地以「君不見昔時呂向〈美人賦〉，又不見今日〈上陽白髮歌〉。」作結，就其揀放宮人的意圖而言，實更深刻地具有微言以諷的〈風〉、〈騷〉旨趣與譎諫特色。這一點若再對照同作於元和四年的〈奏請加德音中節目〉中「請揀放後宮內人」一篇所述：

> 伏見大曆已來四十餘載，宮中人數，稍久漸多。伏慮驅使之餘，其數猶廣。上則虛給衣食，有供億糜費之煩；下則離隔親族，有幽閉怨曠之苦。事宜省費，物貴遂情。頃者已蒙聖恩，量有揀放。聞諸道路，所出不多。臣伏見太宗、玄宗已來，每遇災旱，多有揀放。書在國史，天下稱之。伏望聖慈，再加處分。則盛明之德，可動天心；感悅之情，必致和氣。光垂史冊，美繼祖宗。貞觀、開元之風，復見於今日矣。非小臣愚懇，不能發此言。非陛下英明，不能行此事。[86]

其中針對宮女問題，謂「下則離隔親族，有幽閉怨曠之苦，事宜省費，物遺遂情。」正與其〈上陽白髮人〉旨趣深契。

而從詩、文二者時間、旨趣的一致，亦可見此文較諸元稹之〈薦書表〉更足以發明白居易〈上陽白髮人〉中的主要旨趣。白氏於此文中特別標榜恢復貞觀、開元之治的古風，再對照詩序及正文中上陽白髮宮女的開、天遺事，更可見元、白二人之此一同題新樂府詩，除緣自兩人常相唱和的相遇、相知外，另一重要的近似書寫關鍵，實當溯源於呂向〈美人賦〉一篇。今按〈美人賦〉中即不乏鋪染豐富的宮女怨曠情事及其戒色進德的諷諭目的：

> 有美一人，激憤含顰，凜若秋霜，肅然寒筠。乃徐進而前止，遂抗詞而外陳。曰眾妾面諛，不可侍君之側。指摘背意，委曲顏色。故毀妍而成鄙，自崇謬而破直。妾異爾情，敢對以臆。若彼之來，違所親、離厥夫、別兄弟、棄舅姑，戚族媿羞，鄰里嗟吁。氣哽咽以填塞，涕流離以霑濡。心絕瑤臺之表，目斷層城之隅。人知君命乃天不可讎。尚懼盜有移，水或覆舟。伊自古之亡主，莫不耽此嫚遊。借為元龜，鑑在宗周。眾以為喜，妾以為憂。於時天顏迴移，聖心感通。竟夜罷寢，須明導衷。俾革進伎樂者為薦士之官，徵豔色者為聘賢之使。閫下駿奔，王庭麇至。野無遺材，山無逸人。賁然偕道，與物恆春。若此之淑美，豈同夫玉顏絳脣。巧笑工顰，惑有國之君臣者哉。[87]

可見元、白兩人在〈上陽白髮人〉中有關宮女曠怨情事的書寫，從而寄寓諷諭意涵，應皆受到呂向〈美人賦〉的牽動、影響，但元、白二人同中有異的是，就呂向〈美人賦〉具體的諷諭旨趣而言，又隱涵聖王戒色進德的政教旨趣，這一點在上述元稹的詩、文中，都不及白居易來得明顯且具體。白居易詩、文中指陳國君「盛明之德，可動天心」的「德音」主題，輔以宮女之「幽閉怨曠之苦」，更充分展現並符合呂向〈美人賦〉中的書寫主軸與諷諭意圖。由此看來，元稹、白居易二人，甚至於最早創作的李紳〈上陽白髮人〉，都可能曾或彼或此的受到呂向〈美人賦〉的牽動，但無論就其創作背景與實際內容而言，白居易都是其中最為深刻，也最為顯著的一位。而且對照上述〈上陽白髮人〉與〈奏請加德音中節目．請揀放宮內人〉一詩一文兩者觀之，也適成詩歌情中寄諷與奏文諷中寓情的有趣對照，及其風格上一委婉、一朗達的相互輝映。

呂向〈美人賦〉對於白居易女性諷諭詩的牽動、影響，還不僅止於最典型的〈上陽白髮人〉一例。實際上，白居易另一樂府新題〈陵園妾〉也具有與〈上陽白髮人〉類似的書寫身影。白氏這樣富於變化的創作特色，也應是其樂府歌行，超越甚至折服李紳與元稹的重要因素之一。故白氏本人曾於詩中以此自豪：

> 一篇長恨有風情，十首秦吟近正聲。每被老元偷格律，（元九向江陵日，嘗以拙詩一軸贈行，自後格變）苦教短李伏歌行。（李二十常自負歌行，近見予樂府五十首，默然心伏）。世間富貴應無分，身後文章合有名。莫怪氣粗言語大，新排十五卷詩成。[88]

其中白氏於「苦教短李伏歌行」下注言：「李二十長自負歌行，近見予樂府五十首，默然心伏。」可見創思於李紳之〈上陽白髮人〉，白居易即可能以後出轉精之姿自傲於李紳面前。由此而觀，他另作旨趣近似〈陵園妾〉，亦可能別有自立新題之姿，並企圖擺脫三人同題〈上陽白髮人〉中彼此彷彿的創作陰影，從而勝出的自負身段。由上引白居易的詩集序文，及其題下小注所流露的白居易對於新樂府五十首的自負與求勝的創作心理，亦可略窺其貌。

其次，從〈陵園妾〉的書寫內容，主要重在鋪陳幽閉宮妾之傷心情事，亦與他的〈上陽白髮人〉旨趣相契，且兩者詞語亦有近似之處[89]。白氏〈陵園妾〉全詩如下：

> 陵園妾，顏色如花命如葉。命如葉薄將奈何，一奉寢宮年月多。年月多，時光換，春愁秋思知何限。青絲髮落叢鬢疏，紅玉膚銷繫裙慢（一作縵）。憶昔宮中被妒猜，因讒得罪配陵來。老母啼呼趁車別，中宮監送鎖門迴。山宮一閉無開日，未死此身（一作此身未死）不令出。松門到曉月裴回，柏城盡日風蕭瑟。松門柏城幽閉深，聞蟬聽燕感光陰。眼看菊蕊重陽淚，手把梨花寒食心。把花掩淚無人見，綠蕪牆繞青苔院。四季徒支妝粉錢，三（一作一）朝不識君王面。遙想六宮奉至尊，宣徽雪夜浴堂春。雨露之恩不及者，猶聞不啻三千人。三千人（一無三字），我爾君恩何厚薄。願令輪轉直陵園，三歲一來均苦樂。[90]

兩者以燕子飛禽與季節流轉，流露宮妾之淒清幽獨，頗見雷同，例如白氏〈上陽白髮人〉言：「鶯歸燕去長悄然，春往秋來不記年。」，〈陵園妾〉則言：「聞蟬聽燕感光陰。」；又〈上陽白髮人〉言宮人之遭幽閉，從此餘生無望的命運：「未容君王得見面，已被楊妃遙側目。妒令潛配上陽宮，一生遂向空房宿。」〈陵園妾〉雖已「一奉寢宮年月多」，但其被讒遭妒，此生長閉的命運，亦如出一轍：「憶昔宮中被妬猜，因讒得罪配陵來。」由上述的對照例子，亦可見白居易兩篇新樂府之息息相關。這一特色自然也為前述元稹〈上陽白髮人〉的重要書寫主軸。這類內容，既是受到呂向〈美人賦〉中宮女論述的啟迪，而予以延伸、擴展，同時也深具辭賦文學善於鋪陳景物的特性；同時應可作為〈陵園妾〉與元、白同題〈上陽白髮人〉互動密切，並源自呂向〈美人賦〉的相關佐證。

再者，元、白的這篇新樂府詩也不乏具體而微地回應了〈美人賦〉中二大重要命題：貴賤與離索。〈美人賦〉中的離索淒慘之狀，固為呂向鋪寫的重心，但其背後則又源自貴、賤異位的命定與無奈。故〈美人賦〉中宮妾即陳言：「若彼之來，違所親，離厥夫。別昆弟，棄舅姑。戚族媿羞，鄰里嗟吁。氣哽咽以填塞，涕流離以沾濡。心絕瑤臺之表，目斷層城之隅。[91]」又不免出現君貴妾賤之歎：

> 妾家賤族，陋目褊心。陛下衣綺縠與羅紈，飾珠翠與碧金。燕私陳乎笙鼓，和樂象乎瑟琴。何恩渥以增極，而悅愉之備深。顧薄軀以無穀，空負惠以難任。[92]

這兩段文字彼此對照，其諷諭之意，實不言而喻。反觀，上述元、白所撰之三篇新樂府詩，亦都有或明或隱的類似書寫特徵；例如：

> 良人顧妾心死別，小女呼爺血垂淚。十中有一得更衣，永醉深宮作宮婢。……我悲此曲將徹骨，更想深冤復酸鼻。此輩賤嬪何足言，帝子天孫古稱黃。[93]（元稹〈上陽白髮人〉）
>
> 綠衣監使守宮門，一閉上陽多少春。……同時采擇百餘人，零落年深殘此身。憶昔吞悲別親族，扶入車中不教哭。皆云入內便承恩，……一生遂向空房宿。……上陽人，苦最多。少亦苦，老亦苦，少苦老苦兩如何。[94]（白居易〈上陽白髮人〉）
>
> 陵園妾，顏色如花命如葉。命如葉薄將奈何，一奉宮寢年月多，……老母啼呼趁車別，中官監送鎖門迴。山宮一閉無開日，未死此身不令出。……遙想六宮奉至尊，宣徽雪夜浴堂春。雨露之恩不及者，猶聞不啻三千人。[95]（白居易〈陵園妾〉）

元稹的表現手法明顯而直接，相對白居易的〈上陽白髮人〉或〈陵園妾〉二詩，較為含蓄婉轉，卻更顯感人而深刻。而白居易本是擅長情感表現的詩人，他為數近百的「感傷」詩便充分展現此一創作特色，例如白氏〈長恨歌〉之撰成，正如白氏好友王質夫所述，其中重要原因之一，即因「樂天深於詩，多於情者也。」[96]而這一特色也反映在他與元稹同題共作的〈上陽白髮人〉以及〈陵園妾〉等詩中。這應該也是元稹新樂府詩藝術成就較諸白居易略遜一籌的主要因素之一[97]。其次，據上所論，〈陵園妾〉既與〈上陽白髮人〉皆頗受呂向〈美人賦〉的牽動與啟迪，而〈陵園妾〉之撰應稍後於〈上陽白髮人〉，且可能為白氏有意更求精進之作，這些大體亦可從其諷諭旨趣與藝術表現二大方面，加以探索。

〈陵園妾〉的諷諭旨趣，因白居易本人於新樂府詩題下小注，有版本性的出入。據宋本、馬本、那波本俱作「憐幽閉也。」但三王本小序則言：「託幽閉喻被讒遭黜也。」故近人朱金城《白居易箋校》以為「未能遽定」[98]。由此觀之，〈陵園妾〉的基本旨趣主在「憐幽閉也。」可以無疑，而這一點也足資說明〈陵園妾〉與〈上陽白髮人〉「託怨曠」密不可分的創作關係。但〈陵園妾〉之所以有「被讒遭黜」的諷諭意圖，或即出於白居易作此詩有感而作，後又改定刪去，其中重要根據，即如近人考論，白居易〈新樂府序〉即曾因此出現類似的版本歧異與文字出入現象[99]。因此白居易撰〈陵園妾〉之初寓「遭讒被黜」之旨，則不無可能。然考察元和四、五年間，白氏所撰〈新樂府詩五十首序〉及生平行跡，白居易任職拾遺、翰林學士，力陳諫言並無黜貶情事；然則所謂遭讒被黜或即指元和四、五年間，元稹一因除監察御史，劾奏劍南節度使嚴礪違法事，觸怒權貴，被貶出京。次年，又因遭到宰相「作威福」之讒，被貶士曹參軍事。而此時白居易亦曾上疏論元稹之不當貶，終不為憲宗所納，因而模擬昔日二人同題唱和李紳的〈上陽白髮人〉的諷諭範式，寄寓好友「遭讒被黜」之慨，並寄寓君臣諷諭旨趣，應頗有可能。再者，前文所述，白居易於元和五年給元稹的〈和答詩十首序〉言：

> 五年春，微之從東臺來。不數日，又左轉為江陵士曹掾。詔下日，會予下內直歸，而微之已即路，邂逅相遇於街衢中。自永壽寺南，抵新昌里北，得馬上話（一作語）別，語不過相勉，保方寸、外形骸而已。因不暇及他，是夕足下次於山北寺。僕職役不得去，命季弟送行。且奉新詩一軸，致於執事，凡二十章，率有興比。淫文豔韻，無一字焉。意者欲足下在途諷讀，且以遣日時、消憂懣，又有以張直氣而扶壯心也。[100]

據白氏序文，所贈元稹新詩二十章「率有興比」、「且以遣日時，銷憂懣。又有以張直氣而挾壯心也。」即說明元稹當時「遭讒被黜」的心境，而其所謂「興比」手法，不正與注本小序「託幽閉喻遭讒被黜」之意，極為契合。更何況從創作時間而言，元稹遭貶之事，據上引〈和答詩十首序〉至遲為「五年春」之事，此又與〈陵園妾〉等新樂府詩作於元和四年，而〈陵園妾〉則較遲於二人〈上陽白髮人〉所作，甚至於或即出於有感元稹遭遇，體現其「歌為事而作」的新樂府創作。若由此觀之，白氏〈陵園妾〉之形近神似於〈上陽白髮人〉，又似乎與昔日元、白二人的同題共作的此段文學因緣相涉。故據上述種種關涉跡象而言，當非出於一時巧合，而〈陵園妾〉亦可能即為白居易新詩「二十章」中的一篇。

白居易〈陵園妾〉就其諷諭旨趣而言，既有較諸〈上陽白髮人〉豐富而深刻的展現，並符合白氏此一新題樂府有感而發、為事而作的重要精神，但在藝術層面上未遑多讓，而白氏既以這類作品自豪於李紳、元稹之前，則近似而稍晚的〈陵園妾〉必有其別出新裁之處。茲亦可由其中女性形象及詩歌語言技巧部分加以觀察。詩中塑造的幽怨宮妾形象而言，主要有「紅顏暗老白髮新」、「臉以芙蓉胸以玉」、「夜長無寐天不明」、「日遲獨坐天難暮」、「梁燕雙栖老休妒」、「唯向深宮望明月」、「小頭鞋履窄衣裳，青黛點眉眉細長。」「少苦老苦兩如何」等等。這些描寫呈現出此詩曲寫毫芥、巨細靡遺的多面向書寫，從而富於「體物而瀏亮」的賦筆特徵[101]。相對而言，〈陵園妾〉則筆觸較為凝練、細緻，更富於展現抒情的層次感，例如前文曾對照其中禽鳥、季節不同的收、放筆法的描寫；而就女性形象塑造而言，主要為：「顏色如花如葉。命如葉薄將奈何，一奉寢宮年月多。」「青煞髮落叢鬟疏，紅玉膚銷繫裙慢。」「眼看菊蕊重陽淚，手把梨花寒食心。」「遙想六宮奉至尊。」等等，較諸前詩比例頗高的女性體貌、服飾書寫與直接鋪陳，此詩更著墨於情景交融中，鉤勒出宮妾之幽怨情思，從而使「緣情而綺靡」的詩歌抒情特色[102]，益形彰顯。

由此觀之，白居易〈陵園妾〉與〈上陽白髮人〉二篇固然形近神似，同以宮女幽怨情事，寄寓諷諭旨趣，然而白氏長於感傷之情的角度而言，〈陵園妾〉確有其細膩、深刻，又不失含蓄宛轉的〈風〉、〈騷〉比興之致；因此據此再綜合上述〈陵園妾〉諷諭旨趣的豐富，與其涉及元稹相關際遇的撰寫背景而言。〈陵園妾〉之於〈上陽白髮人〉儼然呈現青出於藍的狀態，而從白氏這兩篇詩的創作內容與背景而言，則二詩頗受呂向〈美人賦〉的牽動與左右，大體應可無疑。

五、張仲素〈漲昆明池賦〉、王勃〈蓮花賦〉與白居易〈昆明春水滿〉、〈京兆新栽蓮〉等諷諭詩

唐賦對於白居易諷諭詩歌創作的牽動，既不乏如前文所論，由白氏詩歌的文字本身直接獲得見證；事實上，白氏的其他若干諷諭詩，仍然可能有類似現象，只是這類作品不像前述例子那樣直接而明顯，有待加以梳理。例如白居易另一新題樂府〈昆明春水滿〉，與另一諷諭之作〈京兆新栽蓮〉等，當亦受到撰寫時間較早之唐賦的牽動與影響。

關於〈昆明春水滿〉一詩，近人陳寅恪曾據《舊唐書·德宗紀》與清徐松《登科記考》中有關貞元年間科考相關史料，推論白居易〈昆明春水滿〉，很有可能即受到張仲素〈漲昆明池賦〉的啟發：

> 徐氏所據以考定李、張為貞元十三年京兆等第者，即李文公感知己賦與此條也。董氏所記韓貞公即皋，既與李文公之府送有此一因緣，而皋實又為貞元十三年以京兆尹主持漲昆明池之役者，頗疑張氏之賦即應京兆府試而作，樂天為貞元十六年進士，與張氏作賦時相距至近，殊見得見此賦之可能，或者樂天新樂府中昆明春一篇，殆即受張賦之啟發耶。[103]

而陳氏的另一根據，是「樂天於貞元十五年由宣州解送，十

六年成進士。若貞元十三年京兆府試以『漲昆明池』為試題，唐代選人必深注意其近年考試之題目，以供揣摩練習，與明清時代無異，則修治昆明池一事，自當為樂天所記憶。」[104]陳寅恪的此一理由主要依據的是白居易與唐代科舉的關係，確實值得注意，但可惜他並未論及白居易諷諭詩歌創作的一極重要因素。

按唐代科舉考試以詩賦取士，遲至玄宗天寶年間已成固定的格局[105]。由此辭賦寫作成為舉子的平日誦習的重要課業，白居易正是其中典型代表，據他在〈與元九書〉中自述為學歷程言：

> 及五、六歲，便學為詩，九歲諳識聲韻。十五六始知有進士，苦節讀書。二十已來，晝課賦，夜課書，間又課詩，不遑寢息矣。以至於口舌成瘡，手肘成胝。既壯而膚革不豐盈，未老而齒髮早衰白。瞥瞥然如飛蠅垂珠在眸子中也，動以萬數。蓋以苦學力文所致，又自悲矣。家貧多故，二十七方從鄉賦。既第之後，雖專於科試，亦不廢詩。[106]

由此以觀白居易年少以來對於辭賦文學的「苦學力文」勤下功夫，其中自然與他所謂「十五、六始知有進士」一事關係至鉅，而辭賦之頗為白居易所重，其關鍵即在舉業成敗的影響。據此對照陳寅恪所論白氏對於科考相關詩賦題目之關心，其情形殆與今日考考生對近年考古題之留意一致。然則白居易對於張仲素〈漲昆明池賦〉之熟悉與關注，固應信而可徵。

其次，白居易〈漲昆明池〉於題下自注謂「思王澤之廣被也。」[107]亦與張仲素〈漲昆明池賦〉的旨趣深契。茲舉張賦與白詩對照如下：

昔穿焉，迎秋而大閱戎艦。今漲也，乘春而無竭陂池。惟時陽侯既序，陰冰已泮。天子乃詔京尹以庀役命水工而叶贊。陳眾力而雲鍤勃興，決萬派而箭流共灌。澹汪汪之積水，似耿耿之斜漢。況復穀雨初霽，天桃正春。總上善以利物，涵聖澤之深仁。軼彼宮沼，瀰如海濱。鼓金隄之曲岸，揚石鯨之彩鱗，浪湧煙郊，更失辨牛之涘。日華翠溦，纔分織女之津。伊昔殊方未化，勤遠是思，非障澤之瀦矣。將水戰而肄之。構館浮鷁，以遨以嬉。獱獺呈形，有類文身之俗。鳧鷖亂響，如習乎下瀨之師。春水平兮波緩，春日煦兮沙暖。雖守柔以易狎，竟安卑而就滿。重泉之沫，騷騷而若迴。淺沚之毛，離離而漸短。至若鏡朗風收，澄明不流。沃餘潤於芳野，引孤光於釣舟。豈獨黿鼉是獻，實亦龜龍載游。厥跡既往，前聞可想。故人遙集，曾分劫火之灰，蕃帥來朝，暗識滇河之象。其漲則那，式詠且歌。開鄭白之墳衍，流畎澮以天波。瑞氣長凝，表宸君之在鎬。晴虹乍飲，若榮光之出河。大哉水之為量，皆從夫一勺之多。[108]（張仲素〈漲昆明池賦〉）

昆明春，昆明春。春池岸古春流新，影浸南山青滉瀁。波沈西日紅奫淪，往年因旱池枯竭（一作靈池竭）。龜尾曳塗魚呴沫，詔開八（一作分）水注恩

> 波。千介萬鱗同日活，今來淨綠水照天。游魚鱍鱍蓮田田，洲香杜若抽心短。沙暖鴛鴦鋪翅眠，動植飛沈皆遂性（一作性遂）。皇澤如春無不被，漁者仍豐網罟資。貧人久（一作又）獲菰蒲利，詔以昆明近帝城。官家不得收其征，菰蒲無租魚無稅，近水之人感君惠。感君惠，獨何人，吾聞率土皆王民。遠民何疏近何親，願推此惠及天下。無遠無近同（一作皆）欣欣，吳興山中罷榷茗。鄱陽坑裡休封（一作稅）銀，天涯地角無禁利，熙熙同似昆明春。[109]（白居易〈昆明春水滿〉）

觀白氏〈昆明春水滿〉全詩，實以「皇澤如春」為中心主題，並以「昆明春，昆明春，春池岸古春流新」、「動植飛沉皆遂性，皇澤如春無不被」、「熙熙同似昆明春」貫穿前後。這與張氏〈漲昆明春池賦〉始以「今漲春而無竭陂池」，中間嵌入「況復穀雨出霽，夭桃正春。總上善以利物，涵聖澤之深仁。」「春水平兮波緩，春日煦兮沙暖。」並歸結於「開鄭白之墳衍，流畎澮以天波。瑞氣長凝，表宸居之在鎬；晴虹乍飲，若榮光之出河。大哉水之為量，皆從夫一勺之多。」等等形近神似。而張賦末尾一節的旨趣，又完全契合白居易詩題及自注「〈昆明春水滿〉，思王澤之廣被。」的意涵。由是亦可見白氏新題樂府〈昆明春水滿〉應深受張仲素〈漲昆明池賦〉的啟發與牽動。其中主要理由除可從陳寅恪氏所論的歷史文獻問題外，實際上亦不妨由上述詩人的文學歷程及其具體作品本身，加以考察。據此結合文、史兩種不同面向的相關資料而論，則陳氏以白居易新樂府〈昆明春水滿〉深受張仲素賦之影響，應更臻可信。

至於上述白居易這些明顯受到唐賦牽動、影響的諷諭詩固然具現了原有賦篇中的書寫主題與相關內容，但經常又融入個人的當代觀照，例如〈上陽白髮人〉與白氏奏請撿放宮人一事的呼應；〈陵園妾〉中指涉宦海浮沉與遭讒被黜之興懷，同理白氏於其新樂府〈昆明春水滿〉中，除源自張仲素賦「思王澤之廣被也」的主體之外，亦關注了當時「吳興山中罷榷茗，鄱陽坑裡休封銀。」等等具體時政措施。由此可見上述白居易新題樂府詩既頗受唐賦相當程度地牽動，另一方面又自有其新變之風貌，從而更豐富且深刻地充實並展現新樂府詩「因事主題」、「歌詩合為事而作。」的基本精神。[110]

上述所考論乃白居易諷諭詩中較為具體而顯著例子，這些固然應有助於揭開唐賦牽動白居易諷諭詩創作的這一向來乏人問津的新面向；實際上，白氏諷諭詩中也出現另一值得注意的相關型態，或許亦足資參考。例如其中白居易對於蓮花意象主要塑造與六朝詩賦的蓮花書寫，以顯迥異的風貌。

六朝文學中的蓮花書寫主要代表，可以梁簡文帝的〈采蓮賦〉與元帝〈采蓮賦〉為例，兩篇皆展現南朝宮體文學穠麗輕豔之風，而且內容上主要多集中於男女情思的主題上，所謂「止乎衽席之間」、「思極閨闈之內」的說法，即最典型地體現此一宮體特徵[111]：

> 望江南兮清且空，對荷花兮丹復紅。臥蓮葉而覆水，亂高房而出叢。楚王暇日之歡，麗人天豔之質。且棄垂釣之魚，未論芳萍之實，唯欲回渡輕船，共采新

蓮。傍斜山而屢轉，乘橫流而不前。於是素腕舉，紅袖長，回巧笑，墮明璫。荷稠刺密，亟牽衣而綰裳；人喧水濺，惜污朱而壞妝。物色雖晚，徘徊未反。畏風多而榜危，懼舟移而花遠。歌曰：「常聞蕖可愛，采擷欲為裙。葉滑不留綖，心忙無假薰。千春誰與樂，唯有妾隨君。」[112]

紫莖兮文波，紅蓮兮芰荷。綠房兮翠蓋，素實兮黃螺。於時妖童媛女，蕩舟心許，鷁首徐回，兼傳羽杯。棹將移而藻掛，船欲動而萍開。稱其纖腰素束，遷延顧步。夏始春餘，葉嫩花初，恐沾裳而淺笑，畏傾船而斂裾。故以水濺蘭橈，蘆侵羅薦。菊澤未反，梧臺迥見。荇濕沾衫，菱長繞釧。泛柏舟而容與，歌〈採蓮〉於枉渚。歌曰：「碧玉小家女，來嫁汝南王。蓮花亂臉色，荷葉雜衣香。因持薦君子，願襲芙蓉裳。」[113]

然而隨著南北朝分裂局面的改變與隋唐天下復歸一的開展，初唐以後呈現不同的文學氣象，倡導恢復漢魏風骨，重視興寄作用的陳子昂，固然是其間重要的精神指標，但以四傑為代表的初唐文壇，亦在創作上體現出異於六朝的嶄新作風。例如針對蓮花意象的塑造，王勃與梁代簡文、元帝二人同題的〈采蓮賦〉即能同中立異、承中求變。他的〈采蓮賦〉中固然不乏近似六朝的大篇幅蓮花意象，例如：

風低綠幹，水濺黃螺。上客喧兮樂未已，美人醉兮顏將酡。畏蓮色之如臉，願衣香兮勝荷。徘徊郢調，悽慘燕歌。念窮歡於水涘，誓畢賞於川阿。結漢女，邀湘娥。北谿花尚蜜，南汀花更多。恨光景兮不駐，指芳馨兮謂何。[114]

但王勃〈采蓮賦〉並未徒然沿襲簡文帝等六朝賦的書寫框架，他運用全賦的約略後三分之一篇幅，出現明顯的不同書寫旨趣。尤其是超越六朝〈采蓮賦〉的富於女性情思舊有主題，轉向為男性世界中士人身段的君臣憂思。例如：

昔聞七澤，今過五湖。聽菱歌兮幾曲，視蓮房兮幾株。非鄴地之宴語，異睢苑之懽娛。況復殊方別域，重瀛複嶂。虞翻則故鄉寥落，許靖則生涯惆悵。感芳草之及時，懼修名之或喪。誓將剡跡穎上，栖影渭陽。枕箕岫之孤石，汎磻溪之小塘。餐素實兮吸絳芳，荷為衣兮芰為裳。永潔己於丘壑，長寄心於君王。且為歌曰：「榮華息，功名惻。奇秀兮異植，紅光兮碧色。稟天地之淑麗，承雨露之霑飾。蓮有藕兮藕有枝，才有用兮用有時。何當婀娜花實移，為君含香藻鳳池。」[115]

其中洋溢楚〈騷〉以來「香草美人」的比興特色，與初唐陳子昂強調興寄的文學主張相互輝映。而這一創作態度的轉變，即為唐賦異於六朝賦的重要精神之一，而在王勃〈采蓮賦序〉中，即明白揭示這一重要特性：

昔之賦芙蓉者多矣，雖復曹王、潘令之逸曲，孫、

> 鮑、江、蕭之妙韻，莫不權陳麗美，粗舉採掇。豈所謂究厥豔態，窮其風謠哉？頃乘暇景，歷覯眾製，伏翫累日，有不滿焉，遂作賦。[116]

換言之，王勃固不滿六朝以前的蓮花書寫的缺乏興寄，故有意一改舊制旨趣，呈現新變風貌，從而成為唐代文學中蓮花書寫風貌的新變代表，同時也就成為唐賦引領唐詩蓮花書寫的重要關鍵，而白居易諷諭詩即為其中具體例證之一。

王勃〈蓮花賦〉的興寄旨趣對於白居易諷諭詩的啟迪與牽動，可以〈京兆府新栽蓮〉、〈潯陽三題·東林寺白蓮〉、〈雜興三首·其二〉為例：

> 污溝貯濁水，水上葉田田。我來一長歎，知是東溪蓮。下有青泥污，馨香無復全。上有紅塵撲，顏色不得鮮。物性猶如此，人事亦宜然。託根非其所，不如遭棄捐。昔在溪中日，花葉媚清漣。今來不得地，憔悴府門前。[117]
>
> 東林北塘水，湛湛見底清。中生白芙蓉，菡萏三百莖。白日發光彩，清飆散芳馨。洩香銀囊破，瀉露玉盤傾。我漸塵垢（一作埃）眼，見此瓊瑤英。乃知紅蓮花，虛得清淨名。夏萼敷未歇，秋房（一作芳）結纔成。夜深眾僧寢，獨起繞池行。欲收一顆子，寄向長安城。但恐出山去，人間種不生。[118]
>
> 越國政初荒，越天旱不已。風日燥水田，水涸塵飛起。國中新下令，官渠禁流水。流水不入田，壅入王宮裡。餘波養魚鳥，倒影浮樓雉。澹灩九折池，縈迴

十餘里。

四月芰荷發，越王日遊嬉。左右好風來，香動芙蓉蕊。但愛芙蓉香，又種芙蓉子。不念閶門外，千里稻苗死。[119]

這三篇的書寫主題，固然略有出入，但三者基本上皆一致強調蓮花的興寄作用，則承繼初唐王勃〈蓮花賦〉的新變旨趣，尤其是在〈京兆府新栽蓮〉、〈潯陽三題．東林寺白蓮〉中，皆以蓮花物性，隱喻人間際遇，並凸顯白居易詩中君臣遇合的仕途憂思，而將此一書寫特徵，對照於王勃〈蓮花賦〉篇末以「歌曰」形式自表的宗旨，可謂如出一轍：

且為歌曰：榮華息，功名惻。奇秀兮異植，紅光兮碧色。稟天地之淑麗，承雨露之霑飾。蓮有蕅兮蕅有枝，才有用兮用有時。何當婀娜花實移，為君含香藻鳳池。

而就王勃〈蓮花賦〉而言，此一新變特色正是該賦一新六朝蓮花書寫面貌的重要關鍵。據此亦可知，王勃此賦對於上述白居易蓮花諷諭詩創作上的啟迪與牽動作用。

六、結　論

由上述有關白居易任拾遺一類諫官的職務、文學創作的態度與主張、以及他在賦學上的認知與涵養等相關基本說明，進而結合他在具體的諷諭詩作中，或由作者直接引述，或以內容具體回應，以至間接地受到啟迪的不同面向來看，唐賦對於白居易諷諭詩的創作，曾發揮相當程度地牽動與影響作用。當然這樣的觀照，並非意味著白居易的所有諷諭詩皆受到唐賦的牽動或影響，但至少從這樣的一個較新的面向切入，對於我們重新審視與解讀白居易諷諭詩創作的具體背景與深刻意涵，應可有所裨益。同時對過去白居易諷諭詩中這一類較少為人注意的問題，或許可以略補闕憾，並從而成為唐代詩賦合流現象的一個註腳，然則白居易詩中諷諭質素顯然不乏源自於唐賦的精神召喚這一面向。也得以藉此略窺唐賦與唐詩二者間彼此牽動的某些面向，及其在唐代文學上各擅風華的微妙競合關係。

然則上述唐賦與白詩展現的諷諭取向，乃皆源自古詩之義，因此兩者的競合關係，本質上自應視為兩漢以來詩教旨趣的精神召喚。換言之，唐賦與白詩的共同諷諭取向，既呈現出唐代文學的當代脈動，同時亦映射為一場復古的文化召喚。

註釋

1 參見唐・白居易〈與元九書〉，朱金城《白居易箋校》（上海：上海古籍出版社，1988），卷45，頁2789。
2 同前註，頁2789。
3 參見方瑜〈李賀歌詩的意象與造境〉「前言」，《中國古典詩歌論集》（台北：幼獅文化事業公司，1985），頁189。
4 參見鍾優民《新樂府詩派研究》（瀋陽：遼寧大學出版社，1997）。

5 白氏〈與元九書〉謂：「自拾遺來，凡所適所感，關於美、刺、興、比者；又自武德迄元和，因事立題，題為《新樂府》者，共一百五十首，謂之『諷諭詩』。又或退公獨處，或移病閒居，知足保和，吟翫情性者一百首，謂之『閒適詩』。又有事物牽於外，情理動於內，隨感遇而形於詠歎者一百首，謂之『感傷詩』。又有五言、七言、長句、絕句，自一百韻至兩百韻者四百餘首，謂之『雜律詩』。凡為十五卷，約八百首。異時相見，當盡致於執事。微之！古人云：『窮則獨善其身，達則兼濟天下』，僕雖不肖，當師此語。大丈夫所守者道，所待時者。時之來也，為雲龍、為風鵬，勃然突然，陳力以出；時不來也，為霧豹、為冥鴻，寂兮寥兮，奉身而退。進退出處，何往而不自得哉！故僕志在兼濟，行在獨善，奉而始終之則為道，言而發明之為詩。謂之『諷諭詩』，兼濟之志也；謂之『閒適詩』，獨善之意也。故覽僕詩，知僕之道焉。」

6 參見簡宗梧《漢賦源流與價值之商榷》第一篇〈漢賦文學思想發微〉謂其間大體可以分為以下三個階段，即：(1)以遊戲為衣表，以諷諭為骨裡的尚文傾向。(2)以諷諫為主幹，以遊戲為附葉的尚用扭轉。(3)尚文觀念的迴瀾，與遊戲觀念的轉濃。此外，簡先生該書的第三篇第二章〈從漢賦諷諭探討賦家與儒家的關係〉，亦從三個方面加以論述：(1)漢儒對詩諷諭作用的強調。(2)漢人心目中賦與詩的關係。(3)辭賦的諷諭及其儒家思想。上引這些論述，更能作為白居易諷諭詩兼濟天下理想，並具現儒家思想的重要相關參考資料。

7 參見[漢]班固〈王褒傳〉，《漢書》（台北：鼎文書局，1976，楊家駱新校本），頁2829。

8 參見拙作〈《文選・賦》牽動唐詩創作之一考察：以〈恨賦〉與〈長恨歌〉為例〉，《中國古典文學研究》第4期（台北：中國古典文學研究會，2000），頁33~54。

9 參見鍾優民《新樂府詩派研究》（瀋陽：遼寧大學出版社，1997），頁188~190。

10 參見褚斌杰《白居易評傳》（北京：北京大學出版社，1994），頁153~165。

11 參見毛蕾《唐代翰林學士》（北京：社會科學文獻出版社，2000），頁60~89。另可參見王穎樓《隋唐官制》（成都：四川大學出版社，1995），頁44~51。

12 [唐]白居易〈論于頔裴均狀〉（同註1），卷58，頁3331~3333。

13 參見[唐]白居易〈策林〉（同註1），卷65，頁3546~3553。白氏於其中第68「議文章」條下謂：「且古之為文者，上以紉王教，繫國風；下以存炯戒，通諷諭。故懲勸善惡之柄，執於文士褒貶之際也；捕察得失之端，操於詩人美刺之間焉。」

14 同前註，卷62，頁3436。

15 同註13，卷65，頁3553

16 參見[漢]班固〈藝文志〉，《漢書》，楊家駱新校本（臺北：鼎文書局，1976），卷10，頁1756。其文謂：「大儒孫卿及楚臣屈原離讒憂國，皆作賦以諷，咸有惻隱古詩之義。」另班固〈兩都賦序〉謂：「或曰『賦者，古詩之流亞也。』……或以抒下情而通諷諭，或以宣上德而盡忠孝。雍容揄揚，著於後嗣，抑或〈雅〉、〈頌〉之亞也。」而白居易亦持此相近看法在其〈賦賦〉中開宗明義地提出：「賦者，古詩之流也。」

17 同註13，卷65，頁3546~3548。

18 [唐]白居易〈君子不器賦〉（同註1），卷38，頁2620~2621。

19 [唐]白居易〈敢諫鼓賦〉（同註1），卷38，頁2617~2618。

20 朱金城考訂白居易〈有木詩八首〉約作於元和2年至元和6年。參見朱氏《白居易集箋校》（上海：古籍出版社，1988），頁129。

21 參見[宋]歐陽修、宋祁〈蕭穎士傳〉，《新唐書．文藝》，卷202，頁5770。

22 參見[後晉]劉昫等撰〈蕭穎士傳〉，《舊唐書．文苑》（北京：中華書局，1986）卷190，頁5084。據蕭氏本傳載：「蕭穎士者，字茂挺，當開元中，天下承平，人物駢集，如賈曾、席豫、張垍、韋述輩，皆有盛名，而穎士皆與之遊，由是縉紳多譽之，……是時外夷亦知穎士之名，新羅使入朝，言國人願得蕭夫子為師，其名動華夷若此。」

23 參見羅聯添〈唐宋古文的發展與演變〉，氏撰《唐代文學論集．上冊》（台北：學生書局，1989），頁143。

24 參見[唐]蕭穎士〈贈韋司業書〉，《蕭茂挺文集》，四庫唐人文集叢刊本（上海：古籍出版社，1993），頁25。

25 參見[唐]獨孤及〈唐故殿中侍御史贈考功郎中蕭府君文章集錄序〉，《全唐文》（北京：中華書局，1982），中華書局印嘉慶刊本，卷388，頁3941。

26 參見[唐]蕭穎士〈江有歸舟詩三章序〉，《全唐詩》據揚州書局刻本校點（北京：中華書局，1992），卷154，頁1594。

27 參見[唐]李華〈揚州功曹蕭穎士文集序〉所引蕭氏言論，《李遐叔文集》（上海：古籍出版社，1993），頁12。

28 參見簡宗梧《賦與駢文》（台北：臺灣書店，1998），頁225~233。

29 同註27，頁12。據該〈序〉前後所論，所謂「金相玉質」，實應包含「相」、「質」兩個外、內對應層面，「玉質」當指內容旨趣之「能經」、「近風雅」；「金相」則應指文章之「雄」采華「麗」。

30 參見[唐]蕭穎士〈滯舟賦〉（同註24），頁4。

31 參見[唐]蕭穎士〈登故宜城賦〉（同註24），頁7。

32 參見[唐]蕭穎士〈白鷴賦〉（同註24），頁8。

33 參見[唐]蕭穎士〈聽早蟬賦〉，《全唐文》（同註25），頁3264。

34 同註32，頁8。

35 同註33，頁3264。

36 同註33，頁3264。
37 同註33，頁3262。
38 同註33，頁3262。
39 參見[宋]洪興祖《楚辭補註》(台北：大安出版社，1995)，頁2~3。
40 參見[梁]劉勰〈辨騷〉，《文心雕龍》，詹鍈義證本，(上海：古籍出版社，1994)，頁1460。劉勰云：「將覈其論，必徵言焉。故其陳堯舜之耿介，稱湯武孫云唐寫本湯武作禹湯之祗敬，典誥之體也；譏桀紂之猖披，傷羿澆之顛隕，規諷之旨也；龍以喻君子，雲蜺以譬讒邪，比興之義也；每一顧而掩涕，歎君門之九重，忠怨之辭也；觀茲四事，同於〈風〉、〈雅〉者也。」
41 同註33，頁3263。
42 參見[唐]白居易撰《白居易集》，朱金城箋校本(上海：古籍出版社，1988)，頁127~128。
43 同註33，頁3262。
44 同前註。
45 同註42，頁128。
46 同註43。
47 同註33。
48 同註42，頁128。
49 同註33。
50 同註42，頁128。
51 同註43。
52 同註42，頁128。
53 參見拙作〈白詩與香草美人：白居易花木、女性諷諭詩中的楚騷身影與新變風貌〉，《中文學術年刊》第五期，(嘉義：國立中正大學中文系，2001)頁97~142。
54 同註42，頁128。
55 同註42，頁128。
56 同註42，頁128。
57 同註42，頁128。
58 同註42，頁128。
59 同註42，頁128。
60 同註42，頁128。
61 同註42，頁128。
62 同註42，頁128。
63 同註42，頁128。
64 同註42，頁128。
65 同註42，頁128。
66 同註42，頁128。
67 參見[宋]葛立方《韻語陽秋》，卷16，歷代詩話本，收於《宋詩話全編》

（南京：江蘇古籍出版社，1998），頁8313。
68 同註42，頁51。
69 同註1，頁136。
70 元稹〈和李校書新題樂府十二首並序〉言：「余友李公垂貺余樂府新題二十首，雅有所謂。不虛為文，余取其病時之尤急者。列而和之，蓋十二而已。昔三代之盛也，士議而庶人謗，又曰，世理則詞直，世忌則詞隱。余遭理世而君盛聖，故直其詞以示後，使夫後之人，謂今日為不忌之時焉。」參見[唐]元稹撰《元稹集》，四部刊要本（台北：漢京文化事業公司，1983），卷24，頁277。
71 同前註，頁277。
72 參見陳寅恪《元白詩箋證稿》（上海：古籍出版社，1982），頁162～164。
73 參見謝思煒〈新樂府版本及序文考證〉，《白居易集綜論》（北京：中國社會科學出版社，1997），頁94～104。
74 同註1，頁156。
75 參見[宋]歐陽修、宋祁撰〈呂向傳〉，《新唐書》（同註21），卷202，頁5758。
76 參見朱金城《白居易年譜》（台北：文史哲出版社，1991），頁44。
77 [後晉]劉昫等撰〈白居易傳〉（同註22），卷166，頁4340～4342。
78 同前註，頁4340。
79 [後晉]劉昫等撰〈李紳傳〉（同註11），卷173，頁4497～4500。另可參見近人卞孝萱〈李紳年譜〉，《安徽史學》，1960年，3期。
80 同前註，頁4497。
81 據[後晉]劉昫等撰〈元稹傳〉謂「二十八應制舉，才識兼茂，明於體用科，登第者十八人，稹為第一，元和元年四月也。制下，除左拾遺。稹性鋒鋭，見事風生。既居諫垣，不欲碌碌自滯，事無不言，即日上疏論諫職。」（同註22），卷165，頁4327。
82 同前註，頁4327。
83 同註70，頁278。
84 參見[唐]白居易〈上陽白髮人序〉（同註1），頁156。
85 參見[唐]元稹〈獻事表〉（同註70），卷32，頁373。
86 同註1，卷58，頁3340。
87 參見[唐]呂向撰〈美人賦〉（同註25），卷301，頁3051～3052。
88 參見[唐]白居易撰〈編集拙詩成一十五卷因題卷末戲贈元九李二十〉，（同註42），頁1053。
89 同註72，頁266～269。
90 同註1，頁238～239。
91 同註87。
92 同註87。
93 同註70，頁278。

94 同註1，頁156。
95 同註1，頁238。
96 參見[唐]陳鴻〈長恨歌傳〉(同註1)，頁656~658。
97 參見褚斌杰《白居易評傳》(北京：北京大學出版社，1994)，頁141~145。褚氏於文中亦論及元稹、李紳等曾受白居易影響，論及元稹詩藝上之精進，事在元和五年以後。筆者按褚氏所論，則元和四年元、白二人同題共作〈上陽白髮人〉時，白氏自豪之情，隱約可見。而〈陵園妾〉亦作於元和四年，但或即元和五年所贈，意欲元稹「在途諷讀」的「二十章」新詩之一，亦未可知。此事可參見朱金誠《白居易集箋校》，頁1054~1055。
98 同註1，頁239。
99 同註73，頁88~104。
100 同註1，頁104~105。
101 參見[晉]陸機〈文賦〉，《陸機集》，金濤聲點校本(北京：中華書局，1982)，卷1，頁2。陸氏文中謂：「詩緣情而綺靡，賦體物而瀏亮。」
102 同前註。
103 同註72，頁184~186。
104 同註72，頁188。
105 參見傅璇琮〈進士試與文學風氣〉，《唐代科舉與文學》(臺北：文史哲出版社，1994)，頁413~418。
106 同註1，頁2792。
107 參見[唐]白居易〈昆明春水滿〉(同註1)，頁176。
108 同註25，頁6513。
109 同註1，頁176。
110 同註1，頁2789。
111 參見林文月〈南朝宮體詩研究〉，《澄輝集》(臺北：洪範書店，1985)，頁141。
112 參見[梁]簡文帝蕭綱〈采蓮賦〉，《全上古三代秦漢三國六朝文》，陳延嘉等校點本(石家莊：河北教育出版社，1997)，《全梁文》卷8，頁92。
113 參見[梁]元帝蕭繹〈采蓮賦〉(同前註)，《全梁文》卷15，頁162。
114 參見[唐]王勃〈采蓮賦〉，《王子安集》，[清]蔣清翊註本(上海：古籍出版社，1995)，頁50。
115 同前註，頁57~58。
116 同註109，頁42~44。
117 [唐]白居易〈京兆府新栽蓮〉(同註1)，頁18。
118 [唐]白居易〈潯陽三題・東林寺白蓮〉(同註1)，頁75。
119 [唐]白居易〈雜興三首・其二〉(同註1)，頁24。

國家圖書館出版品預行編目資料

諷諭、美麗、感傷：白居易之詩賦邊境及其文化風情／許東海著. -- 初版. -- 臺北市：萬卷樓, 2005[民 94]

面； 公分

ISBN 957－739－517－1 (平裝)

1.（唐）白居易－作品評論

851.4418　　94000499

諷諭、美麗、感傷

—白居易之詩賦邊境及其文化風情

著　　者：許東海

發 行 人：許素真

出 版 者：萬卷樓圖書股份有限公司

臺北市羅斯福路二段 41 號 6 樓之 3

電話(02)23216565・23952992

傳真(02)23944113

劃撥帳號 15624015

出版登記證：新聞局局版臺業字第 5655 號

網　　址：http://www.wanjuan.com.tw

E－mail　：wanjuan@tpts5.seed.net.tw

承印廠商：晟齊實業有限公司

定　　價：300 元

出版日期：2005 年 3 月初版

ISBN 957－739－517－1